【妖姫乱国の巻】

許仲琳＝著・渡辺仙州＝編訳
佐竹美保＝絵

偕成社

封神榜(ほうしんぼう)

神界(しんかい)に封(ほう)じられるべく選(えら)ばれた、死すべき定(さだ)めの者たちの榜(リスト)

「封神演義」上 妖姫乱国の巻

目次

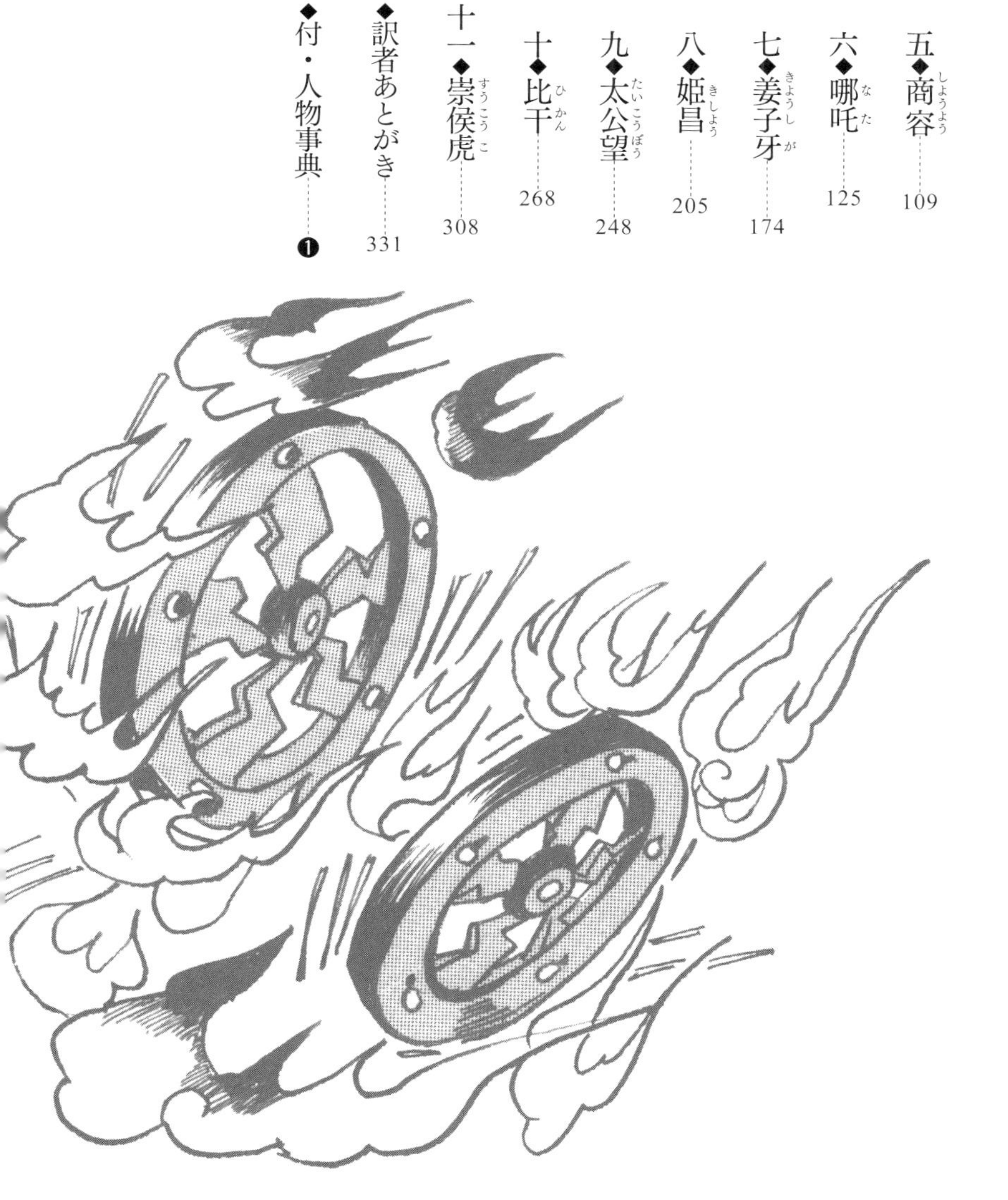

「封神演義」〈上巻〉
に登場する
おもな人物たち
女媧
紂王
聞仲
妲己
玉石琵琶の精
胡喜媚
商容
比干
黄飛虎
姜皇后
黄貴妃
楊任
趙啓
杜元銑
梅伯
殷兄弟
弟殷洪
兄殷郊
殷破敗
雷開
方弼
方相
伯邑考
姫昌
崇侯虎
姫発
崇応彪
梅武
崇黒虎
散宜生
南宮適
雷震子

元始天尊
広成子
太乙真人
赤精子
南極仙翁
燃灯道人
雲中子
文殊広法天尊
殷氏
李靖
白鶴
哪吒
姜子牙
宋異人
馬氏
武吉
木吒
金吒
蘇護
尤渾
費仲
蘇全忠
敖光
姜桓楚
李良
敖丙
姜文煥
鄂崇禹

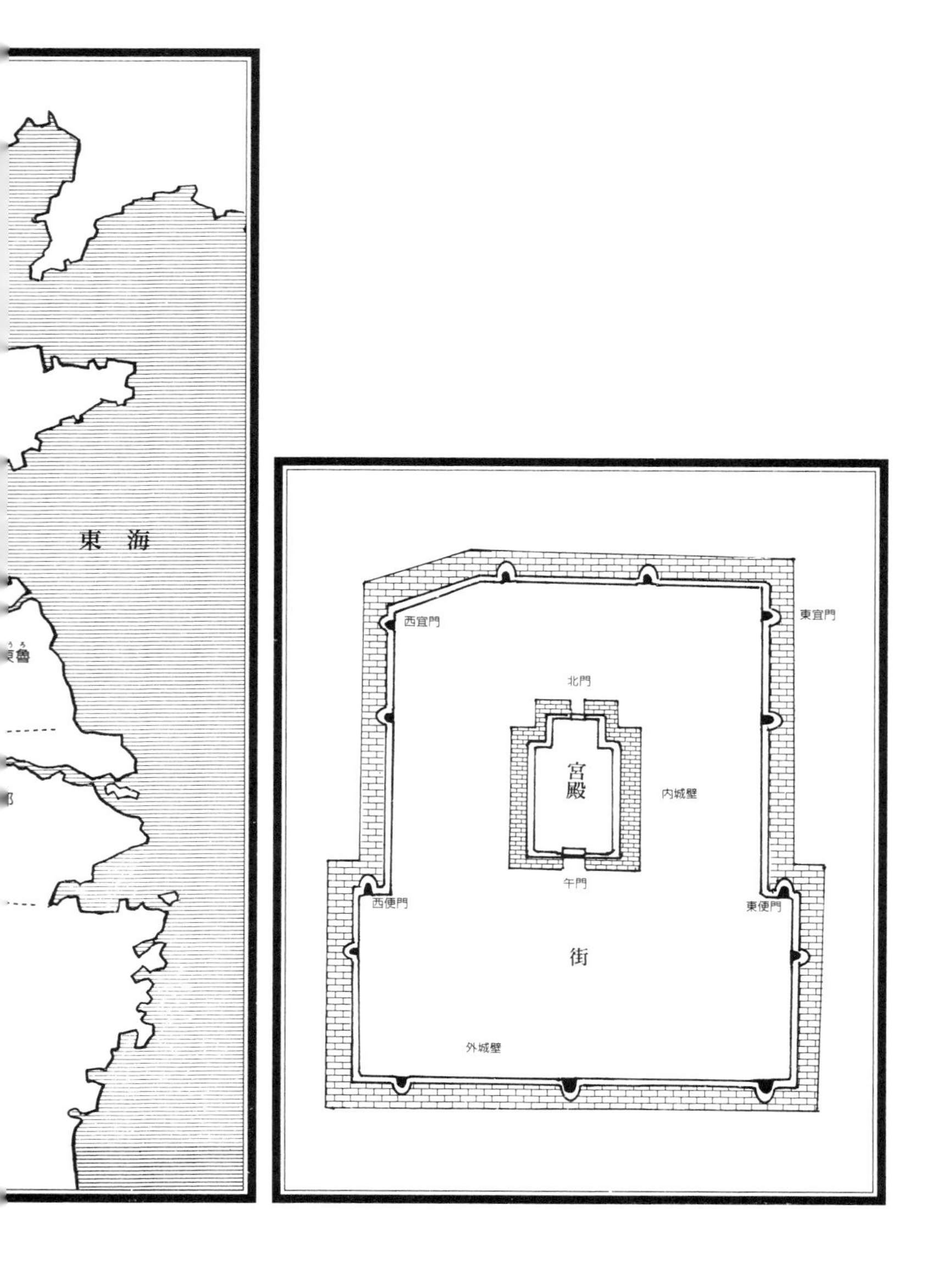
東海
西宜門
東宜門
北門
宮殿
内城壁
午門
西便門
東便門
街
外城壁

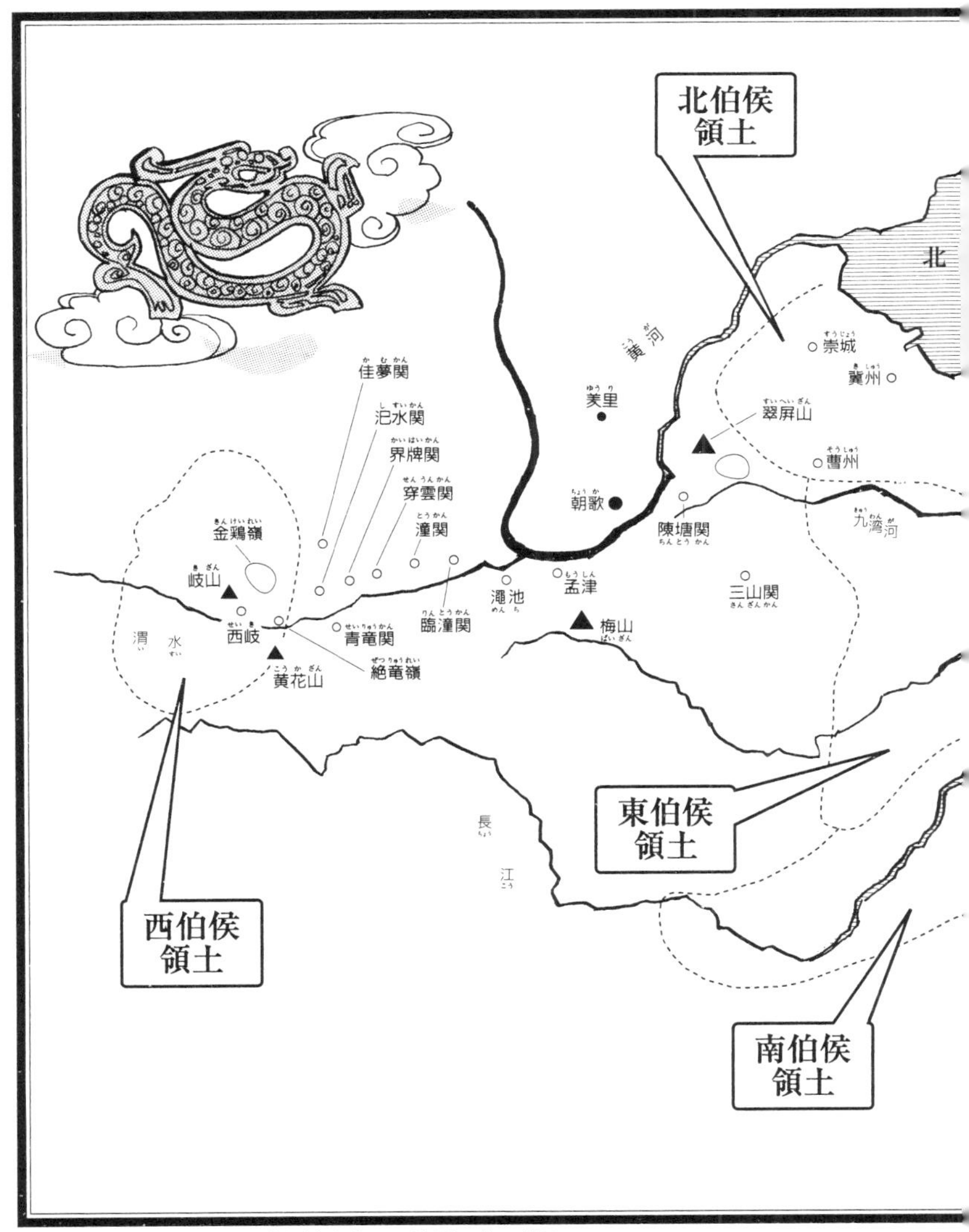

編訳者のイメージによる「封神演義」の地図と街の様子

カバーデザイン◆渋川育由
本文デザイン◆田中明美

封神演義

上　妖姫乱国の巻

許仲琳＝著
渡辺仙州＝編訳
佐竹美保＝絵

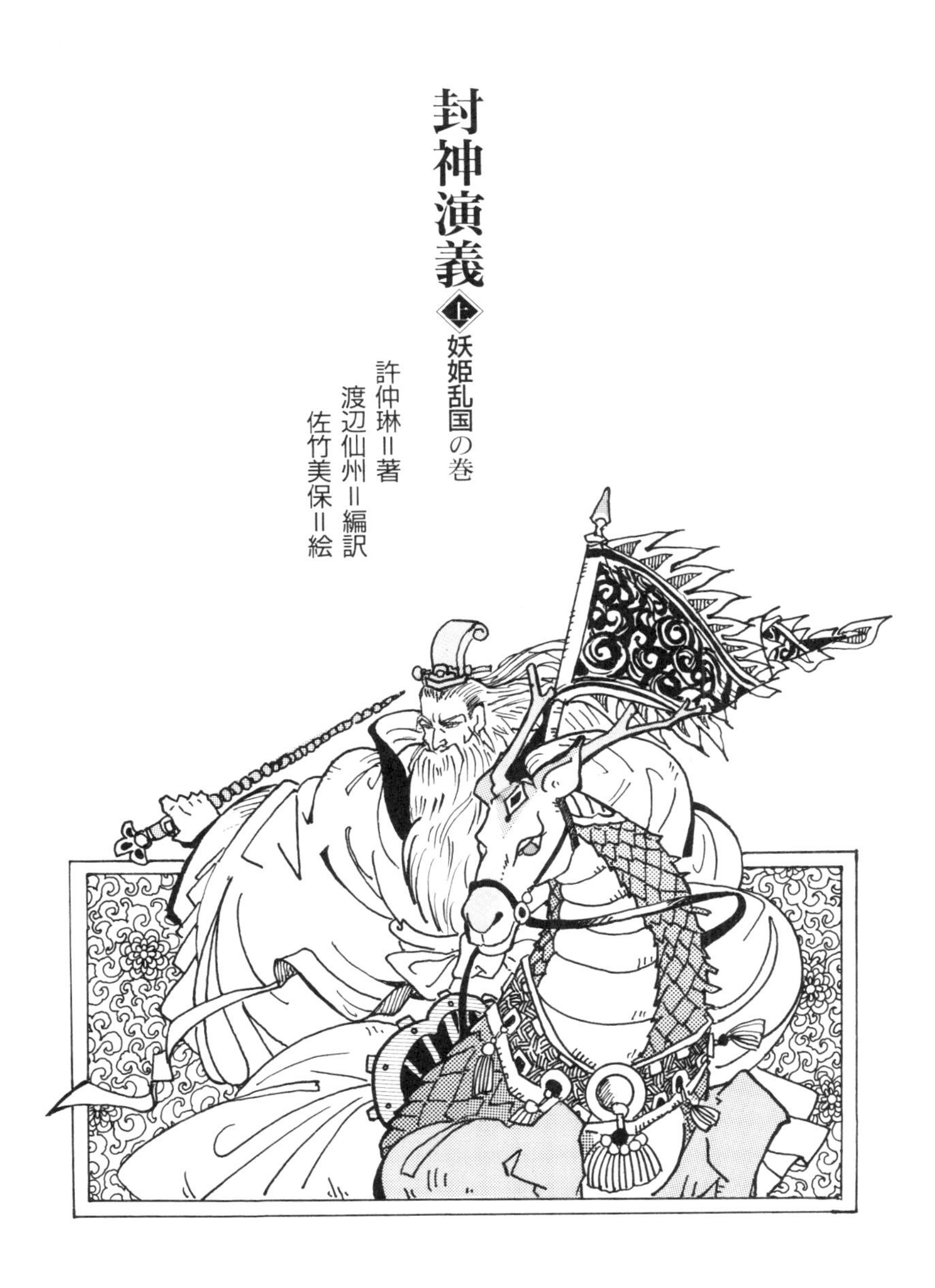

序　山道にて

一

今から約三千年前の、＊商の時代のこと。

馬に乗った二人の男が、剣禄山の山道を進んでいた。

一方の男の名は、宋異人といった。年齢は三十五である。

宋異人は、朝歌（商の首都）にある〈宋家荘〉という宿屋の主人であった。

宋家荘は、一時は朝歌で、もっともりっぱな宿屋だった。しかし現在は経営が行きづまり、つぶれかけていた。

宋異人はその宋家荘を立てなおすため、隣町の李氏という富豪に金を借りにいった。

そして今、その用事をすませ、朝歌へ戻る途中であった。

「子牙よ。おまえがいなければ、李氏は渋って金を貸してはくれなかった。ほんとうに、あ

商　中国古代の王朝・殷のこと。中国では一般に商とよばれる。

りがたく思っているぞ。」

宋異人は、馬を並べている義兄弟、姜子牙に言った。

姜子牙は、

「感謝されるほどのことは、しておりませぬ。兄者には幼いころから、いろいろと世話になりました。わたくしにできることがあれば、なんなりとお申しつけください。」

と謙遜した。

姜子牙は、今年で三十二であった。幼いころから書物に読みふけり、今では隣町で商人相手に、読み書きや礼儀作法を教える塾を開いていた。富豪の李氏もその生徒の一人であったので、宋異人の願いも聞きとどけられたのだった。

宋異人は、また言った。

「いやいや、子牙よ。この恩はかならず返させてもらうぞ。そういえば、おまえはまだ、独り身であったな。こんど、嫁を紹介してやるとしよう。」

「ほんとうに、そのような気づかいは無用です。それより、あたりが暗くなってきましたな、兄者。少し急いだほうがよろしいかと。」

姜子牙の言ったとおり、もう日の暮れる時刻であった。あたりは徐々に薄暗くなり、山のどこからともなく猿の鳴き声が聞こえてきた。

姜子牙は、その猿の声に不安をおぼえた。

「兄者よ。やはり町で、護衛を雇ったほうがよろしかったのではないでしょうか。どうも心配だったので、こうして兄者についてきたのですが、盗賊でもあらわれれば、わたくし一人では太刀打ちできませぬ。」

宋異人は、自分のすぐ前にある木箱を見た。木箱は縄で、馬の鞍の上にしっかり縛りつけられていた。木箱の中には、さきほど李氏から借りた金子が入っていた。

「子牙よ、わたしは宋家荘を立てなおさなければならぬ。今は一銭でも惜しいときだ。護衛を雇うほどの余裕はない。それに最近は、護衛も信頼できぬ。雇った護衛に金をおどしとられるなどといった、まぬけな話の種にはなりたくない。」

宋異人は笑いながら馬を進めた。

しかし姜子牙の不安はおさまらず、あたりの様子に気を配っていた。

二

やがて山の下りにさしかかった。姜子牙の右手のはるか下に、朝歌の町が広がっていた。

朝歌は城下町である。町のまわりは高い城壁で囲まれていた。

町の中央には宮殿がそびえている。宮殿は、このころ中国を治めていた商の王、帝乙のものであった。彼は商王朝三十代目の王である。

姜子牙は、朝歌の宮殿をながめながらたずねた。

「そういえば、商容どのは元気でやっているでしょうか。彼が仕官してからというもの、まるで音沙汰がないので、どうしているのかと思っております。」

「やつならりっぱに出世している。誠実な仕事ぶりが王に気にいられたそうだ。音沙汰がないのは忙しすぎるからであろう。暇さえできれば、きっと子牙に会いにくるはずだ。心配はいらんだろう。」

二人は馬を進めた。

ところがしばらく行くと、竹槍をもった三人の男が、姜子牙たちの前に立ちふさがった。馬がいななく。姜子牙と宋異人は、あわてて手綱を引き、馬を止めた。

「やい、てめえら！　持ち金をすべて置いていくがよい。さもなくば、この竹槍でぶすりといくぞ。」

盗賊の中でいちばん体の大きな男が、竹槍を姜子牙たちに向けて言った。鎧を着ているところをみると、もとは兵士らしい。

「大した金はもっておらぬ。どうかこれで、かんべんねがいたい。」

姜子牙は右手の人さし指につけた指輪をはずし、盗賊たちに投げた。

「それは……。」

宋異人が言いかけた。姜子牙は、静かに、と目で合図した。

指輪は姜子牙の父の形見だった。

(すまぬ、子牙……。)

宋異人は心の中でつぶやいた。

「その指輪で許してもらえるかな。」

「まあ、いいだろう。その身なりでは、これ以上のものは期待できそうにもないからな。」

盗賊は姜子牙たちに「行ってよい。」と言った。

姜子牙と宋異人は礼を言って、盗賊たちの前を通りすぎようとした。しかしそのとき、盗賊の一人が、宋異人の前にある木箱に目をつけた。

「それはなんだ?」

「反物の入った木箱でございます。」

宋異人が答えた。

「ほう、反物か。世の中がぜいたくになったのか、最近、反物はよい値で取引される。そいつも置いていけ。」

「妻のためにと、なけなしの金をはたいて買ったものでございます。これだけはご容赦を。」

「ならん。」

姜子牙と宋異人は、目を見あわせた。姜子牙は、宋異人の馬に、ピシャリと鞭を入れた。

「逃げろ、兄者！」

宋異人を乗せた馬は、両前足を高く上げ、大きくいなないた。そして盗賊たちをけちらし、砂ぼこりをまきちらしながら、勢いよく山道を下っていった。

「はい、どう！」

姜子牙も馬を走らせようとした。その瞬間、盗賊の一人が馬のわき腹に竹槍を刺した。もう一人が、姜子牙のわき腹に竹槍を突きさす。

馬はいなないたのちに、大きく跳びあがった。姜子牙の体は鞍の上で大きく跳ねとび、もんどりを打って右手の崖へと、真っ逆さまに落ちていった。

盗賊たちは姜子牙を無視し、走って宋異人のあとを追いかけた。

三

姜子牙の体は崖の下の、松の木の上にひっかかっていた。

落下で死ななかったものの、刺されたわき腹からは、血が絶えまなく流れでていた。

姜子牙はその傷口を手で押さえながら、夜空に輝く満月を仰いだ。

「もうおしまいか……。しかし平凡な日々を過ごす男に、この死にざまはもったいないぐらいだ。兄者は、うまく逃げのびてくれただろうか。」

体に力が入らなくなった。姜子牙は、目を閉じた。

姜子牙が静かに息を引きとろうとしたとき、どこからともなく声が聞こえてきた。

「姜子牙よ。姜子牙よ。」

姜子牙はうっすらと目を開けた。

彼の真上に、白い道士服を着た老人の姿があった。老人は白い鶴に乗っていた。

月の光で、老人の顔は影になっていた。姜子牙には、老人の顔がよく見えなかった。

「姜子牙よ、わたしは崑崙山玉虚宮の元始天尊だ。」

「元始天尊……。」

きっと死ぬ前に幻でも見ているのだろう――。姜子牙は思った。

「聞け、姜子牙よ。これから何十年かのち、封神台の完成とともに、仙界をもまきこんだ戦がこの国で起こる。おまえはそのときに、重大な役目を担うことになる。」

「封神台……。」

「宇宙を創りなおす計画だ。人界と仙界の間に、神界を創るためのな。封神榜に名をつらねた、仙界や人界の選ばれし者たちは、いずれ魂となり、封神台へ送られる。魂は神となって、神界に封じられる。その封じる役目を、おまえが担うのだ。」

姜子牙には、老人が何を言っているのか、まったく理解できなかった。

「今はわからずとも、いずれわかるときがくる。そのときまで、姜子牙よ、おまえはわたしの弟子となり、わたしのもとで修行をするがよい。おまえはまだ死なぬ、死ねぬのだ。」

薄れてゆく意識の中、姜子牙はその言葉を、最後に耳にしたのだった。

紂王

一

朝歌の町に〈宋家荘〉という大きな旅館がある。

宋家荘は、その建物の大きさだけでなく、そこで働く者の数でも朝歌一であった。連日、富豪たちがこの旅館で料理を楽しんでいた。

ある夜のこと。

宋家荘の主人、宋異人は、二階の自分の書斎にいた。彼は灯火のもとで、店の帳簿をつけていた。

姜子牙が盗賊におそわれ崖に落ちてから、すでに三十余年がたっていた。

宋異人は齢七十を越え、髪は真っ白になっていた。しかし彼は、いまだ腰はまっすぐで、視力もほとんど衰えていなかった。

「旦那さま、お客さまをおつれしました。」

宋家荘の召し使いについてやってきたのは、旧友の商容であった。

宋異人はすぐに筆を置き、立ちあがって商容を迎えた。

「これはこれは、驚きましたな、商容どの。むさくるしい書斎ですが、さあさあ中へ。」

宋異人は召し使いに、酒をもってくるよう命じた。

「いやいや、気をつかわなくてもよい、宋異人どの。すぐに辞する。それというのも、旅館の外に部下を待たせているのでな。」

「それならば、その方たちにもふるまいましょう。」

宋異人は、旅館の外にいる商容の部下たちにも酒をふるまうよう命じた。

間もなく、召し使いたちが酒と料理とを書斎にはこんできた。

宋異人は商容との再会を喜び、乾杯をした。

「ほんとうにお久しぶりです、商容どの。おたがいに、年をとりましたな。しかし、宰相ともなられたお方が、お忍びでこのようなところへやってきて、大丈夫でしょうか。」

「いや、なに。じつをいうと、北海の諸侯たちを訪問してきて、たった今、朝歌へ戻ってきたところだ。通りがかりだったもので、宋異人どのの顔を見によったのだ。」

「それはうれしいことですな。しかし、商容どのがじきじきに北海を訪問したということは、あのうわさはほんとうだったようですな。」

うわさというのは、北海の七十二の諸侯が、商に対して反旗をひるがえしたということである。商の三十代目国王帝乙が亡くなり、その三男の紂王が三十一代目の王として即位してから、七年目のことであった。

「あまり言いふらさないでくれたまえよ、宋異人どの。」

「わかっている、商容どの。安心してくれたまえ。しかし、反乱が起こるということは、やはり紂王の人徳に問題が……。」

宋異人は言葉をにごした。

商容は笑いながら、首を横に振った。

「いやいや、宋異人どの。それは考えすぎというもの。紂王が、亡き先王に比べて劣っているなどということは、けっしてありませぬ。紂王は生まれつき聡明で、武勇にも優れている。いうならば、先王以上の器であろう。」

商容は、紂王を先王の跡継ぎとして推した以上、紂王に対しては誇りをもっていた。実際、そのとおりだった。全国にいる八百の諸侯は、毎年春になると、かかさず、貢ぎ物をたずさえ、紂王のもとへとあいさつにやってくるのだった。

しかし最近では、紂王は自分の力を過信し、まわりの忠言にはあまり耳をかたむけなく

崑崙山　西のはるかかなたにあるという、もっとも天界に近い山。多くの神仙が住む。
金鰲島　東の海のかなたにある島。霊力をもった動物や魚類なども修行にやってくるため、もとが人以外の神仙が多い。

なっていた。商容はそのことに、少々頭を痛めてはいた。

「それに、宋異人どの。北海の反乱のほうは大したことはない。わたしがわざわざ北海に出むいたのは、戦をせずに事をすませようと思ったからだ。だが、うまくいかなかった。いずれ、聞太師どのが兵をひきいて、北海に向かうことになるだろう。」

商には二本の柱あり、と謳われていた。政治の商容と、軍事の聞仲である。

聞仲は商の国の太師（最高官職）である。彼は商容とともに、商朝三代に仕える大元老であった。

その昔、聞仲は*崑崙山と*金鰲島で修行をしたことがあった。そのため、今では仙術、道術、玄術（幻術のこと）をつかいこなすことができた。また聞仲は、紂王の幼いころの、武術の師でもあった。

商容は杯の酒を飲みほした。そして、たずねた。

「ところで宋異人どの。話は変わるが、姜子牙どののゆくえは、いまだわかりませんか。」

宋異人〈そういじん〉
姜子牙の義理の兄

商容〈しょうよう〉
商朝3代に仕えてきた宰相

「そのようですな。子牙がいなくなって、もう三十余年がたつ。死んだと考えるのが妥当でしょう。しかし子牙がいなかったら、今のわたしはないのです。せめて骨でも見つかれば、りっぱな墓をつくってやれるのだが……。」

宋異人は頭を垂れた。彼は服の袖で、涙をぬぐっていた。

商容はそろそろ帰り時だと思った。

「それでは宋異人どの。わたしはこれで宮殿に戻らなくてはならない。あまり遅くなってはまずいので、これにて失礼する。」

商容は宋異人にもてなしの礼を言い、宋家荘を去っていった。

二

翌朝、朝歌の宮殿では、朝議（朝廷の会議）が行われていた。

*九間殿には文武百官が集まっていた。玉座には紂王が座している。

紂王は大力無双の男であった。

太い両腕。少し腹は出ているが、がっちりとした体。武術にも長けており、並の武将では歯が立たない強さをもっている。とくに素手での殴り合いともなれば、紂王の右に出るものは、天下広しといえども、そうはいないだろう。

その紂王の御前で、商容は北海の状況を報告した。

「北海の七十二の諸侯は、朝廷に対し、反逆の態度をくずさぬ覚悟でおります。わたくしは北海諸侯に忠誠を誓うよう、心をこめて忠告したつもりでございます。しかし、まったくとりあってくれませんでした。」

「うむ。それでは軍を出すしかあるまい。天下泰平のため、やむをえんことだ。はるばるとご苦労であった、商容。」

商容は一礼して下がった。

すれちがうように、こんどは聞仲が御前に進みでた。聞仲は、かなりの年齢であったが、

紂王〈ちゅうおう〉
商朝31代目の王

聞仲〈ぶんちゅう〉
商朝3代に仕えてきた太師

鋭い眼光は衰えていなかった。

「聞太師よ。二十万の兵を与える。北海諸侯の討伐に向かえ。」

聞仲はこうなることを予測していた。そのため、すでに何十日も前から、兵の訓練や兵糧の準備などをすべてすませ、いつでも出陣できるようにしていたのだった。

紂王の命をうけ、聞仲は、さっそく二十万の兵をひきいて、朝歌の城門を出た。臣下たちは、その時点で、これで北海の反乱は治まったものと思っていた。

しかし、商容はちがった。

（商の国は、たしかに今のところうまく治まっている。北海の反乱も、聞太師が出ていけば問題はないだろう。しかし、まったくの天下泰平など、永くつづくものであろうか。それに天災をはじめとして、人の力では避けられぬものが世の中にはあるのだ。）

そう思った商容は、天地の守り神である女媧のご加護にすがろうと思いついた。

だが国の宰相の立場から、君主の力だけでは心もとないので神仏の力で国を守ってもらおうなどとは、公に口に出すべきことではなかった。それに、今の君主はあの、自尊心の高い紂王である。彼は、神仏を参拝したことなど、一度もなかった。

（へたに上奏でもしようものなら、この首がなくなるかもしれぬ。どうしたものか……。）

商容はしばらく考えた。そして、名案を思いついた。

五帝　古代に中国を治めていた、徳のある5人の帝王。『史記』では黄帝（本書では軒轅の名で登場）からはじまり、顓頊・帝嚳・堯・舜の5人。

不周山　崑崙山の西北にあるという、天を支える柱。この柱が折れて天地がかたむき、地は東南のほうが低くなった。このため中国の川は、東南の方角に流れるようになったという。

三

聞仲が北討へ向かってから一か月後のこと。

朝議において、商容は紂王に提案した。

「明日三月十五日は、女媧さまがお生まれになった日でございます。朝歌の郊外に、その女媧さまの神像をまつった女媧宮がございます。陛下であるというお立場から、女媧さまの神像に詣で、香をそなえてはいかがかと存じます。」

紂王はそれを聞いて、眉をしかめた。

「『陛下である立場』とは、これまた奇怪なことを申す。どういう意味じゃ、商容。」

「その昔、共工氏が、*五帝の一人である高辛氏に対して反乱を起こしました。高辛氏は、祝融氏にその討伐を命じました。そのさい、討たれた共工氏の石頭が、天を支える*不周山にぶつかりました。不周山は轟音をたててくずれました。すると、支えを失った天は西北にかたむいて破れてしまい、地は東南に裂けました。」

「ふむ。それは災難であったな。」

「はい、陛下。そのとき、心やさしき女媧さまは、五色（青・黄・赤・白・黒）の石をくだいて粘土のように練り、それで天地の破れ目をふさぎ、民をお救いになられたのでございます。民は国のいしずえ、そして陛下のものでございます。その恩に報いるため、女媧さまの神像を詣でてはいかがかと申しあげたのでございます。」

「うむ。商容の言うことはもっともだ。」

紂王はうなずき、ひざを打った。

翌日、紂王は車を準備させた。そして、三千の兵と、八百の朝臣を従えて、女媧宮へと向かった。

紂王は女媧宮へ入り、香をそなえたのち、中を見まわした。

中には、二人の金童（侍童）と二人の玉女（侍女）の像があった。その奥には帳がおりている。

突然、一陣の風が女媧宮の中を吹きぬけた。そして風は帳を巻きあげた。紂王はその帳の向こうに、まるで生きているかのような、美しい女媧の神像を見た。

「なんと！」

紂王は思わず声をあげた。

風はやみ、帳はもとどおりになった。

紂王はすぐに、商容を呼びつける。

「商容よ。神像が、生きている人間よりも美しいなどということがありえるのだろうか。

朕は、幻でも見ておったのか？」

「陛下、それは幻ではございません。神像が美しいのは、女媧さまが神像にのりうつっておられるからでございましょう。きっと陛下の徳に喜ばれ、その姿をお見せくださったにちがいありません。」

「うむ、そうか。しかし朕の後宮にも、あれほどの美女はおらぬぞ。」

「それは、やむをえませぬ、陛下。女媧さまは、人ならざるものでございます。」

「そうか……。」

紂王はしばらく沈黙し、神殿の中の帳を見つめていた。それから、侍従に筆をもってこさせた。

紂王は神殿の壁に、一編の詩を書いた。

梨花帯雨争嬌艶　　雨を帯びし梨の花々は嬌艶を競い、
芍薬籠烟馳媚粧　　霧に籠まれし芍薬の花々は媚粧をあらわす。
但得妖嬈能挙動　　このような妖美（をもつ女媧の像）が動いてくれるものならば、
取回長楽侍君主　　長楽宮につれかえりて君主である自分の傍らに侍らすものを。

まもなく紂王は女媧宮を去った。

そのとき、ちょうど女媧が、天から神殿へとおりてきた。

女媧は、神殿の壁に書かれていた紂王の詩、とくに最後の二行を見て激怒した。

「なんと無礼な！　わたしを侮辱する詩をつくりおって！『但得妖嬈能挙動、取回長楽侍君主』とは、人の分際で思いあがりもはなはだしい！」

そこにいた玉女は、その詩が紂王によって書かれたものであることを女媧に告げた。

「紂王か。思えば商朝六百余年、その命運ももう尽きるころだ。だがその前に、あやつ紂王に報復せねば、わたしの霊験の示しがつかぬというもの。金童、金のひょうたんをもってまいれ。」

金童は、すぐに宝物庫へと行き、金のひょうたんをもって戻ってきた。そしてそのひょうたんを、神殿の庭の石台の上に置いた。

女媧はひょうたんを指さした。そのとたん、ひょうたんの口から、ひと筋の白い光がほとばしった。

光の上で五色の旗〈招妖幡〉がなびく。招妖幡はその名のごとく、妖魔たちを呼びよせる旗である。

やがてあたりに風が起こり、霧が立ちこめた。その霧が一陣の風に吹きとばされたあと、

神殿には、地上の、すべての妖魔たちが集まっていた。

妖魔たちはひざをつき、女媧の命令を待っていた。

「三妖だけが残れ。あとの者はおのおの場所に戻るがよい。」

女媧の言った三妖とは、千年生きた狐の精、九つの頭をもつ雉の精、そして玉石でつくられた琵琶の精である。

三妖以外の群妖たちは、すぐに四方八方へと飛びさった。

「三妖よ、おまえたちに命ずる。おまえたち三妖は美女に姿を変え、後宮に潜入しろ。そして紂王の心を惑わし、乱すがよい。あの思いあがった無礼者を、破滅に追いやるのだ。さあ、行け！」

秘令をうけた三妖は、清風と化して女媧宮を去った。

女媧〈じょか〉
下半身が蛇の体をもつ女神

招妖幡〈しょうようはん〉
妖魔をよびよせる旗

蘇護

一

紂王は女媧の像を見てからというもの、憂鬱な気分でいた。宮中の后妃たちを見て、女媧とのあまりのちがいにため息をつくこともしばしばであった。

ある日のこと、紂王は費仲と尤渾を呼び、この気持ちをどうすればよいのかとたずねた。

費仲と尤渾は紂王のお気にいりの*大臣である。しかし彼らは、いつも紂王にごまをするようなことばかり言っていたので、宮殿の百官（文官と武官の総称）からは忌みきらわれていた。

その費仲が、さっそく自慢の口舌を披露した。

「なにもむずかしいことはございません。明日、陛下は四大諸侯に、『おのおのが美女百名を選んでさしだすように。』と命ずればよいのです。それならば、かならずや、女媧さまにも負けぬ天下絶世の美女を得られることでしょう。」

大臣　本書では、太師・宰相・亜相・大夫などの、行政をとりおこなう高官の総称。費仲と尤渾は中諫大夫という位の大臣である。

天下には八百の諸侯がいる。それらを四大諸侯が治めており、さらにそれを商の王朝が治めている。

四大諸侯は中国の東西南北に居をかまえている。東伯侯の姜桓楚、南伯侯の鄂崇禹、北伯侯の崇侯虎、そして西伯侯の姫昌である。

次の日の朝早く、紂王は四大諸侯に、それぞれ百人の美女をさしだすよう、勅令を出そうとした。

それを知った商容は、すぐに紂王のもとに出むいた。

「陛下。北海討伐の消息もまだ届いておりません。それにこのところ、各地では水害や干害があいついでおります。もし、陛下が目の前の快楽だけに気をとられ、またそのために各地から百人の美女たちをさしださせるようなことがあれば、陛下は民の崇敬を失うことになります。」

商容の意見はもっともだった。紂王は言葉を返すことができなかった。

結局、美女を集めるという勅令はとりやめになった。

しかし次の年の四月、天下の諸侯たちが貢ぎ物をたずさえてやってきたとき、紂王は、また美女捜しを思いだした。

だが、一度商容に諫められた手前、紂王は勅令を出すことができなかった。

そこで紂王は、また費仲と尤渾を呼び、なにかよい方法はないかとたずねた。

費仲はうやうやしく頭を下げる。

「おそれながら陛下に申しあげます。陛下は以前、宰相の意見を採りいれられました。そのため、美女を集めるという案をもちだすことは、二度となさるべきではないと存じます。」

「わかっておる、費仲。だから困っておるのだ。どうすればよい？」

「わたくしは冀州侯である蘇護の、娘のうわさを聞いたことがあります。娘の名は妲己といい、その美しさは天下に並ぶものなしと言われております。その者をお召しになってはいかがでしょうか。一家の、一人の娘を選んだだけであれば、民が騒ぐことはございますまい。」

「なるほど！　それは名案だ。」

紂王は喜んだ。

それから紂王は、冀州侯・蘇護を竜徳殿につれてくるよう命じた。

費仲〈ひちゅう〉
紂王にとりいる悪大臣

尤渾〈ゆうこん〉
紂王にとりいる悪大臣

蘇護は紂王から、娘を後宮にさしだすように言われると、頑としてこれを拒んだ。

「陛下の後宮の美女たちは数千を下らないといわれます。それらの方がたに比べ、わたくしの娘は徳色ともに、とるに足りませぬ。願わくば、陛下は国家の大事に心を向け、小人の言葉に耳をかたむけることのないようにと願いあげたてまつります。」

紂王は笑った。

「いにしえから今に至るまで、娘を召しだされて拒んだ者がどこにいるであろうか。娘は后妃となり、その父は国王の親族となれる。娘にとっても、このような栄誉がほかにあろうか。蘇護よ、冷静になって考えてみるがよい。」

蘇護は、きまじめで誠実な人であった。彼は娘を後宮に入れてまで出世をしようとは思わなかった。そこで彼は、声をはりあげて言った。

「君子が徳を修め政治に励めば、万民は喜んでそれに従います。しかし君子が色を好めば、かならずや万民は君子を見すてることになるでしょう。おそれながら今の陛下のなさりようは、国を失った*夏の桀王にならっておられます。このままでは、かならずや商朝六百余年の基業を断つことになろうかと思われます。」

紂王は、自分があの残虐無比の夏の桀王に比べられたことに激怒した。彼は近侍に蘇護をひっとらえさせ、午門（宮殿をとりかこむ城壁の表門）で斬首にするよう命じた。

夏の桀王　商の前にあった夏王朝の最後の王。妹喜という女性を愛して酒色におぼれ、残虐非道となった。このため人心は離れ、ついには湯という徳のある王に滅ぼされた。湯王は商を建国し、その31代目が紂王である。

費仲は紂王に助言した。

「蘇護の発言は許しがたいことです。しかし、事の原因が天下に知れわたれば、民は陛下のことを『賢を軽んじ、色を重んずる』とうわさするでしょう。ここは蘇護を許し、冀州へ帰らせるべきかと存じます。」

「費仲よ。おまえは蘇護を許せというのか？」

「はい、さようでございます。さすれば蘇護も陛下の徳に感謝し、おのずと娘をさしだすことでしょう。」

紂王は費仲の言葉を聞きいれた。

それからすぐに、蘇護は放免された。宮殿をあとにした蘇護は、紂王に対し烈火のごとく

蘇護〈そご〉
冀州侯　妲己の父

紂王〈ちゅうおう〉
商朝31代目の王

怒っていた。蘇護は、午門で待機していた部下の兵士たちの前で、宮殿のほうへと向かって、

「昏君（おろかな王）！」

と叫んだ。

それから蘇護は、午門の壁に一編の詩を書いた。

君壊臣綱　君子が臣下との綱紀を壊し、

有敗五常　五常（仁・義・礼・智・信）の倫理を破った。

冀州蘇護　冀州の蘇護は、

永不朝商　二度と商には従わぬ。

二

紂王は蘇護を許したが、どうにも不愉快であった。

そこへ、午門官（午門の警護をしている臣下）がやってきた。

「陛下。蘇護は午門に十六字の反逆の詩を書きのこしました。」

紂王は午門官からその詩の内容を聞き、怒鳴った。

「礼を知らぬ賊子めが！」

紂王の怒りは頂点に達した。彼は即刻、みずから六師（紂王直属の軍）をひきい、冀州を征伐しようと思いたった。

紂王は殷破敗、晁田、魯雄などの武将に、軍の先鋒を命じた。

しかし魯雄は、蘇護が忠義心の厚い、善良な人間であることを知っていた。六師などが出ていけば、大きな戦になるだろう。

それを避けるため、魯雄はすぐに紂王に申しでた。

「蘇護ごときのために、陛下じきじきに兵をひきいてご出陣になることなどありませぬ。ここは諸侯に命じ、蘇護を征伐するのがよろしいかと存じます。」

「それもそうであるな。討伐へ向かわせるのは、やはり四大諸侯のうちの一人となるだろう。しかし、四人のうちのだれを向かわせればよいのだ？」

紂王のそばにいた費仲が、「冀州は北にあります。となれば、北を治める北伯侯の崇侯虎がよろしいでしょう。」と言った。

しかし魯雄は、費仲につよく反対した。

「崇侯虎は乱暴な男です。兵をひきいて遠征に向かえば、その道中でかならずや民を苦しめることになるでしょう。そのようなことになれば、陛下の徳に傷がつくことになります。」

「それではだれがよいのだ？」

「西伯侯の姫昌がよろしいかと存じます。姫昌は仁徳のある人間でございます。彼ならば、陛下の威徳を冀州の民に示すこともできましょう。」

費仲と魯雄はおたがいに譲らなかった。

そこで紂王は、崇侯虎と姫昌の両者を冀州へ向かわせることにした。

三

ちょうどそのころ、四大諸侯と、宰相の商容、亜相（副宰相）の比干は顕慶殿にいた。彼らは紂王から、ねぎらいの宴を開いてもらっていた。すばらしい料理と酒とがふるまわれていた。しかしその宴会は、紂王からの使いがやってきたことにより、中断された。

「西伯侯および北伯侯、勅令である。すぐに冀州侯・蘇護の討伐へと向かえ。」

使いの者が帰ったのち、姫昌は、なにかおかしいと思った。

「蘇護どのは忠義の士だ。＊天子はどこぞの小人の言葉を信じ、忠臣を討伐しようとしているのではないか？　商容どのに比干どの、明日の朝、陛下にくわしい事情をうかがっていただきたい。遠征はそれからでも遅くはないでしょう。」

天子 「天が地上に授けた子」という意味で、帝王をさす。本書では紂王のこと。

するると、北伯侯の崇侯虎は笑った。

「戦と聞いておじけづいたのではあるまいな、姫昌どの。」

「そうではござらぬ、崇侯虎どの。ただ、なんの理由かもわからぬままで遠征をするのは腑に落ちぬということだ。」

「なにを言うか、天子の命令であるぞ。もとより、諸侯の反乱は何があっても封じなければならぬものだ。この国には八百の諸侯がいる。それらが天子の命に背き、勝手なことをはじめれば、天下はたちまち乱れるであろう。」

「崇侯虎どのの言われることは、たしかにもっともである。しかし、大義名分もなく遠征をすれば、兵は疲れはて、民は苦しむだけだろう。これは国家の望むべきところではない。」

姫昌〈きしょう〉
四大諸侯の一人、西伯侯
のち、周の文王

崇侯虎〈すうこうこ〉
四大諸侯の一人、北伯侯

崇侯虎と姫昌は、半日ほど言いあらそっていた。

そして最後に姫昌が折れた。

「わかりました。だが冀州は北伯侯どのの管轄下ですから、北伯侯どのがさきに冀州を攻めてくだされ。わたくしはあとで軍をひきい、冀州に向かうことにしましょう。」

二人はそれで話をつけた。そして遠征の準備をするために、朝歌を去り、それぞれ、自分の領土へと戻っていった。

四

蘇護が冀州に戻ってから、そう時をおかずに、北伯侯・崇侯虎が五万の兵をひきいてやってきた。彼は冀州の城の前に陣をかまえた。

蘇護は、崇侯虎が軍をひきいてやってきたことに腹をたてた。

「ほかの諸侯ならば、まだ話し合いで解決する道もあった。しかし、あの崇侯虎が来たのであれば、交渉などまず不可能だ。ならばここであの男を討ち、天下万民のために害をとりのぞくことにする！　皆の者、出陣だ！」

一発の砲声*とともに、冀州の城門が開いた。

砲声　ここでは、火薬が戦闘開始の合図になっている。火薬をつかった戦争は今から1000年ぐらい前に始まったが、原作者が明の時代（約400年前）の人であるため、本書の時代設定は商朝（約3000年前）としながらも、時代風景・文化・風習などは明朝のそれとなっている。

そして、蘇護のひきいる兵馬が鬨の声をあげ、轟音を響かせながら、城門の前にいる崇侯虎の軍へと打って出た。

先陣は蘇護の息子、蘇全忠。彼は白馬にまたがり、画戟をかまえて叫んだ。

「われこそは冀州侯・蘇護の長男、蘇全忠。相手になる兵はおらぬか！」

崇侯虎の陣から、黒い馬にまたがった梅武が、大斧をもって蘇全忠の前に立ちふさがった。

「蘇全忠よ！　わが軍に刃向かうことは、天子に刃向かうも同じ。悪いことは言わん。すぐさま武器を捨て、降伏をしろ。」

「だまれ！　この匹夫が！」

二十合（武器が二十回ぶつかりあうこと）ほど打ちあったのち、蘇全忠は、梅武を馬から突きおとした。梅武は絶命した。

「敵将梅武、討ちとったり！」

それを見た蘇護は、部下に命じて銅鑼を鳴らさせる。

蘇全忠
〈そぜんちゅう〉
蘇護の息子

画戟〈がげき〉

銅鑼の音とともに、冀州軍は突撃をかけた。崇侯虎は形勢が不利だとみると、攻撃をうけとめる一方で、軍を退却させた。

結局この日、北伯軍は十里ほど敗退した。

蘇護は意気揚々と、兵をひきいて城へと戻った。

一方、城から十里ほど離れた場所に陣営を張っていた崇侯虎は、陣営で酒を飲み、憂さをはらしていた。そこへ武将の黄元済がやってきて、崇侯虎を諫めた。

「勝ち負けは兵家の常です。今日の負け戦くらいで、気を病まれてはなりませぬ。」

この夜、崇侯虎は兵士たちに、明朝の交戦に備えて、早く眠りにつくよう命じた。

夜が深まる前に、崇侯虎の陣営には、いびきの音が響きわたっていた。

ドーン！

突然、砲声が鳴りひびいた。それを合図に、冀州兵三千騎が、崇侯虎の陣営になだれこんできた。

「敵襲だ！　敵襲だ！」

陣営の兵士たちは驚いて跳びおき、あわてて武器を手に取った。しかし冀州の人馬は猛虎のようにおそろしい勢いで、北伯軍の兵士たちを容赦なく斬りつけ、踏みつけていった。

崇侯虎は、長男の崇応彪に軍のしんがりを任せ、さらに敗走をした。

里　本書の度量衡は明の時代に合わせて換算する。1里は400～500メートル。

夜が明けてから、崇侯虎は残った人馬の数を見た。そしてため息をついた。

「多年、戦をしてきたが、一度として負けたことはなかった。しかしこのたびは、冀州軍の策略にかかり、敗走をくりかえした。うらむらくは西伯軍がいつまでも到着しないことだ。姫昌のやつめ、きっと自国でのうのうと座しているのであろう。腹だたしいことだ。」

崇侯虎が思いに沈んでいると、前方から一群の人馬がやってきた。崇侯虎は敵襲と思い、魂が体の外へ飛びだしそうなまでに驚いた。

その一群の先頭には、〈火眼金睛獣〉という黒い獅子にまたがった、真っ黒な顔をした男がいた。曹州侯の崇黒虎である。両手には一丁ずつ金の斧をもっている。

崇侯虎は、弟の崇黒虎が来てくれたことを大いに喜んだ。

崇黒虎〈すうこくこ〉
北伯侯・崇侯虎の弟
勇猛で知られる

火眼金睛獣〈かがんきんせいじゅう〉
目から火眼金睛という光を発する
巨大な獅子

「おお！　よくぞ来てくれた、弟よ！　敗走を重ね、一時はどうなることかと思っておったが、おまえが来てくれればもう安心だ。」

崇侯虎と崇黒虎は軍隊を合わせ、ともに冀州の城へと向かった。

崇黒虎は、その真っ黒な顔を城に向けながら、崇侯虎に言った。

「兄上、わたしによい考えがある。」

もともと、崇黒虎は蘇護の旧友であった。そのため、彼は蘇護が忠義の士であることをよく知っていた。ここへやってきたのも、冀州征伐の話を聞きつけ、友である蘇護を助け、天子と和解させようと考えたからであった。

崇黒虎は冀州城の城門の前までたどりついた。

すると、蘇全忠が軍をひきいて、崇黒虎に挑みかかってきた。

「待たれよ、全忠どの。わたしはおぬしの父上の友人、曹州の崇黒虎だ。父上と話がしたい。すぐにここへ呼んではいただけまいか。」

崇黒虎はていねいな口調で言った。

しかし蘇全忠は、血気さかんな若者であった。彼は崇黒虎に向かって怒鳴った。

「きさまのような真っ黒い面の男が父上の友人でなどあるものか！　武器をおさめ、早々に逃げかえるがよい！　そうでなければ、今すぐきさまを刺しころし、父上の友をかたって侮辱したことを後悔させてやる！」

崇黒虎は、あまりに無礼な蘇全忠の口のきき方に激怒した。

「この青二才が！　礼儀を知らぬにもほどがあるぞ！」

「ほざけ！」

蘇全忠は画戟を振りあげ、崇黒虎に打ってかかった。崇黒虎は、右手の斧で画戟をうけとめる。それから、はげしい打ち合いがはじまった。

蘇全忠は強かった。しばらくすると、崇黒虎は防戦一方になる。

崇黒虎はあせった。彼は斧をぶうんと大きく振り、蘇全忠がそれをよけている間に、黒獅子を返し、逃げていった。

「待て！　どこへ逃げる！」

蘇全忠は自分の馬に拍車をかけ、崇黒虎を追いかける。

「うむ、しかたがない！」

崇黒虎は、腰につけたひょうたんを手に取った。ひょうたんの栓を抜くと、黒い煙とともに、中から一羽の〈鉄嘴神鷹〉という大きな鷹があらわれる。鷹は蘇全忠におそいかかった。

「なんの！」

蘇全忠は画戟をかまえ、鷹を突きころそうとした。しかしそれよりも速く、鷹は蘇全忠

の乗っている馬ののどもとを爪でつかみ、嘴で目玉を突いた。

馬は大きく跳ねあがっていななき、蘇全忠を地面に振りおとした。

「ひっとらえよ！」

崇黒虎は部下の兵に命じて、蘇全忠を縛りあげた。

それから崇黒虎は、城門の前まで行き、大声で叫んだ。

「蘇護よ！　おまえの息子はこのとおり、捕らえられた。こんどはおまえが打って出てくるがよい！」

しかし崇黒虎は心の中で、（蘇護どの、何をぐずぐずしている。早く出てきてくれ。出てきて和解をしてくれれば、わたしはすぐにでも兄を引きつれて、この冀州から撤兵するのに。）と思っていた。だが、崇侯虎とその兵がいる手前、そう口に出すことはできなかった。

一方、城内で、蘇護は思い沈んでいた。

「頼みの綱であった長男の全忠が捕らえられた。冀州には、あの崇黒虎どのの道術に打ちかてるほどの武将はいない。しかし、この冀州城が破られ、崇侯虎の軍が入ってくることだけは避けたい。いっそのこと、みずからの手で妻と娘を殺し、自刎をするべきか。」

そう思いつくと、蘇護は剣をたずさえて自分の屋敷に戻り、娘のいる部屋へと向かった。

しかし蘇護は、娘の姿を見ると、剣を振りおろすことなどとうていできなかった。

娘の妲己はたずねた。

「お父さま。剣などお持ちになって、いったいどうなされたのですか。」

蘇護は、ため息をつきながらつぶやいた。

「いまいましい娘だ……。おまえ一人のために、わが蘇氏一門の家系が断たれることになった。」

蘇護の目から涙があふれでてきた。涙を見せまいと、蘇護は娘に背を向け、部屋から立ちさった。

蘇護が裏庭を歩いているとき、兵士があわてて駆けつけてきた。

「報告します！　西伯侯の使者、散宜生が、書状をたずさえてやってきました！」

蘇護は、西伯侯の姫昌が崇侯虎とはちがい、仁徳のある人物であることを知っていた。

「すぐに宮殿のほうへ通せ。わたしもすぐに行く。」

宮殿で、蘇護は散宜生に会った。

散宜生は、姫昌から預かった手紙を蘇護にさしだし、言った。

「先月、天子は蘇護どのの書かれた反逆の詩を見てお怒りになられました。天子はわが主に、冀州を攻めるよう命じました。しかしわが主は、蘇護どのの忠義のほどをよく存じております。そのため、わざと兵を動かさないでおりました。だが、いつまでもごまかせるものではございません。」

蘇護は姫昌からの手紙を読んだ。

そこには、「娘を天子にさしだしたほうがよい。娘を愛するがために天子と事をかまえることなかれ。冀州を失うなかれ。兵や民に災いをもたらすなかれ。」といった内容が、ていねいで思いやりのある文章によってつづられていた。

読みおわると、蘇護はなにも言わず、ただ静かにうなずいただけだった。

散宜生は言った。

「蘇護どの。わが主は、ただただ好意のみでこの書状を送られたのです。悪いようにはいたしません。すべてをわが主に任せてください。そして降伏するという書状をお書きください。その一書で、この戦が終結し、兵や民を苦難から救うことができるのです。」

次の日、蘇護は、書きおえた手紙を散宜生に手わたした。

「姫昌どのの書状には道理がありました。わたくしは娘の妲己をつれて朝歌へ向かい、天子に謝罪します。姫昌どのに、そうおつたえください。」

散宜生〈さんぎせい〉
姫昌の信頼あつい
上大夫

散宜生は城を出たのち、崇兄弟の陣営に赴き、彼らと面会した。そして姫昌から送られてきた手紙のことを話した。

崇黒虎はそれを聞き、崇侯虎を怒鳴りつけた。

「兄上！　兄上も四大諸侯の一人であろう。だが兄上は何をやってきた？　五万の軍を動かし、むだに将や兵の命を失っただけではないか。西伯侯は一通の書状だけで事をすませた。少しは恥を知りなされ！」

崇黒虎は、すぐに蘇全忠を釈放するよう、兵士たちに命じた。

しばらくして、縄をとかれた蘇全忠が、崇黒虎たちの前にやってきた。

崇黒虎は蘇全忠に言った。

「全忠どの。父上に『一刻も早く朝歌へ向かうように。』とつたえてくれ。わたしも朝歌へと赴き、天子の前で情けをかけてもらうよう嘆願してみる。」

蘇全忠は崇黒虎に礼を言い、以前の非礼をわびた。そして馬に乗って城へと戻っていった。

五

散宜生が去ったのち、蘇護は朝歌へと向かう準備をした。車をととのえ、旅に必要な衣類

駅站　朝廷から任務をうけた役人たちが安全に旅をできるよう、朝廷が各地に設けた宿泊施設。宿泊客の名前や次の目的地は、駅站の名簿に記載される。

などをそろえた。

妲己は終日泣いていた。父母と別れることがつらかった。側仕えの侍女たちはそれを見て、ともに心を痛めていた。

数日後、妲己は母と、兄の蘇全忠に見おくられ、朝歌へと出発することになった。妲己を乗せた車は、蘇護が三千の人馬を引きつれて護衛をすることになった。

山を越え、谷を進み、夕暮れ近くには恩州地方にたどりついた。

恩州の駅站*では、駅丞（駅站の責任者）が、蘇護たち一行をていねいに迎えいれた。

「これはこれは、ようこそお越しなされました。」

「この車にいるのは〈天子の貴人（後宮に仕えている女性）〉である。すぐに広間を清め、貴人をお泊めするように。」

「申しわけありませぬ。広間は三年前に妖魔が出てからというもの、だれもつかっておりませぬ。万が一のことも考え、できれば露営で貴人にお休みいただき、厳重に警護をされたほうがよろしいかと存じますが。」

蘇護は一喝した。

「天子の貴人は妖魔などおそれはせぬ。さっさと広間を掃除し、お泊めできるようにするがよい。」

駅丞は蘇護をおそれ、おとなしく広間の掃除をしにいった。そして、妲己をその広間で休ませた。

蘇護の三千の兵たちは、駅站のまわりに陣を張った。蘇護自身は駅站の一室に泊まることになった。

蘇護は思った。

（この駅站は官僚を泊めるための場所である。それに人もたくさん住んでいる。妖魔など出るわけがあるまい。しかし、駅丞の言葉を無視するわけにもいかないだろう。何事も用心が肝要だ。いざというときのために備えておかねば。）

蘇護は机の上に〈豹尾鞭〉という鞭を置き、一晩じゅう明かりをともして兵法書を読むことにした。

やがて、初更（一夜を五更に分けた第一で、今の午後八時ごろ）を告げる太鼓の音が、恩州の城から響いてきた。

（娘は無事だろうか。）

蘇護は心配で落ちつかなかった。彼は豹尾鞭をもち、娘の眠っている広間のまわりを見てまわった。

広間にしつらえられた寝室の中では娘が、ぐっすり眠っているのが見えた。蘇護はほっとして、引きかえしていった。

自分の部屋に戻ると、蘇護はまた兵法書に読みふけった。

もうすぐ三回目の太鼓の音が城から響くというころ、突然、一陣の風が、蘇護のいる部屋の中へ吹きこんできた。机の上の明かりがぱっと消える。

次の瞬間、広間のほうから悲鳴が聞こえた。

「妖魔だ！　妖魔だ！」

蘇護はすぐに豹尾鞭と明かりを手にし、広間へと走った。

しかし広間へ近づいたとき、また一陣の突風が吹き、蘇護のもっていた明かりを消した。

「皆の者！　すぐに集まれ！　明かりをもて！」

同行した蘇護の家将たちは、明かりをもってすぐにやってきた。

蘇護は家将たちとともに広間へと駆けこむ。中では、妲己の侍女たちが叫び声をあげ、逃げまどっていた。

蘇護は妲己のいる広間の寝室へと急いだ。

妲己は寝台の上で眠っていた。蘇護が来ると、彼女は目を覚ました。

「娘よ、何か見なかったか？」

「夢の中でだれかが『妖魔が来た！』と叫んでいました。でも目を覚ませば、お父さまが明かりをもってそこに立っておられます。それ以外は何も見ていません。」

蘇護は安心し、ふうと息をついた。それから娘に、安心して眠るようにと言った。

その夜、蘇護は徹夜で妲己の寝室のまわりを警護していたが、結局、妖魔はあらわれなかった。

蘇護は何事もなかったことを喜んだ。

(だが、いつまでもこのような駅站にはいられない。早く立ちさらねば。)

蘇護は、日が昇るとすぐに、兵たちに出発のしたくをさせた。そして娘を車に乗せ、早々に恩州を立ちさり、朝歌へと向かった。

蘇護は、無事に危険から抜けだせたものと思って、安心していた。

しかし、実際はすでに、手おくれだった。

昨夜、蘇護の手にもった明かりが消えたとき、妲己の魂は、千年狐の精に吸いとられていたのである。

そして今、妲己に化けた千年狐の精が、妲己のかわりに車に乗っていた。

蘇護はそれを知らなかった。

三 妲己

一

蘇護の一行は朝歌へとたどりついた。

蘇護は冠をかぶらず、みずからの罪を認めるため、九間殿の紂王の御前へと歩みでた。

そして、平伏して言った。

「逆臣蘇護、死罪にあたいします。」

紂王は蘇護に問うた。

「蘇護よ、おまえは午門に朕をそしる詩を書き、朕の兵と戦い、朕の将を殺した。まだ何か言うことがあるか?」

蘇護は何も言うことができず、ただ頭を深く下げた。

紂王は近侍に、蘇護を午門で斬首するよう命じた。

その場にいた宰相の商容は、すぐに紂王の前に進みでて言った。

「以前、蘇護が娘を引きわたさなかったことで、陛下は蘇護を罪に問いました。しかし今日、蘇護が娘をつれてきたというのに、罪を問うております。これは道理に反しているのではないでしょうか。」

すると紂王の寵臣、費仲は言った。

「陛下、こうなされたらよろしいかと存じます。まず蘇護の娘、妲己をここへつれてくるのです。もし陛下が彼女をお気に召したのであれば、蘇護を許してやればよろしいでしょう。」

紂王はうなずいた。そして、すぐに妲己を呼んでくるよう命じた。

しばらくして妲己が、二人の侍女を従えて、九間殿にやってきた。

紂王は、妲己のあまりの美しさに驚き、思わず玉座から立ちあがった。まさに仙女のようであった。

「費仲よ、うわさにいつわりはなかったようだ。」

紂王はすぐさま蘇護を許した。

いや、それだけではない。紂王は蘇護のために三日間の宴会を設け、さらに毎月二千担の俸禄を与えることを約束した。

蘇護は平伏し、ありがたくそれらをうけとった。

しかし、いならんだ大臣たちは、「陛下はこれほどまでに色を好むのか。」と不満の意をくすぶらせていた。

二

それからというもの、日夜、紂王は妲己のために宴を開き、夜は妲己の住む、後宮の寿仙宮に入りびたりになった。

紂王は二か月の間、国の政治をまるで顧みなかった。百官たちはその紂王の姿を見、いきどおりを感じていた。

蘇妲己〈そだっき〉
冀州侯・蘇護の娘　絶世の美女
じつは千年狐の精

費仲〈ひちゅう〉
紂王にとりいる
悪大臣

上大夫の梅伯は、宰相の商容と亜相の比干に相談した。

「陛下はちかごろ登殿もなさらず、政治をまるで行わない。これは大乱の兆しだ。しかし、こうなったのは陛下の責任だけにあらず、わたしを含めた下官と、あなたたち二人にも責任のあることだ。今日は城の太鼓を鳴らし、なんとしても陛下にご登殿ねがおう。」

商容と比干は賛成した。

彼らは部下に命じて、城の太鼓を鳴らさせた。

一方、そのときも紂王は妲己とともに、後宮にある摘星楼で宴会を催していた。しかし、太鼓の音が聞こえ、また臣下たちがやってきて「陛下、ご登殿を！」と迫ってくるため、紂王は行かざるをえなくなった。

紂王は妲己に、「しばし、くつろいでおれ。すぐに戻ってくる。」と言って、九間殿へと向かった。

紂王が玉座に上がったのち、商容と比干はすぐに紂王の前でひざをつき、言った。

「おそれながら申しあげます、陛下。陛下には日夜宮院（後宮のこと）に遊ばれ、国の政治をまったく顧みられません。臣下は皆、嘆かわしいことだと思っております。願わくば、今後、国の政治に心をかたむけ、これまでの行いをあらためていただきとう存じます。」

「朝廷百事はすべて宰相の仕事であろう。なぜ朕がやらねばならぬのだ。」

「陛下はこの国を治められる方です。国を治める者が政治をしないという道理は、古今、聞いたことがありませぬ。さあ、陛下。心をあらため、政治に目を向けてくだされ。」

商容以下の臣下たちは、書類をかかげ、紂王に迫った。紂王は困りはてていた。

ちょうどそのとき、午門官が駆けつけてきた。

「雲中子と名のる道士が、どうしても陛下にお会いしたいと申しております。」

突然の来訪者の出現に、紂王は内心、喜んだ。

「よし！　その雲中子とやらに会おう！　すぐにここへ通せ！」

しばらくして、背中に木剣をせおい、手に払子をもった道士、雲中子がやってきた。

雲中子は長い袖を振りながら、紂王の御前へと歩みでた。

梅伯〈ばいはく〉
商の上大夫

比干〈ひかん〉
商　朝3代に仕えてきた亜相

雲中子〈うんちゅうし〉
終　南山の仙人
雷震子の師

「おぬしが雲中子か。どこから来られたのじゃ?」

「雲水である。」

「雲水とはどこじゃ?」

「心が白い雲のごとく常に自由であれば、意は流るる水に身を任せるがごとく東西へと行くものであろう。」

紂王は、この道士がただ者ではないと悟った。そして近侍に、道士に座席を与えるよう命じた。

しかし雲中子はそれを辞退した。そして床に座りこんだ。

「それで雲中子とやら、朕になんの用事じゃ?」

「わたしが薬草をとりに高山の峰に登ったとき、朝歌の宮殿に妖気が立ちこめているのが見えた。その妖気をとりのぞこうと、今日、ここへ足をはこんできたのだ。」

「それはご苦労であったが、そんなことはありえぬ。ここの警備は厳重だ。妖魔が立ちいるなど、まずもって不可能だ。おぬしの勘ちがいではないのか?」

すると雲中子は笑った。

「いやいや、陛下。それは陛下がご存じないだけのことだ。もし陛下が、妖魔がねらっているということを知っていれば、妖魔もおそれて、ここで悪さをすることはないであろう。」

雲中子は背中の木剣をはずした。そして、それを紂王に献上した。

「この木剣を、宮殿と後宮の間にたつ分宮楼につるしておかれるがよい。三日以内に妖魔は去るであろう。用事はそれだけだ。では失礼を。」

雲中子は一礼し九間殿を出るや、雲に乗って飛びさっていった。

紂王が寿仙宮に戻ると、妲己の姿が見あたらなかった。

「蘇美人（妲己のこと。〈美人〉は女官の位の一つ）はどこへ行った？」

その場にいた侍女は答えた。

「突然の病に床に伏され、起きられぬ状態でございます。」

紂王は驚き、すぐさま妲己の寝室へと向かった。

寝台の上の妲己はひどいありさまだった。唇は真っ白で、息もよわよわしく、意識も朦朧としていた。

「蘇美人よ。病とは聞いたが、これほどまでに重かったとはのう。朕にできることがあればなんでも言ってくれ。なんでもかなえてつかわそう。」

妲己は焦点の定まらぬ目を紂王に向け、とだえがちな声で言った。

「昼どきに、わたくしは陛下が戻っていらっしゃるのをお迎えしようと、分宮楼のそばまでまいりました。そのとき、分宮楼の屋根に宝剣がつりさがっているのが見えました。すると、全身から冷や汗が流れだし、このように病を得てしまったのです。」

「なんと！　それはあの道士のくれた宝剣じゃ！」

「陛下、わたくしの命はもう長くはありませぬ。長らく陛下にお仕えすることができなかったのが心残りでございます。」

妲己は涙を流した。

「泣くな、蘇美人よ。すべては朕の過ちじゃ。あの道士こそが妖魔であった。やつは妖しげな術をつかい、蘇美人を苦しませておるのじゃ。すべてはあの宝剣のせいじゃ。」

紂王は即刻、分宮楼の木剣を焼くよう命じた。

木剣が灰となったのち、妲己の病はぐんぐんと回復し、その美貌ももとへと戻っていった。

三

朝歌には、杜元銑という名の老臣がいた。

彼は、天体の動きを見て占いをする、天台官という仕事をつかさどっていた。

このところ杜元銑は、夜に星を見、なにやら妖光が宮殿に漂っているのを感じていた。

（前日、道士が剣をたずさえてやってきた。道士は宮殿に妖気が立ちこめていると言っておった。見るところ、これは不吉な事態であろう。もっか、陛下は酒と色とにおぼれ、朝政を乱し、百官を失望させているが、これは、いずれは国家の衰退につながることになろう。陛下のことは、われわれ臣下の責任でもある。上奏し、陛下を諌めねば。）

その夜、杜元銑は諌書を書いた。

杜元銑は翌日、その上奏書をたずさえ、商容をおとずれた。そして、これを紂王に渡してくれるよう頼んだ。

商容は、こころよく引きうけた。

「天子は連日宴にうつつをぬかされ、まったく政治を行われず、まことに恥ずべき事態である。この老夫がかならずや、この書を天子にお渡ししよう。」

そのころ、紂王は妲己とともに後宮にいた。

そこへ奉御官（天子の命令をつたえる臣下）がやってきて、紂王に言った。

杜元銑〈とげんせん〉
商の天台官

商容〈しょうよう〉
商朝3代に仕えてきた宰相

「商容宰相が陛下にお目にかかりたいと申しております。」

「商容は*外官だが、やつは商朝三代に仕えてきた老臣だ。ここへ通すがよい。」

商容は、杜元銑から預かった諫書をたずさえて入ってきた。

「なにか緊急の用か？　商容よ。」

「天台官の杜元銑が昨夜、天象を見、宮廷に妖気が立ちこめていることに気がついたのです。杜元銑は座して黙するわけにもいかず、このように上奏書を献上してまいりました。」

紂王は商容から書を手わたされた。

それを読んだのちに紂王は振りむき、妲己にたずねた。

「杜元銑の書には、妖魔がこの宮殿に侵入しているとあるが、これはまたどういうことじゃろう？」

妲己は、紂王の耳もとでささやいた。

「先日、雲中子が妖言を述べ、国を乱しました。今日、杜元銑もまた同じことをしております。妖言を述べ、人心を惑わす者をほうっておけば、いずれ国の災いとなりましょう。これからのち、妖言を言いふらす者は斬りすてるべきです。」

「なるほど。蘇美人の言うことはもっともじゃ。じつをいえば、雲中子を逃してしまったのも心残りである。これからは厳しくとりしまるべきじゃな。」

外官　王の親族からでた役人を内官、親族ではない役人を外官という。外官はふつう後宮には入れない。

紂王は近侍に、杜元銑を斬首せよと命じた。

商容はあわてて紂王の前に平伏し、思いとどまらせようとした。しかし紂王は、商容の言葉を聞かなかった。

それからすぐに、杜元銑は兵士たちに捕らえられた。

杜元銑が罪人の服を着せられ、午門へと向かう途中、ちょうど通りかかった上大夫の梅伯は、大声で兵たちに、止まるよう命じた。

「おまえたちは天下の忠臣を斬首にする気か！　わたしは今から丞相たちに会って、事の次第をただしてくる。それまではここで待っておれ！」

梅伯は商容に会いにいった。そしてわけを聞くと、いきどおって、後宮の紂王のもとへと駆けつけた。

そして紂王を怒鳴りつけた。

「昏君！　妲己などの話を真にうけ、忠義の臣を失うとは、まことにあきれはてたことだ！　杜元銑を斬るという行為は、彼一人を斬るという意味だけではない！　千々万々の民を斬るも同じだ！　この梅伯がこうして上奏し、官位を失うことなど小さきこと。だがわたしは、湯王よりはじまりし数百年の商の歴史が、昏君の手によって尽きてしまうのを、ただ指をくわえて見ていることに耐えられぬのだ！」

紂王は激怒した。

「この反逆者を金瓜で打て！」

左右の兵たちが梅伯をひっとらえ、外につれだした。紂王と妲己もあとについていった。

兵が梅伯の頭を金瓜で打とうとしたとき、妲己は紂王にささやいた。

「臣下が無断で宮内に入りこみ、あまつさえ君主を侮辱しました。これは大逆の罪です。ただの刑罰ではすまされません。」

「それでは、どうすればよいのだ。」

「わたくしはふさわしい刑具を知っております。とりあえず、梅伯を牢に閉じこめておいてください。」

紂王は妲己の言葉を聞き、梅伯を牢に入れるよう命じた。

梅伯がつれさられたのち、紂王は「その刑具はどのようなものか。」とたずねた。

「〈炮烙〉と申します。今後、妖言をかたり、君主を侮辱した者は、この刑によって、灰になるまで焼きつくしましょう。」

紂王はすぐに炮烙をつくるよう、近侍の者に命じた。

商容は、梅伯の処刑のために〈炮烙〉をつくるという話を耳にし、心の底からおそろしくなった。

商容は紂王のところへと出むき、辞職を申しでた。

「わたくしはもう老いはてました。今のような重任には耐えられませぬ。田舎へ引きしりぞき、静かに暮らしとうございます。」

紂王は、商容をむりに引きとめるようなことはしなかった。彼はただ「これまでご苦労であった。」とねぎらいの言葉を言い、すんなりと商容の辞職をうけいれた。

商容が朝歌を去るその日、文武百官は、朝歌から十里離れたところまで、商容を見おくっていった。

別れぎわ、商容は馬をおり、百官たちの顔を見まわして言った。

「陛下は忠義の士をも殺すことになった。この老骨の言葉は、もう陛下の耳には届かないようだ。ただ、わたしより優秀な者が、わたしの位をうけついでくれることを願いたい。」

商容は目に涙をためて別れを言い、馬に乗って去っていった。

梅伯〈ばいはく〉
商の上大夫

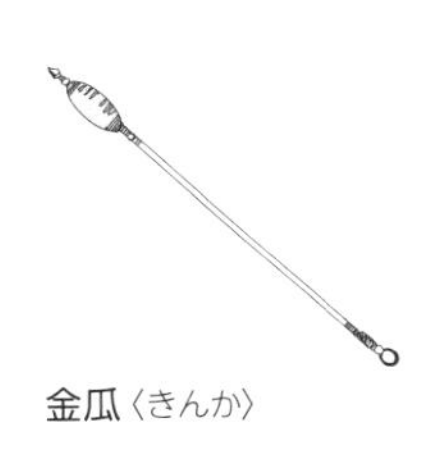
金瓜〈きんか〉

四

商容が去ってから何日かのち。

妲己の指示のもとで、炮烙は完成した。

紂王はできあがった炮烙を見て、驚いた。

それは高さ二丈（一丈は約三メートル）、直径八尺（一尺は約三十センチメートル）の、大きな柱のようなものだった。柱は銅でできていた。

柱の中は、大量の炭を燃やすため、空洞になっている。柱のてっぺんはあいていた。また柱には、炭がよく燃えるよう、空気を通すための、三つの大きな窓〈火門〉が、縦に並んでいた。

紂王は笑った。

「蘇美人はよくぞこのような奇法を知っておった。炮烙はまさに治世の宝じゃ。」

翌日、紂王は朝廷へと出た。そして文武百官を宮殿の東の庭へとつれていった。

東の庭の中央に、巨大な炮烙が立っていた。百官はそれを見て、「あの柱はなんだ。」とざわめいた。

縄で後ろ手に縛られた梅伯が、兵士たちにつれてこられた。そして紂王の前にひざまずかされた。

梅伯は牢生活で汚れた顔を上げ、紂王をにらんだ。

紂王は梅伯を指さし、わめいた。

「この匹夫め！　今日は炮烙で、おまえの筋や骨を残らず灰にしてくれるわ！」

それからまわりの者にも言った。

「今後、君王を誹謗する者は、すべてこの梅伯のようになるぞ！　よく見ておくがよい！」

梅伯はそれを聞き、紂王に向かって叫んだ。

「非道の王よ！　なにゆえにわたしをこのような酷刑にする！　国を思って述べた言葉も聞かず、妲己などの声に耳をかたむけるとは、血迷ったのか！　もう商朝は終わりだ！　商朝は終わりだ！」

激怒した紂王は、左右の者に命じて梅伯の衣服をはぎとらせ、裸のまま、鉄の鎖で炮烙に縛りつけさせた。

それから、柱の火門から火をほうりこんだ。

中空となった柱の中に入っている燃料が燃え、炎をまきあげる。三つの火門と柱のてっぺんからは煙がもうもうと立ちのぼった。

梅伯は悲鳴をあげ、まもなく気を失った。肉の焼ける、いやな臭いがあたりをただよう。

紂王は、梅伯が真っ黒な灰と化すまで、炮烙を燃やしつづけた。

群臣たちは、あまりの残酷さに目を伏せていた。彼らは紂王に恐れをいだき、内心、商容のように官職をやめてしまいたいと思っていた。

梅伯の無残な死ののち、群臣は紂王を非難するようなことを口にしなくなった。

紂王はこの状況を見て、じゅうぶんに満足して喜んだ。

そして後宮へ戻ると、炮烙を提案した妲己のためにすばらしい宴会を催した。

美しい琴の音の鳴りわたる宴会の中、紂王は杯をあげ、隣に座している妲己に言った。

「蘇美人よ。そなたの提案した炮烙の効果はみごとなものじゃ。もう二度と、朕を誹謗するようなやからが、あらわれることはあるまい。炮烙はすばらしき治国の宝じゃ！」

四　姜皇后

一

紂王が妲己の言葉を聞きいれ、忠臣の梅伯を惨殺してからというもの、臣下たちは紂王に恐れをいだくようになった。

ある日のこと。寿仙宮で、この日も紂王は妲己と宴会を催していた。

紂王は大いに酒を飲んだ。妲己は天女のように美しい舞を紂王に披露した。

その宴会のなかば、紂王の正室（第一夫人）である姜皇后が、二人の侍女を引きつれてやってきた。

姜皇后は紂王の御前でひれふした。そして顔を上げると、凛とした声で言った。

「お話がございます、陛下。」

後宮には、一人の皇后と二人の貴妃がいた。姜皇后、そして黄貴妃と楊貴妃である。

姜皇后は、四大諸侯の一人である東伯侯・姜桓楚の娘だった。知と徳とを兼ねそなえた才女であり、後宮の女官たちからも慕われていた。

紂王は、うっとうしそうな表情を姜皇后に向けた。

「姜皇后よ。今は宴会のときぞ。用事はあとにしてくれ。」

「用事ではありませぬ。心配でここへまいったのでございます、陛下。」

「なんの心配じゃ？」

「湯王以来の商王朝が滅びることでございます。」

紂王は立ちあがった。

「商王朝が滅びるだと！　何を根拠にそのようなことを申すのじゃ！」

「たった今、陛下のなされていることが、その根拠にございます。陛下は政を顧みず、日夜、蘇美人との宴を楽しんでおられる。商王朝が滅びぬわけがございません。」

「無礼なことを申すな！　さがれ！」

紂王は近侍に命じ、姜皇后を寿仙宮の外へと追いだした。

「朕に意見をするとは、なんという女じゃ！」

紂王は杯の酒を一気に飲みほした。そしてその杯をそばの柱に投げつけた。杯はガシャンと音をたて、こなごなにくだけちった。

「きゃあっ！」と、まわりの侍女たちは驚いて悲鳴をあげた。

妲己は、紂王のそばにより、やさしい声で言った。

「陛下、お気を静めてください。わたくしが舞をまいますので、それでもご覧になって機嫌をなおしてください。」

「蘇美人よ、おまえはやさしいやつじゃ。機会があれば姜皇后を廃して、かわりにおまえを皇后にしてやろう。」

酒の勢いと、皇后に対する腹だちからの出まかせだった。

妲己はひざまずき、「身にあまる光栄でございます。」と言った。

二

それから三日後、姜皇后の住む中宮には、後宮の女官たちが朝賀にやってきていた。朝賀とは皇后にあいさつをする儀礼のことで、毎月一日に行われる。

後宮においてもっとも上の位が〈皇后〉、次に〈貴妃〉、その下に多くの女官たちがいる。

妲己は朝賀に出たことはなかった。後宮の女官名簿にその名をつらねていないので、必要がなかったのである。

しかし、寿仙宮で姜皇后と顔を合わせてしまったために、朝賀に出ないわけにもいかなくなった。朝賀は伝統的儀礼であるだけに、紂王も妲己に参列するよう命じた。

妲己はしぶしぶ、中宮へと向かった。

そして姜皇后と、その左右にいる貴妃たち――黄貴妃と楊貴妃の前で、ひれふした。

姜皇后は静かに口を開く。

「蘇美人よ。そのままでお聞きなさい。そなたがこの朝歌へやってきてからというもの、天子は国の政治を顧みなくなり、国の法規は大いに乱れております。もし今後、天子を惑わし、国家の混乱を招くようなことがあれば、中宮の法により、厳重に処罰します。よく覚えておおきなさい。」

姜皇后〈きょうこうごう〉
紂王の正室
殷郊・殷洪の母
東伯侯・姜桓楚の娘

蘇妲己〈そだっき〉
冀州侯・蘇護の娘　絶世の美女
じつは千年狐の精

妲己は泣くふりをした。

しかし姜皇后はそれを見ぬいてか、一変して厳しい口調となる。

「蘇美人よ！　いつまで蛙のように伏しているつもりですか。早々に立ちさりなさい！」

まわりの女官たちから、くすくすと笑い声がもれる。

妲己は怒りと恥ずかしさとで顔を真っ赤にした。彼女は立ちあがると、何も言わずに中宮を去った。

「大勢の女官どもの前で恥をかかせおって！　今に見ておれ。おまえを皇后の座から引きずりおろしてやる！」

妲己は、寿仙宮へ戻ると、さっそく復讐の手立てを考えた。

「へたなことをすれば、朝臣どもにわたしを排斥する口実をあたえることになるだろう。それでは逆に、わたしの身が危うくなるというもの。頼りになる朝臣でもおればよいのだが……。」

妲己は、紂王の寵臣である中諫大夫の費仲を思いだした。

「あやつならば、なにか奇計を思いつくであろう。」

妲己は費仲へ手紙を書いた。そして、それを侍女に頼んで、ひそかに届けさせた。

手紙をうけとったその日、費仲は自分の部屋に閉じこもり、思いなやんでいた。

「姜皇后を謀殺せよ。」と書いてあったが、そんな大それたことが簡単にできるわけがない。だいたい、姜皇后は東伯侯・姜桓楚の娘だ。四大諸侯のなかで最強の軍事力をもち、勇猛な武将もごまんといる東伯侯にこのことがばれでもしたら、自分の身がどうなるかは、容易に想像がつく。

（しかし蘇美人のこの手紙を無視すれば、きっと炮烙のような、むごい方法で殺されるであろう。どうすればよいのだ……。）

夜が過ぎてゆき、朝がやってきた。しかし費仲は、まだ悩んでいた。

（だめだ。どうすればよいのか思いつかない。）

費仲は、気晴らしに散歩でもしようと考えた。

費仲が部屋を一歩出ると、外の廊下には大男がいた。家将の姜環であった。

費仲は姜環を見て、よい方法がひらめいた。

「姜環よ。商朝のため、ひとつ頼まれてはくれまいか。おまえの姜という姓が必要なのだ。

費仲〈ひちゅう〉
紂王にとりいる悪大臣

姜環〈きょうかん〉
費仲の部下

危険な任務だが、成功すれば恩賞を授け、出世も約束しよう。」

「旦那さまの恩に報いるためであれば、焚き火の上にも伏し、死をも辞しませぬ。なんなりと申しつけてください。」

費仲は姜環に策を授けた。

それから妲己に、策の内容がくわしく書かれた密書を送った。

妲己は寿仙宮で、満足げな顔でその密書を読んだ。

「ほう。さすがは費仲。見こんだだけはあるな。」

読みおわると妲己はすぐに、紂王のもとへと向かった。そして紂王の前にひざまずき、おもおもしく一礼した。

「陛下はわたくしをご寵愛くださるあまり、久しく登殿していらっしゃいません。このままでは文武百官が、陛下に対して失望してしまうおそれがありましょう。」

「うむ、たしかに。蘇美人の言うことはもっともじゃ。」

次の日の朝、天子登殿の合図の鐘鼓が鳴りひびく。

百官は久しぶりの紂王の登殿に驚き、いそいで九間殿へと集まった。

一方、紂王は寿仙宮を出、ゆっくりと九間殿へと向かった。

その途中、分宮楼の前を通ったとき、突然、建物の柱の陰から剣をもった男が飛びだしてきた。

「昏君、覚悟!」

紂王は肝をつぶした。

紂王の左右にいた三人の護衛官が、すぐさま男に飛びかかった。男はあっけなく捕まり、縄で縛りあげられた。

九間殿では、すでに文武百官がそろっていた。

紂王は九間殿に入ると、大将軍の黄飛虎と亜相の比干に命じた。

「分宮楼で、剣をもった刺客が朕におそいかかってきた。この者が、だれに命令されてやったのか吐かせよ。」

黄飛虎の手にかかれば、姜環はほんとうのことをしゃべってしまうかもしれない。そう思った費仲は、あわてて御前に出ていった。

「陛下。ここはわたくしが取り調べを行いましょう。」

護衛官たちがつれてきた男は、まさしく姜環であった。費仲は護衛官たちとともに、姜環を午門へとつれていった。取り調べはそこで行われた。

しばらくしてから、費仲は九間殿に戻ってきた。そして紂王の前にひれふした。

「たいへんなことになりました、陛下。あの男は姜皇后の命をうけて、陛下の暗殺を行おうとしたのでございます。」

「ばかを申せ！　姜皇后がそんなことをするはずがない！　費仲よ。いくらおまえでも、いいかげんなことを申せばただではすまぬぞ！」

「おそれながら陛下、ほんとうなのでございます。あの刺客は姓を〈姜〉、名を〈環〉といい、東伯侯・姜桓楚の武将にございます。」

「し、しかし、それがまことだとしても、朕の命をねらってどうしようというのだ？」

「商王朝をのっとり、姜桓楚が玉座につくためです。そう言っておりました。」

「あの東伯侯が？　まさか……。」

紂王は玉座から立ちあがった。

「事の有無を明らかにする！　今すぐ西宮の黄貴妃に、姜皇后のいる中宮へ行けと命じろ！

そして黄貴妃に姜皇后を尋問させせろ！」

紂王は怒りで身をふるわせながら、九間殿を去っていった。

紂王がいなくなると、九間殿に残った文武百官は、ざわざわと騒ぎだした。

「姜皇后が暗殺をたくらんだだと？」

「ありえぬ。あの慈愛にみちた姜皇后が、さようなことをなさるわけがない。」

「きっと何者かが、姜皇后をおとしいれようと謀ったのだろう。」

騒ぎの中、ただ一人、黄飛虎だけがおしだまっていた。

黄飛虎は百万の軍をあやつる商の名将である。自身も武術に長けており、「全国の諸侯たちの頂点に立つ将軍」という意味で〈鎮国武成王〉ともよばれていた。

（何事もなければよいのだが……。）

黄飛虎は姜皇后のことが心配だった。

しかし、それ以上に心配だったのは、姜皇后を尋問する西宮の黄貴妃が、事件にまきこまれてしまうことであった。黄貴妃は、黄飛虎の妹であった。

百官たちはこの場に残り、報告を待つことにした。

黄飛虎〈こうひこ〉
商の大将軍　鎮国武成王

黄貴妃〈こうきひ〉
紂王の貴妃
大将軍・黄飛虎の妹

三

姜皇后は奉御官につれられ、西宮へと向かった。

黄貴妃は、ひざまずいている姜皇后の前で、奉御官から預かった書を広げた。

「姜皇后。この書によれば、あなたは姜環をつかって天子の暗殺をたくらみ、父親の東伯侯姜桓楚が天下をのっとるための手助けをしたとあります。もしまことであれば、あなたの*九族は皆殺しとなりましょう。」

姜皇后は泣きながら答えた。

「わたくしは長年、天子にお仕えし、恩をうけてきております。それに、わたくしには殷郊、殷洪という二人の皇子がいます。長男の殷郊は十四で、すでに東宮（皇太子のこと。皇太子の住む建物もさす）にあって、次の代の天子となることに決まっております。わたくしが父を玉座につかせてどうしようというのでしょう。かりに父が玉座を奪えたとしても、天下の諸侯たちがそれを罪に問い、軍を動かすはずです。長く保つことなど、できるはずがありません。九族皆殺しになるような危険を冒して、いったいだれが得をするというのでしょう。」

黄貴妃は、姜皇后の意見はもっともだと思った。

九族　父方の4つの親族、母方の3つの親族、妻方の2つの親族の、あわせて9つの親族のことから、すべての血縁関係の者をさす。「一族」と同じ。

黄貴妃は、寿仙宮の紂王のもとへと向かい、姜皇后に罪はないということを奏上した。紂王はこれを聞いて悩んだ。彼も、姜皇后が暗殺をたくらんでいるとはとうてい思えなかった。しかし、紂王のすぐ隣にいた妲己が微笑をうかべ、紂王の耳もとでささやいた。

「ものは言いようでございます、陛下。このような大それた罪を素直に白状する者などおりません。拷問にでもかけて厳しく問えば、真実の答えは出てくるでしょう。」

黄貴妃はそれを聞いて、あわてて止めに入る。

「皇后は天下の国母です。かりにそのような大それたことを謀っていたとしても、皇后は身分を剝奪されるくらいが関の山でございます。皇后を拷問なさるなどの法は、古来、例を見ませぬ。」

妲己は冷たく笑った。

「国の法は公平に行われなければなりません。たとえ王室の親族であろうとも、法を犯せば平民と同じように罰せられます。これは国を治めていくうえで、もっとも大事なことにございます。」

「うむ。妲己の言うとおりだ。法は公平でなければならぬ。」

「それでは陛下。さっそく奉御官に命じ、もう一度、姜皇后の取り調べを行いましょう。もし、まだ正直に話さないようでしたら、目玉をくりぬかせましょう。」

紂王はうなずいた。彼はさっそく命令を出した。

一方、黄貴妃は、勅旨をうけた奉御官のさきまわりをして、西宮へと戻った。

そして泣きながら姜皇后につたえた。

「姜皇后さま。妲己はあなたを憎んでおります。彼女は天子に、『もし白状しないようだったら、目玉をくりぬけ。』などとそそのかしました。おねがいです、姜皇后さま。うそでもよいから自白してください。」

間もなく、奉御官が兵士を引きつれて、西宮へとやってきた。

「姜皇后。あなたに大逆の疑いがかけられている。それを認めますか？　認めねば、その目玉をくりぬくことになりますぞ。」

黄貴妃はくるったように叫ぶ。

「おねがいです！　認めてください、姜皇后さま！　姜皇后さま！」

姜皇后は、首を横に振った。

「できませぬ。やってもおらぬことを認めることは、姜家の家門をはずかしめることになります。たとえ死しても、それだけはできませぬ。」

黄貴妃はくりかえし姜皇后を説得した。しかし、姜皇后は首を横に振るだけだった。

自供しないとみるや、奉御官は兵士に命じて姜皇后の片目をくりぬかせた。

姜皇后の衣服は血で染まり、姜皇后は気をうしなって床に倒れた。

奉御官が姜皇后の目玉を盆にのせて引きあげていく。

黄貴妃はすぐに側仕えの侍女たちに、姜皇后を手当てするよう命じた。

それから黄貴妃は、すぐさま寿仙宮へと馳せた。そして紂王に言った。

「陛下、姜皇后は潔白でございます。姜皇后は、あえて目をくりぬかれることも辞さず、その潔白を証明してみせました。これでもまだ、姜皇后に罪があるとお考えですか？」

このときばかりは、さすがの紂王も後悔した。

紂王は振りむき、妲己を怒鳴りつけた。

「おまえの軽はずみな進言のせいじゃ！ 百官がこれを聞きつければ、かならずや朕に対して反感をいだくことであろう！ どうしてくれるのじゃ！」

「事は簡単でございます。さらに厳しい拷問にかけて、姜皇后に自白を迫るのです。姜皇后が自白をすれば、百官も口を閉ざしましょう。」

「しかし、どうすればよいのじゃ。」

「自白しなければ、真っ赤に焼けた鉄の石の入った鼎で、姜皇后の両手を焼くのです。手を焼かれて自供せぬ者などおりません。」

紂王はさっそく「そうせよ。」と命令を出した。

奉御官が西宮へと向かう。尋問がはじまる。黄貴妃は、またもやけんめいに説得したが、姜皇后は断固として罪は認めなかった。

「しかたがない。両手を焼け！」

兵士たちは姜皇后の両手を、真っ赤に焼けた鉄の石の入った鼎につっこんだ。

手の皮が焦げ、骨が朽ち、異臭があたりをただよった。

その臭いにたえられず、奉御官は袖で自分の鼻をおおった。

やがて姜皇后は気をうしなった。

黄貴妃は泣きながら寿仙宮へと向かった。そして、くずれるように両ひざをつき、泣きはらした目で紂王を見すえて言った。

「姜皇后は手を焼かれようとも、身のあかしを立てておられます！　これはきっと、内外で奸臣どもが結託をし、皇后をおとしいれようとしているのです！」

紂王は驚いた。そしてまた妲己を怒鳴りつけた。

「おまえはいったい、なんということをしてくれたのじゃ！　姜皇后は潔白であるぞ！　いったい朕は、姜皇后や百官にどう言いわけをすればよいのじゃ……。」

紂王は頭を垂れた。

しかし妲己は、落ちついた声で言った。

「陛下。腹をたてることも、悩まれることもございません。刺客の姜環を、姜皇后と対面させましょう。これならば、どんな言いのがれもできません。」

紂王は武将の晁田、晁雷に命じ、姜環を西宮へと行かせた。

気絶からわれに返ったばかりの姜皇后は、つれられてきた姜環をひとめ見ると、しかりつけた。

「無礼者！　だれに頼まれて姜家をおとしいれようとした！」

「これは異なことをおっしゃいます。天子暗殺は、あなたさまがこのわたくしめに頼んだことではございませんか。」

姜環は頑として、姜皇后に頼まれたと言いはった。

そこへ、姜皇后の二人の息子、十四歳の殷郊皇太子と十二歳の殷洪皇子が、母の事態を聞いて駆けつけてきた。

二人は、衣服を血に染め、片目を失い、両手を焼かれた母の無残な姿を見ると、大声で泣きだした。

「母上。だれがいったい、このようなむごいことを……。」

「蘇美人妲己に、謀られたのです。そこにいる、姜環という男に、天子暗殺の芝居をさせて、わたくしに、罪をきせようという魂胆なのです。」

「なんということを……。」

「二人とも、蘇美人には、気をつけるのですよ。彼女は、いずれ、国を滅ぼす災いとなりましょう。気をつけなさい……。」

姜皇后はそのまま、事切れた。

殷郊皇太子は涙をぬぐった。そして、姜環をきっとにらんだ。

「よくも母上を……！」

殷郊皇太子は、すばやく晁田の腰の剣を抜いて奪った。そして、姜環に向かって剣を振りあげた。

「殺してはいけません！」

黄貴妃は叫んだ。

しかし、怒りに燃えた殷郊皇太子の耳には届かない。

「逆賊！　国母をおとしいれた罪は重いぞ！」

殷郊皇太子は一刀のもとに、姜環を斬りすてた。

「次は蘇美人だ！　母上のかたきを討つ！」

殷郊皇太子は剣をたずさえたまま、寿仙宮へと向かおうとした。

「お待ちください、皇太子さま！」

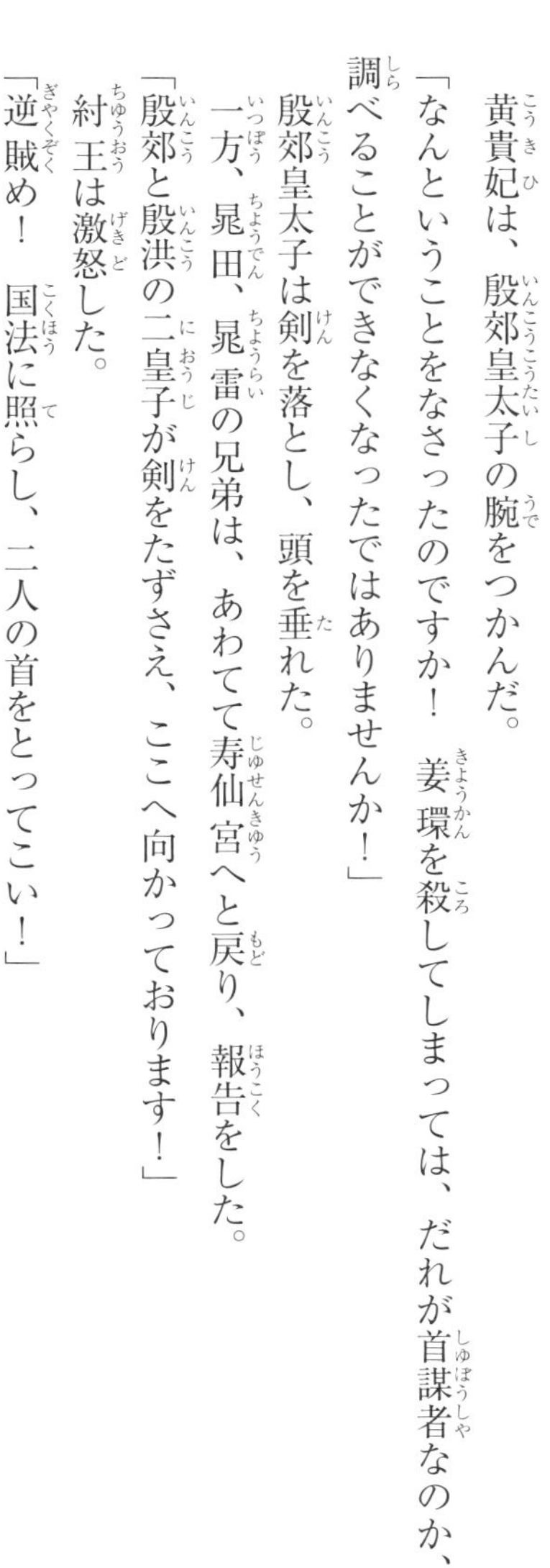

黄貴妃は、殷郊皇太子の腕をつかんだ。

「なんということをなさったのですか！　姜環を殺してしまっては、だれが首謀者なのか、調べることができなくなったではありませんか！」

殷郊皇太子は剣を落とし、頭を垂れた。

一方、晁田、晁雷の兄弟は、あわてて寿仙宮へと戻り、報告をした。

「殷郊と殷洪の二皇子が剣をたずさえ、ここへ向かっております！」

紂王は激怒した。

「逆賊め！　国法に照らし、二人の首をとってこい！」

晁田、晁雷は紂王から王みずからの宝剣をうけとり、また西宮へと戻った。

殷郊〈いんこう〉
紂王と姜皇后の息子　皇太子

殷洪〈いんこう〉
殷郊の弟

晁田〈ちょうでん〉

晁雷〈ちょうらい〉
商の武将　兄弟

しかし西宮にはすでに、殷兄弟の姿はなかった。

晁田は皇子たちがどこへ行ったかをたずねようとして、そばを通りかかった侍女の腕を捕まえた。

「何をしている！　西宮の入り口で、それを見ていた。

黄貴妃は、西宮の入り口で、それを見ていた。

「何をしている！　西宮の宮女を捕まえて何をしようとしているのだ！」

「皇太子が剣をたずさえ、寿仙宮へと向かわれようとしていたので……。」

「ならば寿仙宮を捜すがよかろう！　汚らわしい！　早く立ちされ！」

晁田、晁雷はすごすごと引きさがっていった。

一方、黄貴妃はすぐに西宮の中へと入り、身を隠していた殷兄弟を呼びだした。

「ここにいても、いずれ見つかります。早くお逃げください。九間殿には、まだ百官たちが事のなりゆきを見まもるため、散会せずに残っております。わたくしの兄である武成王の黄飛虎もおります。きっと彼らが助けてくれるでしょう。」

侍女の一人が窓の外を見た。

「外にはだれもおりません。行くなら今です。」

「さあ、急いで！」

殷兄弟は黄貴妃に礼を言い、西宮を去った。そして九間殿へと走った。

四

殷兄弟は、息を切らせながら、九間殿にたどりついた。

百官は二人があらわれたことに驚いた。（ただごとではない。）と、彼らは直感した。

黄飛虎が急いで二人を迎え、たずねた。

「殿下、いったい何があったのです？　何をあわてておられるのです。」

「黄将軍、われら兄弟をお助けください！　命をねらわれているのです！」

殷郊皇太子はこれまでの経過を、くわしく百官に語った。

百官はその話を聞き、皆、頭を垂れた。すすり泣く者もいた。怒りで地面を踏みならす者もいた。

その中で、武官の方弼、方相兄弟が歩みでて言った。

方弼〈ほうひつ〉
商の武将

方相〈ほうそう〉
商の武将
方弼の弟

「天子は政を放棄し、忠臣や皇后を惨殺し、あまつさえ自分の息子をも殺そうとした。われらは今から朝歌を出て、新しい君主を立てるべきだ！」

「方弼、方相！　そのようなこと、かるがるしく口にするでない！」

黄飛虎はしかった。上大夫の楊任が、彼らの間に割りこんだ。

「天子はあきらかに乱心しておられるのだ！　皇后を害し、皇太子を斬ろうとするなどとは、乱心したとしか思えぬ。雲中子が言われたように、何かがこの宮殿にいる。やつらは陰でこの騒ぎを見て、笑っているのだろう。このままではほんとうに、商は滅びてしまうぞ。」

百官はだまりこんだ。

すると、方弼、方相が叫んだ。

「紂王は天子の道を外されたのだ！　われらは二皇子を東伯侯・姜桓楚のもとへとおつれする。商朝を絶やさぬため、われらはあえて朝歌に背く！」

方弼、方相は二人の皇子をせおい、九間殿から走りでた。そして南門から朝歌の街を去った。

文武百官は、方弼、方相が朝歌に反逆したことに色を失っていた。

亜相の比干は黄飛虎にたずねた。

「黄将軍、なぜ止めなかったのですか？」

「逃げきれはせぬ。捕まれば死罪だ。だがやつらは、それを承知のうえで皇子をおつれした。がさつなやつらではあるが、文武百官の中に、方兄弟ほどの忠臣がいるだろうか。やつらはわたしの部下だ。せめて死罪となる前に、わたしはやつらをほめてやりたい。」

比干はだまりこんでしまった。

そのとき、紂王の命をうけた晁田、晁雷が、宝剣をたずさえて九間殿へやってきた。

黄飛虎は二人に、吐きすてるように告げた。

「二皇子なら、方弼、方相がつれさっていった。彼らは東伯侯・姜桓楚に投じるつもりだ。」

晁兄弟は顔を見あわせて驚き、すぐさま紂王のもとへと駆けもどった。

紂王は、方兄弟が背いたことを聞き、激怒した。すぐに二人を追うよう、晁田、晁雷に命じた。

「おそれながら、陛下。方兄弟は武勇に長けており、われら兄弟ではとても太刀打ちできませぬ。ここは武成王の黄飛虎将軍に任せるべきでございます。」

しばらくして、黄飛虎のもとに宝剣と勅書が送られてきた。

黄飛虎は苦笑した。

「晁田に晁雷め。やっかいなことをわたしにおしつけおって。」

黄飛虎は宝剣と勅書をたずさえ、九間殿を出た。

そして〈五色神牛〉という牛にまたがり、朝歌をあとにした。

五

〈五色神牛〉は一日に八百里を駆ける。

しかし黄飛虎はゆっくりと進んでいた。

そして朝歌から三十里ほどのところで、黄飛虎は、二人の皇子たちをせおった方弼、方相に追いついた。

兄の殷郊皇太子は黄飛虎の前にひざまずき、たずねた。

黄飛虎〈こうひこ〉
商の大将軍　鎮国武成王

五色神牛
〈ごしきしんぎゅう〉
一日に800里進むと
いわれる神牛

「黄将軍は、わたしたちを捕まえにきたのですか？」

黄飛虎は神牛からおりると、殷郊皇太子を抱きおこした。そして、かわりに自分がひざまずき、宝剣をさしだした。

「天子の命をうけてきました。殿下、この剣で自決をおねがいいたします。」

黄飛虎は頭を下げた。「今のうちに逃げろ。」という意味である。

しかし方弼、方相はそれに気がつかなかった。彼らは、もうだめだと思い、首をうなだれていた。

「わかりました。自害しましょう。」

殷郊皇太子は宝剣を手に取った。

「ただし、一つだけ条件があります。」

「なんなりと。」

黄飛虎はそう言いながら、方弼、方相に「早く殿下をつれて逃げろ。」と、めくばせをした。しかし、二人は、やはりうなだれたままだった。

「黄将軍。わたしの首だけをおもちかえりいただきたい。弟の殷洪は別国へ逃がしてやってください。」

すると殷洪は、

「いえ、ここはわたしが自害するのが道理です。兄上は皇太子です。兄上をお助けください。」

それから二人は、「自分が自害する」と言って、一歩も譲らなかった。

「両殿下、待ってくだされ！　争わないでくだされ！」

方弼、方相は大声で叫んだ。そして、黄飛虎の前で両ひざをついた。

「黄将軍、われら兄弟の首をおもちかえりくだされ。それで皇子たちは逃げてしまったと報告してくだされ。」

方弼は剣を抜き、自分の首をはねようとした。

黄飛虎はあわてて止めた。

「おまえたちの忠義はよくわかった。たてまえがあるゆえ言いだせなかったが、もとより捕らえる気はない。方弼は両殿下を守って東魯へと行き、東伯侯・姜桓楚に投じるがよい。方相は南伯侯・鄂崇禹に会いにいけ。そして軍を動かし、殿下とともに朝歌へ攻めいり、奸臣どもを一掃せよ。」

別れぎわ、黄飛虎は路銀にと、玉玦を渡した。

方弼たちは礼を言い、その場を去っていった。

黄飛虎も朝歌へと引きかえした。

六

百官たちは午門で黄飛虎の帰りを待っていた。

黄飛虎が戻ってくると、比干はすぐにたずねた。

「どうでした、黄将軍?」

「残念ながら、追いつきませんでした。どこへ行ったのかもわからず、こうして帰ってきたしだいです。」

それを聞いて、百官は胸をなでおろした。

黄飛虎は寿仙宮へと赴き、紂王にも報告をした。

「七十里まで追いかけたのですが、捕まりませんでした。帰還の命令があるやもしれぬと思い、戻ってまいりました。」

「わかった。ご苦労であった。自分の屋敷に戻り、次の指令を待つがよい。」

黄飛虎は一礼して下がった。

紂王は不安であった。もし四大諸侯が二皇子を立てて、朝歌に反旗をひるがえすことにでもなれば一大事である。

「なんとしても殿下たちを捕らえねばなりません。生かしておけば、のちのちの災いとなるでしょう。」

妲己の言葉に、紂王はうなずいた。そして殷破敗、雷開の二将を呼ぶ。

「おまえたちに三千騎を授ける。草の根をわけてでも方弼たちを捜しだせ。捕らえるさいは殺してもかまわん。」

殷破敗、雷開は命をうけ、軍馬を借りるために黄飛虎のもとへと行った。

黄飛虎は殷破敗、雷開を見て思った。

（この二人に兵馬をあたえれば、まちがいなく皇子たちは捕まるであろう。だが天子の命令だ。あたえぬわけにはゆかぬ。どうしたものか……。）

そこで黄飛虎は二人に、「今日はもう遅い。明朝、五更（午前四時ごろ）にまた来られよ。」と言った。

翌朝になると、殷破敗、雷開は黄飛虎から兵符（軍隊の使用許可書）をうけとった。

殷破敗〈いんぱばい〉
商の武将

雷開〈らいかい〉
商の武将

「兵馬は訓練所にいる。いつでも出陣できる。」

殷破敗、雷開は黄飛虎に礼を言い、急いで訓練所へと向かった。

しかし訓練所についた二人は、その兵馬を見て驚いた。ここまで選んだかと感心するような、老弱な兵馬ばかりが三千騎、そこにいた。

だが黄飛虎を相手に、不平を言えるわけがない。

彼らはしかたなく、その兵馬をつれていった。

七

三日の進軍の末、殷破敗らは、なんとか百里の道を進むことができた。

やがて、道が三つに分かれている場所へとさしかかった。

「雷開よ。ここは手分けをして捜そう。」

殷破敗と雷開は、三千騎の中から五十騎の精鋭をよりすぐった。そしてその精鋭をつれて、殷破敗は東魯へ、雷開は南都へと向かった。

一方、方兄弟は二皇子をつれて、日夜歩きつづけていた。

黄飛虎からもらった玉玦は、金に替えるときに密告されるおそれがあるため、つかわずにいた。そのため四人は、空腹とのどの渇きに悩まされていた。

方弼は提言した。

「殿下。ここはたがいに別々の道を行ったほうがいいでしょう。われらのような大男が、お二人をつれて歩けば、怪しまれるだけでなく、あらぬ疑いまでかけられます。」

「わかった、そうしよう。しかしわたしは道を知らぬ。」

「東魯へも南都へも、ほぼ一本道です。殷郊皇太子は東魯へ、殷洪皇子は南都へとお向かいください。」

それから方弼は、指をさして方角を教えた。

「わかった。だが二人はどうするのだ？」

「どこか適当な諸侯のもとへ身をよせます。殿下が兵を挙げて朝歌に攻めいることがあれば、われわれはすぐに駆けつけます。」

四人は涙を流して別れた。そしてそれぞれの道を進んだ。

しかし兄の殷郊も弟の殷洪も、一人で宮殿の外を歩いたことなどなかった。

とくに弟の殷洪はまだ幼かった。彼は夕暮れの野道を、一人でとぼとぼと歩いていた。

やがて、一軒の民家があるのが見えた。

民家の庭では、農夫たちが食事をしている。うまそうな匂いがあたりにただよう。

殷洪はがまんできなくなり、民家へと駆けよった。そして飯を要求した。

農夫の家族は殷洪の身なりと容貌から、きっと高貴な身分の人であろうと思った。彼らは急いで殷洪に食事を出した。

食事がすむと、殷洪は礼を述べた。

「馳走になった。ところで、南都はどちらの方向だ？」

農夫たちは首をかしげた。いったい、この子はだれであろう？

「失礼ながら、お名前をお聞きしたいのですが。」

「商朝三十一代目紂王の子、殷洪だ。」

農夫たちは驚き、すぐさま平伏した。

「知らぬこととはいえ、無礼な口のきき方をいたしました。」

「よい。それより、南都はどちらだ。」

農夫の一人が南都の方向を指さした。

殷洪は礼を言い、民家を離れた。

やがて日も暮れた。

殷洪は古い廟（祖先の霊をまつる建物）へとたどりついた。殷洪は疲れていたので、その廟の中へと入り、霊座の前で眠ったのだった。

一方、兄の殷郊皇太子は東魯への道を進んでいた。

その道の途中に屋敷が建っていた。もう夜も遅いので、殷郊皇太子はこの屋敷で世話になろうと思った。

殷郊皇太子は屋敷の門の前で叫んだ。

「この屋敷にはだれかおらぬか。一晩、宿を借りたい。明日の朝にはすぐに出ていく。だれかおらぬか。」

「おまえのその言葉からして、朝歌の者であろう。すぐに行く。」

しばらくして老人が出てきた。

暗がりの中、殷郊皇太子はじっと老人の顔を見た。

「あっ！　商容宰相！」

「おお、殷郊皇太子ではござらぬか！」

殷郊皇太子は商容に抱きついた。そして泣いた。

「どうなされたのだ、殿下。」

殷郊皇太子はこれまでのことを、すべて商容に語った。

「安心なさい、殿下。明日、この老臣とともに、朝歌へと向かいましょう。そして天子に殿下をお許しくださるよう、わたしが申しあげましょう。」

商容は殷郊皇太子をつれて屋敷の中へと入った。商容は殷郊に食事を出してもてなした。

そのとき、外から声が聞こえた。

「商容どのはおられぬか！」

商容と殷郊皇太子はおもてに出た。見ると、屋敷の門の前に殷破敗が立っていた。

殷破敗は、もとは商容の門下であった。そのため、東魯へ行くついでに、商容にあいさつをしようと寄ったのだった。

だが、思いもよらぬ収穫があった。殷郊皇太子がいたことだった。

殷破敗は馬をおり、商容と殷郊皇太子の前にひざまずいた。

「お久しぶりです、宰相。末将は天子の命をうけ、殿下を朝歌へつれもどしにまいったのです。」

商容の顔に怒りの色があらわれた。

「殷将軍。ひとつたずねたいが、朝歌に文武百官ありて、だれ一人として天子の非道を諫めないのか？」

「それは……。」

殷破敗は言葉に窮した。

殷郊皇太子は門の外を見た。すでに屋敷は兵に囲まれている。逃げだすことはできない。

殷郊皇太子は涙を流した。

　商容は殷郊皇太子をなだめた。

「わたしが一緒についていきます。心配なさるな。」

　殷破敗は、商容がついていきては具合が悪いと思った。これでは紂王に、追跡に時間がかかったのも、なにか私情のようなものがあるのではないかと疑われてしまう。

「宰相。末将は天子の命をうけ、一刻も早く殿下をつれて帰らねばなりません。できれば宰相には、あとからゆっくりと朝歌へおいでいただけたらよろしいかと存じます。」

　商容は笑った。

「あいかわらずだな、殷将軍。わかった、そうしよう。殿下をさきにおつれするがよい。わたしはあとから行くとしよう。」

　殷郊皇太子は商容に別れを言い、殷破敗の馬に乗った。

（殷洪よ。おまえだけでも逃げのびてくれ。）

　殷郊皇太子は思った。

　殷破敗は殷郊皇太子をつれ、翌々日に三本の別れ道のあるところへとたどりついた。

　そこには、雷開の兵と、そして殷洪がいた。

　殷郊皇太子は驚いた。馬をおりると、殷洪のもとへと駆けよった。

「殷洪！　なにゆえに虎の口に入るような真似をした！」

「古い廟で眠っていたら、雷開将軍とその兵たちがやってきたのです。兄上だけでも逃げられたらと思い、おとなしく捕まったのです。」

二人は泣きくずれた。

「さあ、まいりますぞ。殿下。」

殷破敗は、急がなければ商容に追いつかれてしまうと考えた。彼は殷郊皇太子を抱きあげ、自分の馬に乗せた。弟の殷洪は、雷開の馬に乗せられた。

任務を果たした殷破敗、雷開の二将は、三千の兵をひきいて、意気揚々と朝歌へと戻っていった。

五 商容

一

殷破敗、雷開が殷郊・殷洪の二皇子をつれて朝歌へ戻ってきたことは、さっそく、黄飛虎の耳に入った。

「なんということだ！　あのばかどもが、軍功に焦り、商朝のゆくえを考えぬのか！」

黄飛虎はすぐに馬を飛ばし、午門へと駆けつけた。皇子たちの処刑は午門で行われる。

午門にはすでに百官が集まっていた。彼らは皇子たちが捕まってしまったことを、ざわざわと話しあっていた。

「皆の者、聞け！」

黄飛虎は馬をおりると、大声で叫んだ。

「三十二代目である殷郊、殷洪を失えば、商はやがて滅びるであろう！　なにかよい策を考え、両殿下を助けよう！」

ちょうどそのとき、殷破敗とその兵士たちが、殷兄弟をつれて午門へと行進してきた。二人は縄で体を縛られ、罪人の服を着せられていた。

殷破敗は立ちどまると、勅旨を読みあげた。

「殷郊、殷洪を反逆の罪により、国法に照らし、ここに厳正なる――。」

黄飛虎は兵士たちを押しのけ、殷破敗の前に立ちはだかった。そして殷破敗から勅旨をとりあげ、それを破りすててしまった。

「昏君！　みずからの手で商を滅ぼす気か！　皆の者、これより九間殿へ向かえ！　天子に上奏をし、両殿下の無罪を訴える！」

百官は賛同の声をあげた。彼らは急ぎ足で九間殿へと向かった。

紂王を呼びだすための鐘鼓（鐘や太鼓）が朝歌に響きわたる。

寿仙宮で紂王は、その鐘鼓の音を聞いた。それから奉御官があらわれ、登殿をうながした。

紂王には、この鐘鼓が何を意味するのかわかっていた。皇子たちを許せとのことであろう。

彼はどうすればよいかと悩んだ。

「今、登殿をすれば、かならずや百官たちの反対にあいましょう。」

「わかっておる、蘇美人。だから困っておるのじゃ。どうすればよい？」

「勅令をさきに行わせるのです。今日のうちに皇子たちを処罰しなければ、もう機会はございません。百官には明日の朝、お会いになればよろしいかと存じます。」

奉御官は九間殿へと引きかえし、紂王の言葉を百官につたえた。

しかし百官は納得しない。百官は九間殿から離れようとしなかった。

奉御官は百官を無視して午門へと向かった。そして、刑の執行役の兵たちの前で、つくりなおされた勅旨を読みあげた。

二皇子は目かくしをつけられ、地面にひざまずかされた。

兵が刀を振りあげる。

振りおろそうとしたそのとき、一陣の暴風がおこり、砂ぼこりをまきあげた。

黄飛虎〈こうひこ〉
商の大将軍　鎮国武成王

殷破敗〈いんぱばい〉
商の武将

それと同時に、空に黒い雲が押しよせ、雷が落ちる。あたりがまぶしく輝き、爆発音が響きわたる。その場にいた者たちは、驚いて地面に伏せた。

そのすきに、雲に乗った二人の仙人が殷兄弟をさらっていった。仙人は、太華山雲霄洞に住む赤精子と、九仙山桃源洞に住む広成子であった。

やがて風がやむ。

伏せていた殷破敗が頭を上げると、殷兄弟の姿はなかった。

殷破敗は驚きあわてた。彼は寿仙宮へと駆けつけ、事のなりゆきを述べた。

紂王はあまりのことに、何も言えなかった。彼はただ、「朕はもう疲れた。さがれ。」とだけ言った。

二

二日後に、商容は朝歌へとたどりついた。

商容は馬に乗って城下を進んでいるとき、人びとが妙なうわさをしているのを耳にした。

「仙人が二皇子を救いだしたそうじゃないか。」

商容はそれを聞いて驚き、また喜んだ。彼は午門へと急いだ。

それから九間殿へと入っていくと、百官たちは大喜びで商容を迎えた。

「皆の者、元気でなによりだ。老夫がここへ来たのは天子を諫めるためだ。老いはてる前にこの身を国にささげようと思う。」

やがて登殿の鐘鼓が鳴りひびく。

紂王は、殷郊たちが怪風にさらわれたことにおそれをいだき、心底、不愉快であった。そこへ鐘鼓の音である。

紂王はいらいらしながら、九間殿へと向かった。

商容は書を紂王にさしだした。彼は、死を覚悟するという意味の、白い服を着ていた。

書面にはこう記されていた。

「天子は酒や女色におぼれ、妻子を殺し、忠臣を害した。一刻も早く朝歌の奸佞（悪だくらみやへつらいをする大臣）を排斥し、綱紀粛正につとめられよ。」

紂王は読みおえると、書を破りすてた。そして怒鳴った。

赤精子〈せきせいし〉
太華山の仙人
殷洪の師となる

広成子〈こうせいし〉
九仙山の仙人
殷郊の師となる

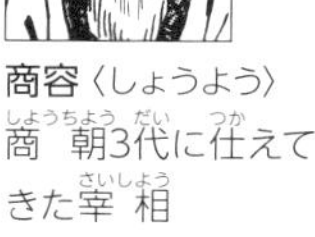
商容〈しょうよう〉
商朝3代に仕えてきた宰相

「官職をしりぞいた身であるはずのおまえが、朕にこのようなものを渡すとはどういうつもりじゃ！」

それから、近侍に命じた。

「すぐさま商容を午門へひったてて、金瓜で頭をたたきわれ！」

「その必要はない！」

商容は怒鳴った。そして紂王を指さした。

「湯王以来つづいてきた商の天下が、このばか者のせいで滅びることになった！　おまえは死んだあと、先王になんとあやまるつもりなのだ！」

「金瓜では気がすまぬ！　炮烙で殺せ！」

「おまえの手にかかるくらいなら、自分で死んでみせる！　よく見ていろ！」

商容は駆けだし、九間殿の石柱へとみずから頭をぶつけた。そして頭を割って、死んでしまった。

「死体を城の外へ投げすてろ！　けっして埋葬などをしてはならぬ！」

紂王の言葉に、上大夫の趙啓が怒りにふるえ、怒鳴った。

「昏君！　畜生にも劣る者がなにを偉そうに言うか！　あの世に逝っても、だれもおまえを許しはせぬぞ！」

「だまれ！　その逆賊を炮烙にかけよ！」

兵士たちは趙啓を捕らえ、衣服をはぎとった。そして炮烙に縛りつけ、皮膚が真っ黒になり骨が煙と化すまで趙啓を焼いた。趙啓は、死ぬまぎわまで紂王をののしりつづけた。

百官はこの光景を見て、心を痛めた。だれもが商朝の崩壊を予感した。

紂王は寿仙宮へ戻ると、妲己の顔を見た。

「おまえの位は皇后に定まった。それに、朝廷内の百官で朕に逆らう者はもういない。今、朕がもっともおそれているのは、東伯侯の姜桓楚だ。やつは娘が惨死したと知れば、かならずや兵をひきいて朝歌へ攻めいるだろう。どうしたものか……。」

「費仲ならば、きっとよい方法を考えつきます。費仲をここへお呼びください。」

間もなく、費仲がやってきた。

「八百の諸侯が朝歌での出来事を知れば、まちがいなく天下大乱となるでしょう。ここは四大諸侯を朝歌へ招き、適当な言いがかりをつけて首をはねてしまうのがよろしいかと。四大諸侯さえいなければ、おそれるものなどございません。」

紂王は喜び、すぐに四大諸侯へ手紙を送った。

やがて東伯侯・姜桓楚、南伯侯・鄂崇禹、西伯侯・姫昌、北伯侯・崇侯虎が朝歌へとやってきた。彼らはともに金庭館（朝歌に来た使者や諸侯の宿泊施設）に泊まることになった。

四大諸侯全員が集まった夜に、彼ら四人だけで簡単な宴を開いた。

その席で姫昌は言った。

「天子はいったいなんの大事があって、われわれ四人を呼んだのだ？」

鄂崇禹は、崇侯虎が費仲と結託して、私腹を肥やしていることを知っていた。彼は皮肉まじりに言った。

「崇侯虎どのは朝廷内に、通じておられる人がいるではないか。何も知らないということはなかろう。」

崇侯虎は眉を動かした。

「それはどういう意味ですかな？　鄂崇禹どの。」

「どういう意味かは、崇侯虎どのご自身がよく知っておられるでしょう。寿仙宮や摘星楼をつくるのに加担し、民をその労役に駆りだし、賄賂をうけとり、国を顧みぬ。おぬし一人の評判の悪さのゆえに、四大諸侯すべてが悪くみられておる。まさに四大諸侯の恥だ。」

趙啓〈ちょうけい〉
商の上大夫

姜桓楚
〈きょうかんそ〉
四大諸侯の一人、
東伯侯
娘は紂王の正室・
姜皇后

鄂崇禹〈がくすうう〉
四大諸侯の一人
南伯侯

「なんと！　言ってよいことと悪いことがあるぞ、鄂崇禹どの！」

「だれもが言いたいことでござろう。」

鄂崇禹は笑い、杯の酒を飲みほした。

崇侯虎は立ちあがり、鄂崇禹に殴りかかった。姫昌はあわてて崇侯虎を抱きとめた。

するとこんどは鄂崇禹が酒壺を手に取り、崇侯虎に投げつけた。壺は崇侯虎の額にぶつかって割れた。崇侯虎の顔は酒でびしょぬれになった。

「こいつめ！」

崇侯虎は姫昌の手を振りほどき、鄂崇禹に飛びかかった。

「やめんか！」

姜桓楚は一喝した。

「天下の四大諸侯ともあろうものが、こうした席で殴り合いとは。恥を知れ！　崇侯虎どの、部屋に戻って頭を冷やされよ！」

崇侯虎が去ったのち、三人の諸侯は飲みなおした。そして飲みながら、自国の状況を語りあった。

やがて夜もふける。あたりが静けさに包まれる中、忽然と声がした。

「ばんざい！　ばんざい！　今宵は酒を酌みかわし、明日はその血で街を染める。」

姫昌はそれを聞いて驚いた。彼はすぐに、そばにいた四人の侍酒人（酒をついだり、食事を運んだりする係）に、だれが言ったのかを問いただした。

侍酒人たちはひざまずき、「だれも申しておりません。」と答えた。

「それならばしかたがない。家将に命じてきさまら四人の首をはねるまでだ。」

姫昌の言葉に、侍酒人たちはふるえあがった。

さきほどの不吉な言葉を口にしたのは、姚福という侍酒人であった。

侍酒人たちは、姚福をかばいだてして首をはねられてはたまったものではないと思い、すぐさま、姫昌に白状した。

「申しわけありません、西伯侯さま。さきほどのは、ここにいる姚福という男の言葉です。」

侍酒人たちがいっせいにそう言ったので、姚福は魂が消しとびそうなほどに驚いた。

「どうかお許しください、西伯侯さま。」

姚福は深く平伏し、命乞いをした。

しかし姫昌は、彼らをおどしただけで、もとより命をとろうとは思っていなかった。

「よし、命は助けてやろう。ただし、どうしてそのようなことを言ったのか、きちんと述べるのだぞ。」

「はい、西伯侯さま。」

姚福は奉御官の手下であり、宮殿の内部事情にはいろいろとくわしかった。彼は、姜皇后が西宮で死んだこと、二皇子が怪風にさらわれたこと、そして紂王が妲己とはかって、明日の早朝に四大諸侯を処刑することを述べた。

姜桓楚はあわててたずねた。

「わたしの娘が、姜皇后が、西宮で死んだだと？」

「はい。天子は妻子を殺害し、かわりに蘇妲己さまを皇后に立てました。」

姚福は知っているかぎりのことを、くわしく話した。

そして話の最後に姚福は、

「ほんとうは、だれにもしゃべるなときつく言われておりました。しかし西伯侯さまたちが何も知らず、楽しそうに酒を飲んでいらっしゃるのを見て忍びなく思い、つい口にもらしてしまいました。どうかお許しください。」

姫昌は、「よし、許してしんぜよう。よく言うてくれた。」と姚福をほめた。

一方、姜桓楚は、娘の姜皇后が酷刑にあって死んでしまったことに衝撃をうけ、叫び声をあげると、そのまま卒倒してしまった。姫昌はそばにいた部下に、姜桓楚を介抱させた。

姜桓楚は気がつくと、すすり泣いた。

「娘が片目をえぐられ、両手を焼かれたとは……。古今東西、このような話は聞いたことがない。それに、われわれも明朝に殺されるとは、まったくなんという話だ。すぐさま天子に諫書をつくろう。」

彼らは一晩かけて諫書をつくった。

同じころ、費仲は紂王に、三人の諸侯が諫書をつくっていることをひそかに告げた。費仲はみずから、こっそりと金庭館へ潜りこみ、諸侯の様子をうかがっていたのだった。

「そうか。気づかれたか。」

「心配にはおよびませぬ。この費仲に策がございます。」

次の日の朝、紂王は朝議を開いた。

姜桓楚はさっそく、できあがった書面を紂王にさしだした。比干がそれをうけとり、紂王に渡す。

紂王は、費仲がよい策があると言っていたため、今すぐ四大諸侯の首をはねるわけにはいかなかった。

紂王は書面を読まなかった。そして、姜桓楚にたずねた。

「姜桓楚よ。おまえは自分の罪を知っておるか?」

「臣は東魯を守り、国のため民のために尽くし、法を守ってきました。どのような罪がありましょう。」

「この逆賊めが！　姜皇后と謀って、朕を暗殺し王位を奪わんとしたであろう！　それでも罪がないと言うか！」

紂王は近侍に命じた。

「姜桓楚を午門につれていき、国法に照らして処罰するがよい！」

姜桓楚は立ちあがって紂王を指さし、怒鳴った。

「このおろか者が！　どこの馬の骨ともわからぬ者にそそのかされてわが娘を殺しおって！　それでもこりずに、このわたしにまであらぬ罪をきせるのか！」

「兵士ども！　早くこの者をつれていけ！」

兵士たちは姜桓楚の冠をはぎとり、縄で縛って、午門へとひったてていった。

姫昌はそれを見て、昨夜の姚福の話がすべて正しいことを悟った。紂王は狂気に走っているのだ。姫昌は、死を覚悟で上奏した。

「陛下は書面も見ずに、姜桓楚を刑にかけようとしておられる。このようなことで、文武百官が従うでしょうか？」

紂王は怒って書面を破りすてた。そして費仲の策略を待つ間もなく、叫んだ。

「姫昌、鄂崇禹、崇侯虎の三名の逆賊を午門へひったてて、その首をはねよ！」

兵士たちは三人を縛りあげ、午門へと引いていった。鄂崇禹は大声で、絶えまなく紂王をののしりつづけた。

午門についたところで、奉御官が駆けつけてきた。

「勅令である。崇侯虎を釈放せよ。」

費仲が紂王に頼んで、崇侯虎の許しを乞うたのであった。費仲の策略というのは、崇侯虎の命を助けることだった。

一方、九間殿に残っていた文武百官は、崇侯虎だけが許されたことに不満をいだいた。

黄飛虎や比干以下七名の大臣たちが、残り三名の諸侯の命も助けるよう上奏した。

「姜桓楚、鄂崇禹、姫昌の三名の重臣を失ったとなれば、天下の臣民たちはなんと思うことでしょう。」

黄飛虎や比干たちにつめよられ、紂王もしかたなく、姫昌一人を許すことにした。ただし帰国は許されず、羑里の地に軟禁されることになった。

残りの二人に対しては、ひどい暴言を吐いたため、すみやかに処刑せよと命じた。

「これより朕に刃向かう者は、姜、鄂二者の逆臣と同罪とみなすぞ!」

しばらくして、姜桓楚と鄂崇禹は斬首された。

文武百官は二人の死を悲しんだ。そしてこのさき、商がどうなっていくのかと心を痛めた。

二侯が処刑されるや、彼らの家臣はその夜のうちに朝歌を抜けだし、自国へと戻った。そして二侯の息子、姜文煥と鄂順に事のいきさつをつたえた。

一方、西伯侯・姫昌は、軟禁されるため、羑里へと送られた。

しかし、羑里では、姫昌は思わぬ歓迎をうけた。

軍民たちは鼓やらっぱを鳴らし、酒や羊の肉を用意し、大喜びで姫昌を迎えいれた。姫昌の徳はこの地まで聞こえており、軍民たちは姫昌を、まるで聖人のようにみなしていた。

それからどれほどもたたないうちのことである。

東伯侯・姜文煥、南伯侯・鄂順、そして四百の諸侯がいっせいに立ちあがった。

ついに半数を超える諸侯たちが、朝歌に対し反旗をひるがえしたのだった。

姫昌〈きしょう〉
四大諸侯の一人、西伯侯
のち、周の文王

姜文煥〈きょうぶんかん〉
東伯侯・姜桓楚の息子

哪吒

一

陳塘関に李靖という男がいた。

李靖は商の臣下で、陳塘関の城の総兵をつとめていた。総兵とは、地方の城を守る軍隊の総司令官で、軍隊を訓練し、指揮をするのが仕事である。

最近各地で、商に反旗をひるがえす領主があらわれはじめていた。李靖は、いつ起こるかわからない戦に備え、日々、兵士たちの訓練に明けくれていた。

ある日の夕方。

李靖は兵士の訓練をすませ、自分の屋敷へと戻った。

屋敷では、侍女たちがあわただしく走りまわっていた。何事かと李靖はたずねた。水を張ったたらいをかかえた侍女が、走りぬけざまにつたえる。

「奥さまに、お子さまが産まれそうです。」

李靖には二人の子があった。長男の名は金吒といい、次男は木吒という。そして今、三番目の子が生まれようとしている。

しかし李靖は、素直には喜べなかった。

彼の妻の*殷氏が妊娠をして大きなおなかをかかえてから、すでに三年と六か月もたっていた。殷氏を診にきた医者は、「このような奇怪な例は、これまでに聞いたことがない。」と首をひねっていた。

三年と六か月——。李靖はつぶやいた。

生まれてくるのは人の子か、それとも妖怪の子か。李靖はそれを考えるとおそろしくなった。ともかくも李靖は、殷氏の寝室へと急いだ。

寝室では大きなおなかをした殷氏が、寝台の上で、仰向けになって寝ていた。そばでは二人の侍女が殷氏の手を握り、心配そうな顔つきで殷氏を見まもっていた。

殷氏は苦しそうな表情をしていた。しかし李靖が部屋に入ってくると、彼女はにっこりとほほえんだ。

李靖は妻になんと言ったらよいのか、わからなかった。彼は、ほほえむこともままならな

殷氏　昔、中国では、既婚女性や身分の高い女性の名は、姓だけでよんだ。「殷氏」は「殷」という姓の女性のことで、女性は結婚しても姓は変わらない。なお、殷氏と、紂王の子・殷兄弟とは、無関係。

かった。

それを悟ったのか、殷氏は李靖に言った。

「大丈夫ですよ、あなた。きっと元気な子が生まれます。」

しかし、子どもはなかなか生まれなかった。

やがて夜がふけた。李靖は、殷氏の寝室からだいぶ離れた別の部屋で眠った。

夜明け前、侍女の一人が血相を変えて、李靖の部屋へと飛びこんできた。彼女はくるったように「奥さまが！　奥さまが！」と叫びながら、殷氏の寝室の方向を指さすのだった。

ただならぬ侍女の表情から、李靖は、なにかよからぬことが起こったのだと悟った。彼はそばに置いてある剣を手に取り、殷氏の寝室へと急いだ。

李靖〈りせい〉
陳塘関の総兵
金吒・木吒・哪吒の父

殷氏〈いんし〉
李靖の妻
金吒・木吒・哪吒の母

殷氏の寝室の中は、薄い赤色の霧に包まれていた。異様な臭いがあたりにただよっている。床には、もう一人の侍女が、おそれおののいた表情で、ぺたんと座りこんでいた。彼女は李靖の姿を見ると、がたがたとふるえる右手の人さし指で寝台をさした。

そこには、気を失った殷氏が横たわっていた。寝台の下には、生まれてきた赤ん坊をのせるための黒い盆があった。しかしその盆の上には、赤ん坊ではなく、毬ほどの大きさの、肉球があった。肉球は盆の上で、みずからぐるぐると回転していた。

李靖はぎっと歯をくいしめ、ぎゅっと剣の柄を握った。

「おのれ、妖怪！」

李靖は剣を振りあげ、肉球めがけて振りおろした。肉球は、剣が触れたとたん、まっぷたつに割れた。そして、中から金色の光がほとばしり、部屋いっぱいに広がった。

「うっ！」

李靖はとっさに両腕で目をおおった。

しばらくして、光が消えた。李靖は両腕のすきまから、黒い盆の上の、肉球を見た。二つに割れた球の中に、赤い腹掛けを着た、かわいい小さな男の子がいた。

「なんということだ……。」

李靖は両腕をおろし、その男の子を眺めた。

男の子は髪も歯も生えそろっていた。右腕には大きな金の輪がはまっており、腰には六尺（一尺は約三十センチ）もの長さの、柔らかい赤い絹の帯が巻きつけられていた。

男の子は、李靖の顔をふしぎそうな表情でじっと眺めていた。それから、両手を盆の上につき、立ちあがろうとした。

李靖は、はっと思いだしたように、あわてて剣をかまえた。

（人の形をしているが、これはあきらかに妖怪だ。今斬らねば、のちのちの災いになる。斬らねば！）

李靖は剣を振りあげた。

男の子は立ちあがって二歩歩き、しりもちをついた。それを見た李靖の心に、憐憫の情がおこった。

李靖は剣を振りおろすべきかどうか迷っていた。これは妖怪だと、何度も自分に言いきかせた。しかし、剣を振りおろそうとした瞬間、彼はどうしても躊躇してしまうのだった。

「やめてください、あなた。」

さきほどまで寝台の上で気を失っていた殷氏が、李靖に言った。

「剣をお捨てになって。そして、その子をわたしに抱かせてください。」

李靖は妻の言葉を無視し、男の子を斬りつけようとした。しかし男の子は無邪気に笑っている。李靖はあきらめて剣を床に捨てた。

李靖は男の子を抱きあげた。そして、寝台の上で上体を起こしている妻に抱かせた。

殷氏は腕の中にいる男の子の額をなでながら、李靖に言った。

「さあ、よく見てごらんなさい。こんなかわいい子が妖怪であるものですか。」

李靖は男の子の顔を見て、それもそうだなとほほえんだ。

二

三年六か月の末に殷氏がとうとう子どもを産んだとの情報は、次の日の夜も明ける前に、陳塘関に住むすべての人たちにつたわっていた。

城の武将たちは祝いの言葉を述べに、李靖の屋敷へとつめかけてきた。李靖は夕方ちかくまで、屋敷の玄関先でその対応にあたっていた。

最後の一人が屋敷を去り、あたりが静かになったころ、一人の道士が李靖の目の前にあらわれた。

男は白い服に身を包んでおり、背中には宝剣をせおっていた。彼は乾元山の金光洞に住む仙人で、名を太乙真人といった。李靖は丁重に彼を迎えた。

「子どもが生まれたと聞いてな。お祝いにやってきたのだよ。」

「これはこれは、太乙真人さま。わざわざありがとうございます。」

それから李靖はそばにいた侍女に、急いで子どもをつれてくるように言いつけた。仙人に見てもらえば、あの子が妖怪かどうかはすぐにわかることだった。

しばらくして男の子が、侍女に抱きかかえられてつれてこられた。

太乙真人は自分の長いあごひげをなでながら、侍女の腕の中にいる男の子を眺めまわした。李靖がいかがですかとたずねても、太乙真人は返事をしなかった。

しばらくして、太乙真人は顔を上げた。

「この子が腕につけている金の輪は〈乾坤圏〉といい、腰につけている赤い帯は〈混天綾〉という。二つとも、もとはわたしの住む金光洞にあった宝貝*だ。どうやらこの子は、わたしとはなにか縁があるようじゃな。李靖、この子をわたしの弟子にしてもよいか？」

太乙真人
〈たいいつしんじん〉
乾元山の仙人
哪吒の師
闡教

乾坤圏〈けんこんけん〉
投げると敵を攻撃する金の輪

宝貝　ここでは魔力をもつ宝物の意。一般には「大切なもの」という意味でつかわれる。

「それは願ってもないことです。長男の金吒は五竜山雲霓洞の文殊広法天尊のもとで、次男の木吒は九宮山白鶴洞の普賢真人のもとで修行をしております。もしこの子を弟子にしてくださるのであれば、まずはこの子に名前をいただきとうございます。」

「ならば哪吒と名づけよう。今日から哪吒はわたしの弟子だ。」

それから太乙真人は立ちさろうとした。

「太乙真人さま、哪吒をおつれにならないのですか？」

「しばらくはふつうに育てておけ。道術に関しては、この子にはじゅうぶんな才能がある。今のところ哪吒に必要なのは愛情だ。たまに様子を見にくる。必要とあらば、哪吒には乾元山へ来てもらおう。」

太乙真人はそう言いのこして去っていった。

三

哪吒は李靖と殷氏のもとですくすくと育っていった。

太乙真人は一年に二、三回ほど李靖の屋敷にやってきて、哪吒に道術を教えていた。たまに乾元山へと哪吒をつれていくこともあった。

やがて七年の歳月が過ぎ、哪吒は七歳になった。

ある夏の日のこと。

その日はひどくむし暑く、地面からは蒸気が立ちのぼるほどだった。

李靖は朝早くから、兵士の訓練のために城へと出かけていた。

最近では反乱軍の動きが激しくなり、各地で大なり小なりの戦が起こっていた。李靖の守る陳塘関は、反乱軍の領土とは接していないため、地理的にはさしあたって危険はなかった。しかし、いざというときのために、李靖は兵士の訓練をおこたらなかった。

昼すぎごろ、あまりの暑さに耐えかねた哪吒は、母のもとへと行った。

「母上。城壁の外には大きな河があります。おねがいです、城壁の外を散歩させてください。」

「いけません。城壁の外は危険です。子どもが一人で散歩をするような場所ではありません。いつも父上に言われているでしょう。」

「ぼくはもう七歳です。いつまでもそんな子どもあつかいをしないでください。おねがいします、母上。」

殷氏はだめだと首を横に振った。しかし哪吒があまりにしつこく頼むので、ついに折れた。

「父上がお帰りになるまでに戻るのですよ。」

殷氏は哪吒のお供に、家将の孫立をつけた。

哪吒は母に礼を言って、屋敷を飛びだした。

城門を出るやいなや、哪吒は大はしゃぎで駆けだした。はじめて城壁の外へ出たことに、哪吒は興奮していた。

やがて哪吒は、九湾河とよばれる河の前に出た。

九湾河の河幅は広く、向こう岸がかすんで見えた。水は茶色、水面はゆったりと波打ち、降りそそぐ太陽の光をきらきらと反射させていた。河はかなりの深さがあった。

哪吒は、河岸からひょいと宙返りをして、河の中から頭を出している大きな岩の上へと飛びのった。

「坊ちゃま！　あぶない！」

家将の孫立が河辺で手を振って叫んだ。走って追いかけてきたようで、顔じゅう汗びっしょりだった。

「わたくしはそこの木陰で休んでおりますが、旦那さまが屋敷に帰られるまでに、かならず戻られるのです。かならずですぞ。」

「わかったよ、孫立。心配するな。水浴びをしたらすぐに戻る。」

哪吒は靴を脱いだ。それから河の中に、右足のさきを突っこんでみた。河の水は、哪吒が思っていたよりも冷たかった。

哪吒は腰に巻いた赤い帯〈混天綾〉をほどき、服を脱ぎ、赤い腹掛け姿になった。

哪吒は岩の上に腰をおろし、体をぬぐうために帯をじゃぶじゃぶと河の水にひたした。そのとたん、河は真っ赤に染まり、河の水が大きく揺れだした。しかし哪吒は、さして気にもとめず、帯を洗いつづけた。

九湾河は、はるか東の東海へと流れこんでいた。

その東海の底深くに、水晶宮という名の大きな宮殿があった。宮殿には、東海を支配する敖光という名の竜王と、その何百もの家来たちが住んでいた。

竜王の真の姿は一匹の大きな竜なのだが、ふだんは半人半竜の姿をとっている。彼は水晶宮の玉座に座っていた。

突然、あたりの水が激しく振動をはじめた。水晶宮を支える柱がゆがみ、宮殿自体が激しく左右に揺れた。地震ならぬ水震である。水晶宮の住民たちは驚きあわてた。

「何事だ！　すぐに原因を調べてまいれ！」

竜王はそばにいた巡海夜叉（海の見回りをする守護神）の李良に命令をした。

李良はすぐに宮殿を出て、やがて海面から顔を出した。大陸の、九湾河の河口が真っ赤になっていた。

ただごとではないと思った李良は河をさかのぼっていった。すると、一人の男の子が、赤い帯を河の水につけて体を洗っているのが見えた。

李良は河底から哪吒の前にぬっと顔を出した。李良は、顔だけでも哪吒よりも大きかった。頭のてっぺんはとがっており、口からは、下あごについた大きな二本の牙が突きでていた。両耳には大きな金の耳輪をしている。

「なんの用だ、この化け物。」

哪吒のその言葉に、李良は激怒した。

「わしは天帝（天界の最高神）に命じられ、東海の支配者・竜王に仕えて河と海とを巡視する巡海夜叉の李良だぞ。そのわしを、化け物とののしるとはなんたることだ！」

「化け物は化け物だ。」

李良はかっとなって河から飛びだし、その巨大な体を見せた。筋骨隆々で、肌は赤色、腰に鱗の腰巻きを巻いている。李良が飛びだしたとたん、河の水が大きな波となって空に舞いあがった。河の水かさが一気に減った。

「くたばれ、餓鬼が！」

李良は手にもっていた大きな斧を、哪吒めがけて振りおろした。

「わっ！」

哪吒は驚いて、すぐ隣の岩場へと跳びうつった。哪吒の立っていた岩場は、李良の振りおろした斧をくらい、ドーンと大きな音をたててまっぷたつに割れた。

「こら、あぶないだろう！　いきなり何をするんだ！」

哪吒がそう叫んだとたん、宙に舞いあがっていた河の水が、一気に、哪吒の頭に降りそそいだ。哪吒はよける間もなく、その水にのまれてしまった。

「ぷはっ！」

哪吒は水面から顔を出した。すると、すぐ真上から、李良の斧が振りおろされてきた。

「死ね！」

哪吒はとっさに、右腕の金の輪〈乾坤圏〉をはずし、李良の顔めがけて投げつけた。李良は顔を動かして、さっとそれをかわす。

「戻れ！」

敖光〈ごうこう〉
東海を治める竜王

李良〈りりょう〉
東海を見まわる
天界の番人

哪吒のかけ声とともに乾坤圏は方向を変え、李良の後頭部を直撃した。

「がっ……。」

李良は脳天を割られ、そのまま仰向けに、河の中へと倒れこんだ。ザッパーンと水しぶきが上がる。

哪吒は河から飛びだし、そばの岩場に飛びのった。そして戻ってきた乾坤圏をうけとめた。

「おい、輪が汚れちゃったじゃないか。」

哪吒は笑いながらそう言った。それからまた岩場に座りこみ、こんどはその輪を洗った。

水晶宮では二度目の水震が起こった。宮殿の柱の何本かは折れ、竜王は玉座から投げだされて床にしりもちをついた。

竜王は李良が殺されてしまったことを悟った。彼は体をわなわなとふるわせて激怒した。

「李良は天帝の直属の家臣であるぞ！　どこのばか者が、このような天をもおそれぬ真似をしおったのだ！　すぐにとっつかまえて断罪にしてくれるわ！」

「父上がじきじきに出るまでもありません。わたしが行きましょう。」

そう言ったのは竜王の三男、敖丙であった。彼は〈逼水獣〉とよばれる竜馬にまたがり、竜兵隊の五人の精兵を引きつれて宮殿を飛びだした。逼水獣の進む勢いで、水が大きく左右に割れた。水は高く盛りあがり、まるで二つの山が絶えまなく左右にくずれていくかのようだった。

哪吒は、二丈（一丈は約三メートル）以上もの高さの波が自分に向かってくるのに気がついた。波の上には、逼水獣に乗った、人の形をした竜の怪物がいた。怪物は画戟（槍のような武器）をかまえて哪吒を怒鳴りつけた。

「おまえが巡海夜叉の李良を殺したのか！」

「ぼくはここで体を洗っていただけだ。あいつが突然、斧を振るっておそいかかってきたから、返り討ちにしただけだ。なにが悪い。」

「李良は、おそれおおくも天帝直属の家臣だ。その者を殺すことは、天帝に刃向かうも同じことだぞ。わかって言っておるのか。」

「さきに手を出したのはあいつのほうだ。だいたい、おまえはだれだ？　ぼくは陳塘関の総兵・李靖の三男、李哪吒だ。」

敖丙〈ごうへい〉
東海竜王・敖光の三男

逼水獣〈ひっすいじゅう〉
水中での速度が速い竜馬

「わたしは東海竜王の三男、敖丙だ。覚えておけ。」

しかし哪吒は笑った。

「ほう。あの竜王・敖光の子か。あまり偉そうな口をたたいてぼくを怒らせると、老いぼれどじょうともども捕まえて、その皮をはぎとってやるぞ。」

「父上のことを老いぼれどじょうだと！」

敖丙は、体じゅうの鱗をさかだてて激怒した。

「いい度胸だ、小僧！　この場で天の裁きをうけるがよい！」

敖丙は画戟を振りあげ、逼水獣ともども、哪吒におそいかかった。波と五人の竜兵士たちも、一緒におそいかかってくる。

哪吒はすばやく岩場から上空へと飛びあがり、敖丙の画戟と波をよけた。それから、手にしていた赤い帯〈混天綾〉の片端を、敖丙めがけて、すばやく投げつけた。

混天綾は何千丈もの長さに伸び、赤い炎をまきちらしながら宙を舞った。そして、逼水獣もろとも、敖丙をからめとった。

哪吒は岩場に着地をし、混天綾をひっぱった。ぐるぐる巻きになった敖丙と逼水獣は、岩場の上にたたきつけられた。

哪吒は、仰向けになっている敖丙ののどぼとけを踏みつけた。そして右腕から金の輪をは

ずすと、それを振りあげ敖丙の額を打った。そのとたん、敖丙はもとの姿へと戻った。一匹の竜が岩場の上に、死んで横たわっていた。

哪吒は、竜を見ながらつぶやいた。

「そういえば父上の腰帯はかなりくたびれていたな。竜の背骨の筋を編んで、父上のために腰帯をつくってあげよう。きっと喜ぶぞ。」

哪吒は竜の背中から、糸のような一本の長い長い筋をひっぱりだした。

それから哪吒は、その長い竜筋を束ねてもって、河岸へと戻っていった。河辺の木陰で一部始終を見ていた孫立は、おそろしさのあまりに腰が抜け、立ちあがることもままならなかった。

一方そのころ、かなわないとみてすぐさま水晶宮に戻っていた五人の竜兵隊は、事のなりゆきを竜王につたえていた。

「陳塘関の総兵・李靖の子、李哪吒に、三太子（王の三男）の敖丙さまが打ちころされ、背骨の筋をも抜きとられました。」

「なんと、李靖の息子だと！　李靖は古い友人だ。やつはりっぱな人物だ。しかしその息子が、このような非道をしでかすとは。李靖め、ずいぶんとりっぱな子どもを育てたようだな！」

竜王は道士の姿に化けた。それから海を飛びだすと、雲に乗って陳塘関へと向かった。

その日の夕方、李靖は兵士の訓練を終えて自分の屋敷に戻ってきた。屋敷に入ろうとしたとき、雲に乗った道士が空から舞いおりてきた。

「これはこれは敖光どの、お久しぶりですな。」

李靖は古い友人である竜王を喜んで迎えた。しかし竜王は不機嫌だった。

「久しぶりに会ったというのに、どうなされたのですか？　敖光どの。」

竜王は怒鳴った。

「どうされたもこうされたもない。おまえのところの哪吒が、九湾河で李良とわが子の敖丙を打ちころした。そのうえ、敖丙の筋をも抜きとったのだ。」

すると李靖は笑いだした。

「それは敖光どのの思いちがいでありましょう。わたしのところの哪吒はまだ七歳、城壁の外にすら出たことがないのですぞ。どうして李良どのや敖丙どのをそのような目にあわせることができましょう。」

しかし竜王は断固として、哪吒が殺したと言いはった。

「まあまあ、落ちついてくだされ、敖光どの。それならば哪吒をここへつれてきましょう。好きなだけたずねてみてください。それで事の真相ははっきりするでしょう。」

李靖は屋敷の侍女に、哪吒をつれてくるよう命じた。

しばらくして哪吒が、にこにことした表情で、竜の筋をかかえてあらわれた。

「ほら、父上、見てください。竜の筋ですよ。昔から、竜の筋はもっとも丈夫な糸だとつたえられております。これで父上に、剣を下げるためのりっぱな腰帯をつくってあげることができます。楽しみにしていてください。」

李靖はそれを聞き、啞然として息子を見つめた。

一方、竜王は、哪吒のかかえている自分の息子の筋を見つめて悲しみ、そして李靖に大声で怒鳴った。

「これでもまだわしの思いちがいと言うか、李靖どの！」

「敖光どの、これにはなにかわけがあります。ここは落ちついてください。」

それから李靖は哪吒に、

「哪吒、自分が何をしたのかわかっているのか！」

「父上、ぼくはただ河で水浴びをしていただけです。それなのに、急に李良や敖丙がおそってきて、それで返り討ちにしたんです。さきに手を出したのはあいつらのほうです。ぼくはなにも悪くありません。でも父上がどうしても謝れというのであれば、ぼくはひざをついて竜王に謝り、この竜筋をお返しいたします。」

竜王は怒りのあまりに体がふるえだした。

「こ、この小僧、いけしゃあしゃあと好き勝手をほざきおって。竜筋を返してもらったところで、敖丙は生きかえらんわい！」

それから竜王は、李靖に言った。

「李靖どの！　明日、わしは天界へ昇り、このことを天帝に直訴する。なんじら親子、そろって命がないものと思え！」

竜王は雲に乗って去っていった。

「なんたること……。」

李靖は両ひざをつき、頭をかかえこんだ。哪吒は申しわけなさそうに頭を垂れ、手もとにある竜筋を眺めていた。

侍女から知らせを聞いた哪吒の母の殷氏は、急いで玄関先へと駆けつけてきた。

「たいへんなことになったようですね。」

「ああ。敖光どのが天界に直訴をすれば、親子そろって死罪はまぬがれぬ。わたしと哪吒だけならばよいが、かならずやおまえもまきこまれるだろう。それにへたをすれば、わたしとおまえの一族すべてが死罪になるやもしれん。やはりこの子は、災いをもたらす妖怪の子だ。あのときに斬りすてておくべきであった……。」

父と母が泣いているのを見て、哪吒はつらくなった。彼は両ひざをつき、両親に言った。

「父上、母上、泣かないでください。いつも『自分のことは自分一人で責任をもて。』と言っているでしょう。ぼくのやったことが父上や母上におよぶとは、理屈にあいません。とにかくご安心ください、なんとか解決してみせます。」

哪吒は立ちあがり、屋敷の裏庭へと向かった。

哪吒は裏庭の地面の土をひと握りつかんだ。そしてそれを空中にほうりなげた。土が空中に飛びちる。哪吒はすばやく飛びあがり、その土と一体となった。

ひと筋の土が空を舞い、陳塘関の城壁のはるか上空を飛びこしていった。道術の中にある五行遁術（土遁・水遁・火遁・金遁・木遁）の一つで、〈土遁〉という名の術である。土に宿る力を借り、遠くの場所へとすばやく移動することができる。

哪吒は土遁を借りて、師匠の住む乾元山の金光洞へと急いだ。

四

哪吒は乾元山へとたどりついた。彼は太乙真人に、事のなりゆきをすべて話した。

「とんでもないことをしでかしたようだな、哪吒。」

「お師匠さま、どうすればよろしいでしょうか。」

「そうじゃな……。」

太乙真人は服の袖から筆をとりだした。そして、その筆で哪吒の胸に文字を書きこんだ。〈隠身符〉という術である。

「これでおまえの姿はだれにも見えない。天界の宝徳門へ行き、竜王が来るのを待ちかまえているがよい。ただし絶対に声を出してはならんぞ。」

哪吒は太乙真人に礼を言った。それから小さな雲に乗り、乾元山をあとにした。

哪吒は上空に舞いあがり、雲を突きぬけた。遠くの雲の上に、金色の屋根をした天界の宮殿がいくつも建っているのが見えた。

天界の入り口には、宝徳門とよばれる大きな門があった。その赤い柱には金色の竜が浮き彫りになっていた。紫の霧と赤い霞があたりをただよう。

宝徳門の下までたどりついた哪吒は、その周辺を飛びまわった。東海竜王はまだやってきていない。しかたなく哪吒は、門の柱の下で待っていた。

しばらくして竜王が雲に乗ってあらわれた。彼は天帝に会うために朝服を着ていた。

竜王を乗せた雲は、宝徳門へと向かった。

哪吒はすぐにその背後をつけた。隠身符のおかげで、竜王には哪吒の姿が見えなかった。

竜王に追いついた哪吒は、右腕から金の輪をはずし、それで竜王の背中をたたいた。竜王は「ぎゃっ！」と叫び声をあげ、うつぶせに倒れた。

すかさず哪吒は竜王の背中を踏みつけ、右こぶしで竜王の頭をこづいた。

「無礼者！　何をするか！」

竜王は振りかえる。しかしそこにはなんの姿もない。

哪吒は、また竜王の頭をこづいた。

竜王は何がなんだかわからず、手あたりしだいに腕を振りまわす。そして大声で、姿の見えない狼藉者をしかりとばしつづけた。

哪吒は竜王の叱咤に我慢できなくなった。太乙真人に「声を出してはならない。」と言われたことも忘れ、大声で竜王に言った。

「それ以上ののしれば、おまえごとき老いぼれどじょう、ただではおかないぞ！　ぼくがしゃべらないかぎり、おまえにはぼくがだれだかわからないだろう。教えてやろう、ぼくは乾元山金光洞の太乙真人の弟子、哪吒だ。」

竜王は激怒した。

「小僧、きさまか！　許しがたい罪を犯しておきながら、今日はこの宝徳門外でわしを殴るとは！　わしは雲と雨とをつかさどる竜王であるぞ。ただですむと思うな！　今からわしが天帝に……。」

怒った哪吒は、竜王の頭を乱打した。

古来、「竜は鱗を抜かれることを、虎は筋を抜かれることを恐れる。」という。

哪吒は竜王の着ている朝服の右側を引きおろした。そして、竜王の右わきの下の鱗をつかみ、一気に四、五十枚の鱗を引きぬいた。

「痛い、痛い！　やめてくれ！　助けてくれ！」

「おまえを天帝に会わせるわけにはいかない。今から、ぼくと一緒に陳塘関まで来い。でないと、また鱗を抜くぞ。」

「やめてくれ！　陳塘関へ行くから許してくれ！」

哪吒は竜王を放した。

それから哪吒は、竜の変化のことを思いだした。竜は天を突くほどの大きさにもなれれば、塵のように小さくもなれるという。陳塘関につれていく途中で変化術をつかわれて逃げられたら、もう見つけだすことはできないだろう。

哪吒は竜王に、小さな蛇に化けるよう命じた。竜王は言われたとおりに、一匹の小さな青い蛇に変身した。

哪吒はその蛇を右手でつかんだ。そして宝徳門をあとにし、陳塘関へと向かった。

時刻はすでに夕方になっていた。

李靖は兵士の訓練から戻ってきていた。

哪吒が帰ってくると李靖は、「いったいどこをほっつき歩いていたんだ。」としかった。

「父上。ぼくは宝徳門へ行き、竜王さまに天帝への直訴を取り消してもらうよう頼んできたのです。」

李靖は一喝した。

「おまえは何さまのつもりだ、哪吒！　天界へ行ってきただと？　ふざけたことを言うんじゃない！」

「父上、怒らないでください。うそではありません。ここにいる竜王さまが証明してくれます。」

哪吒は、右手に握っていた青蛇をひょいと放った。一陣の清風とともに、蛇が竜王の姿になった。

李靖は驚いた。

「ご、敖光どの、これはいったい……。」

「どうもこうも、ないわい！」

竜王は宝徳門外で哪吒に殴られたことを、やつぎばやに、怒りをこめて話した。それから服の右半分をおろし、哪吒に抜かれた鱗のあとをも李靖に見せつけた。

「明日、わしは四海（東海・西海・南海・北海）の竜王たちとともに天界へと向かう。もはや、どんな言いのがれもできんぞ！」

竜王は一陣の清風となって、この場を去っていった。

すれちがうようにして殷氏がやってきた。

李靖はじだんだを踏んで言った。

「哪吒！　おまえがよけいなことをしてくれたおかげで、事はますます複雑で悪いほうへと向かっていく！　二神をあやめたうえ、敖光どのを殴るとは、なんということをしでかしてくれたのだ！」

「父上、母上、心配にはおよびません。大事に至れば、ぼくの師匠の太乙真人さまが助けてくれます。どうか悲しまないでください。」

哪吒はそう言いおえてから、また乾元山へと戻っていった。

しかしこんどは、太乙真人は、なんの策も哪吒に授けてはくれなかった。その晩、哪吒は金光洞で過ごした。

次の日の朝、太乙真人は寝ている哪吒を起こした。

「四海の竜王が天帝へ上奏するため、おまえの父母を捕らえにむかった。早く屋敷へ戻るがよい。」

「わかりました。これまでいろいろとありがとうございました、お師匠さま。」

哪吒は両手を合わせ、太乙真人にふかぶかとお辞儀をした。それから雲に飛びのると、陳塘関の屋敷へと帰った。

李靖の屋敷の前には侍女と家将たちが集まっていた。哪吒が雲に乗ってやってくると、彼らは口ぐちに、李靖と殷氏はすでに四海の竜王たちにつれさられてしまったと話した。

ひと足遅かったか――。哪吒は方向転換をして天界へと向かった。

四海の竜王たちは、まさに宝徳門をくぐろうとしていた。

竜王たちは三人の竜兵を従えていた。李靖と殷氏は縄で体を縛られ、それぞれ、竜兵のこわきにかかえられていた。

突然、竜王たちの背後から「待て。」という声が聞こえた。竜王たちは立ちどまった。振りむくと、そこに哪吒がいた。

「李良を殺したのはぼくだ。そして敖丙を殺したのもぼくだ。ぼく一人がしたことだ。ぼく一人で責任をとる。父上と母上に罪はない。」

「ほう、どう責任をとるのだ?」

敖光はたずねた。

「この命をくれてやる。だから父上と母上を放してやってくれ。」

敖光は仲間の竜王たちの顔を見まわした。竜王たちはうなずいていた。

「よかろう。死をもって父母を救うとは、見あげた孝行心だ。異存はない。」

敖光は腰から剣を抜き、哪吒に投げわたした。

「一つだけ頼みがある。ぼくが死んだら、ぼくの肉を父に、ぼくの骨を母に返してやってくれ。」

哪吒はそれだけ言うと、剣で自分ののどぶえを切って自害した。

五

竜王たちは哪吒との約束どおり、李靖と殷氏を釈放した。

殷氏は、死んだ息子のためにりっぱな墓をつくろうとした。しかし、李靖はそれを許さなかった。

「あいつが死んだのは自業自得だ。りっぱな墓などつくれば、また竜王たちに何を言われるかわかったものではない。」

それからというもの、殷氏は哪吒の死を悲しんで日々を過ごしていた。

ある夜のこと。殷氏の夢の中に哪吒があらわれた。

「母上。哪吒は魂の宿るところがなく、苦しんでおります。廟を建て、その中にぼくの像をつくって入れてくださいが。三年間線香の煙を絶やさずに上げてくだされば、哪吒は人間としてこの世に戻ることができます。」

殷氏は哪吒の魂が苦しんでいることにひどく心を痛めた。そして涙を流して、その哪吒の言葉を聞いていた。

次の日の朝、殷氏はさっそく大工を雇い、夫の李靖には内緒で陳塘関から四十里離れたところにある翠屏山に廟を建てさせた。そしてその中に哪吒の像を置き、左右に哪吒の召し使いとして鬼の像を二体つくらせた。

哪吒の廟ができてからというもの、山の近くの住民たちがやってきては線香を上げていた。ご利益があるということが評判になり、参拝者は日に日に増していった。

二年と半年たったある日のこと、野馬嶺での軍の訓練をすませた李靖は、軍を従えて陳塘関へと戻った。

翠屏山のふもとを通りかかったとき、李靖は山上に廟があるのに気づいた。廟の前には、線香をもった人びとの長い列ができていた。

「これほどの参拝者がいるとは、いったい山上の廟ではどのような神をまつっておるのだ?

廟の名前はなんというのだ？」

部下の一人が答えた。

「あれは哪吒廟といいます。たいへん霊験あらたかだと聞きます。そのため、夜になっても参拝者の列がとぎれることはないそうです。」

「哪吒廟だと！　おのれ、あの餓鬼が！」

李靖は馬を走らせ、砂ぼこりをまきちらしながら、山上の廟へと馳せつけた。そして参拝者を押しのけて廟の中へと入り、哪吒の像を指さして怒鳴った。

「哪吒！　生前に父母を苦しめ、死してなお、おろかな百姓たちを惑わすか！」

李靖は腰につけていた一尺ほどの長さの鉄の鞭で哪吒の像を打ちくだいた。それから、その左右にある鬼の像をもたたきこわした。

「廟に火を放て！」

李靖の命令をうけた兵士たちは、参拝者たちを廟から追いだしたのちに、廟に火を放った。

「この廟にいるのは断じて神などではない！　やつを敬い、線香を上げることを、これよりいっさい禁ずる！」

李靖と兵士たちにおどかされた参拝者たちは、あわてて山を下っていった。

李靖は自分の屋敷に戻ると、さっそく殷氏を責めた。

「おまえの産んだあの餓鬼は、生前の悪事がまだ足らんとみえて、おまえに廟をつくらせ、今では良民を惑わしている。今日わたしは廟を焼いた。もしおまえがまたわたしに内緒で廟を建てるようなことがあれば、そのときは、いくらおまえでも許しはせんぞ。わかったな。」

殷氏は何も答えなかった。

かわいそうな哪吒――。李靖が立ちさると、殷氏は寝台に顔を伏して泣いた。あと半年で息子が生きかえる、そのやさきだった。

一方そのころ、朝から散歩に出かけていた哪吒の魂は、戻ってくると廟が燃えつきてなくなっていることに驚いた。

廟の焼け跡の中には二匹の鬼がいた。鬼は目に涙をため、哪吒の魂を迎えた。

「いったい、何があったんだ?」

「あなたの父、李靖さまが像をこわし、廟を焼きはらったのです。」

哪吒はそれを聞いて怒った。

「ぼくの骨肉はすべて父母に返した。もう李靖とはなんの関係もない。それなのに、ぼくの像をこわし、そのうえ廟を焼きはらうとはなんということだ!」

哪吒は、乾元山の太乙真人のもとへと向かった。

太乙真人は哪吒の話を聞き、不愉快な表情をした。

「これこそは李靖が悪い。だがちょうどよい時期だ。わたしがおまえを人の形に戻してやろう。そうでもしなければ、おまえはもう二度と人の姿には戻れん。」

太乙真人は、五蓮池から蓮の花を二つと蓮の葉を三枚とってくるよう、弟子の金霞童子に命じた。金霞童子はすぐにそれらをとってきた。

太乙真人は地面の上にそれらを並べ、人の形をつくった。花びらを頭と足にし、茎を骨にし、葉を腰にした。

それから太乙真人は、その人形に大声で喝を入れた。すると哪吒の魂はその人形の中に吸いこまれ、蓮の葉の腰巻きと蓮の花びらの首輪をまとった蓮の花の化身、哪吒が誕生した。

人の姿に戻れたことを、哪吒は師匠に深く感謝した。

「いずれこの国に、仙界をまきこむほどの大きな戦が起こる。それに備え、おまえはしばらくこの山で修行をするがよい。」

太乙真人は哪吒に槍を与えた。〈火尖槍〉とよばれる宝貝である。太乙真人は哪吒に槍術の指導をした。哪吒は何日もしないうちに、その槍をつかいこなせるようになった。

また太乙真人は哪吒に、二枚の小さな車輪を与えた。〈風火二輪〉とよばれる移動用の宝貝である。二枚の車輪からは炎がほとばしっている。二枚の車輪を立て、その上に両足を乗せると、両足は車輪から何寸（一寸は約三センチ）か浮いた状態になる。風火二輪をつかえば、雲をつかうよりもはるかに速く、空を飛びまわることができた。

やがて二か月が過ぎた。

哪吒は、自分の像をこわした父へ報復をするため、太乙真人に内緒で山をおりた。一丈以上もの長さの赤い絹の帯〈混天綾〉を天女の羽衣のように身にまとい、右腕には金の輪〈乾坤圏〉をかけた。手には火尖槍をもち、足には風火二輪がある。

また〈金磚〉とよばれる金の煉瓦を、腰につけた小さな袋の中に詰めた。これも太乙真人からもらった宝貝の一つで、乾坤圏のように、敵に投げつける武器だった。

陳塘関の城の上空までやってきた哪吒は、城壁の上にいた見張りの兵士に大声で言った。

「太乙真人の弟子、哪吒だ。すぐに李靖を呼んでこい。」

見張りはすぐに城の中へと駆けこみ、このことを李靖につたえた。

すると李靖は、その兵士をしかりつけた。

「ばかなことを言うな！　哪吒はもう死んでいる。今さら生きかえるわけがないだろう。」

そのとき、別の兵士が駆けこんできた。

「たいへんです！　『出てこなければこちらから行くぞ。』と言っております！」

李靖は憤怒した。彼は画戟を手に取り、馬にまたがって、城門を飛びだした。

李靖は空を見あげた。そこに、風火二輪を踏み、手に火尖槍をもった哪吒がいた。哪吒は生前よりも背が高くなっていた。

「こいつめ！　生前にろくでもないことをしでかし、よみがえってまたここへやってくるとは。いったい何をたくらんでおるのだ！」

「李靖！　ぼくの骨肉はすべておまえに返したはずだ。もうおまえとはなんのかかわりもない。なのに翠屏山へ行って、ぼくの像をこわし、廟を焼きはらうとはどういうことだ！　今日は、そのうらみを晴らしにきた。うけよ！」

哪吒は槍をかまえ、風火二輪の炎をまきちらしながら、李靖めがけて急降下をした。馬上の李靖は画戟で哪吒の槍をうけた。地上では分が悪いと思った李靖は、雲を呼び、馬

哪吒〈なた〉
李靖の子　太乙真人の弟子
蓮の花の化身なので、
少年のまま

火尖槍〈かせんそう〉
突くと先に炎をともなう槍

風火二輪〈ふうかにりん〉
乗ると炎をまきちらしながら飛ぶ車輪

とその雲の上に乗った。彼は幼いころに崑崙山の度厄真人のもとで修行をしたことがあり、多少の道術をつかうことはできた。

空中で李靖と哪吒は激しく打ちあった。哪吒はおそろしい腕力をもっていた。それに火尖槍は突くたびに、炎があたりに飛びちる。李靖は防戦一方だった。

やがて李靖は、哪吒の槍をうけきれなくなった。李靖は哪吒に背を見せ、南東の方角へと逃げていった。

「李靖、どこへ逃げる！　今日という今日は、おまえを殺さずして乾元山へは帰らぬぞ！」

哪吒は李靖のあとを追った。雲と風火二輪とでは速度がちがう。哪吒はやがて李靖に追いついた。

李靖はあせった。彼はすばやく馬からおり、地面の土をひと握り空へとほうり、こんどは土遁を借りて逃げた。

哪吒は笑った。

「土遁が切れて姿をあらわしたときには、覚悟しておけ。」

哪吒は風火二輪を強く踏みこんで速度を上げ、土遁のあとを追った。

李靖の土遁の力は、九宮山のふもとで切れた。

李靖が姿をあらわしたときに、山の上から、背中に二本の宝剣をせおった道士が雲に乗ってあらわれた。

「父上、お久しぶりです。木吒です。」

九宮山白鶴洞の普賢真人のもとで修行をしていた、次男の木吒だった。李靖はほっと胸をなでおろした。

「どうなされたのですか？　父上。」

「哪吒に追われているのだ。助けてくれ。」

そのとき、風火二輪に乗った哪吒が追いついてきた。木吒は雲を飛ばし、哪吒の前に立ちはだかった。

「父上に手をかけるとはどういうつもりだ、哪吒！　すぐに引きかえせ。そうでないと、おれがこの場でおまえを始末するぞ！」

「だれだ？　おまえは。」

「おれの顔まで見わすれたか！　おれはおまえの兄の木吒だ。」

哪吒は兄の顔を認めた。そこで哪吒は、翠屏山の一件を兄にくわしく話し、だれが悪いかを兄に問うた。

「たしかに父上にも非があるが、父母の恩は忘れてはならぬぞ、哪吒。父上に斬りかかるなどとは言語道断だ！」

「ぼくの骨肉はすでに父母にお返しした。まだなにか恩が残っているというのか。」

木吒は激怒した。

「この親不孝者め！」

木吒は背中にせおった二本の宝剣〈呉鈎剣〉を抜き、哪吒に斬りかかった。

哪吒は兄と戦う気はなかった。木吒の剣を槍でうけとめながら、

「兄上、ぼくは兄上にはなんのうらみもない。そこをどいてくれ。李靖が逃げてしまう。」

「なんというやつだ！　わからずやにもほどがあるぞ、哪吒！」

哪吒は、李靖が逃げだしたのを見てあわてた。

「しかたがない。」

哪吒は槍で木吒を攻撃しながら、腰につけた袋から金の煉瓦〈金磚〉を取りだし、宙に投げた。

金磚は木吒の背後から、木吒の背中をおそった。哪吒の槍をうけるので手いっぱいだった木吒は、かわす間もなく金磚を背中にくらった。

気絶して雲から落下する木吒を哪吒は抱きとめ、地面の適当な場所に寝かしておいた。それからすぐに、李靖を追った。

李靖は雲に乗って逃げていた。彼は、まるで林を失った鳥のように、東西南北どこへ行け

ばよいのかわからないまま、逃げまわっていた。

やがて李靖の目の前に五竜山の雲霓洞が見えてきた。雲霓洞から、長男の金吒の師である文殊広法天尊が、雲に乗ってあらわれた。彼は手に小さな金の錫杖をもっていた。

「天尊さま、おねがいでございます。追われております。助けてくだされ。」

「李靖よ、雲霓洞の中にお入りなさい。あとはわたしがなんとかいたしましょう。」

李靖は文殊広法天尊に礼を言い、雲霓洞の中に身を隠した。

しばらくして、哪吒がすごいけんまくで文殊広法天尊の前にやってきた。

「だれかここへやってこなかったか？」

「李靖はわたしの指示で雲霓洞の中に隠れています。あなたは彼をどうするつもりですか。」

「やつは敵だ。早くつれだしてこい。かばいだてをするとおまえもただではすまんぞ！　この槍に突かれたくなければ、早々に李靖を出せ！」

「わたしにそのような無礼な口のきき方をするとは、あなたは何さまのつもりですか。」

木吒〈もくた〉
李靖の次男
普賢真人の弟子

文殊広法天尊
〈もんじゅこうほうてんそん〉
五竜山の仙人、金吒の師

「ぼくは乾元山金光洞の太乙真人の弟子、哪吒だ。あまく見るとひどい目にあうぞ！」

哪吒はそう言って、火炎のほとばしる火尖槍をかまえた。

しかし、文殊広法天尊は笑った。

「そういえば太乙真人のところに哪吒という、できの悪い弟子がいるというのを聞いたことがあります。」

怒った哪吒は、文殊広法天尊に向かって突きをくりだした。文殊広法天尊は身をひるがえしてそれをかわすと、笑いながら雲霓洞へと逃げていった。

哪吒は槍をかまえ、風火二輪を飛ばして文殊広法天尊を追った。

文殊広法天尊は振りかえり、手にもった小さな錫杖を宙に放った。〈遁竜椿〉、または〈七宝金蓮〉とよばれる宝貝である。

錫杖は宙で巨大な柱となった。その錫杖についていた三つの金の輪が哪吒におそいかかる。輪は哪吒の首と両足にすっぽりとはまり、巨大な柱に哪吒を押しつけた。哪吒は柱に背中をつけ、直立した姿勢で身動きがとれなくなった。

「くそっ！　はなせ！」

哪吒は暴れようとしたが、首と両足についた金の輪のせいで、体はまったく動かない。文殊広法天尊は、雲霓洞から彼の弟子でもあり哪吒の兄でもある金吒を呼び、哪吒を罰するように命じた。

金吒は〈扁拐〉という杖で哪吒の頭をたたいた。哪吒は悲鳴をあげた。しかし金吒は手をゆるめず、何度も何度も哪吒をたたいた。

哪吒がぐったりとしたころに、金吒は扁拐をおさめて、雲霓洞へと戻っていった。

しばらくして、太乙真人が雲に乗って雲霓洞へとやってきた。

「お師匠さま、哪吒です！　助けてください！　ここからときはなしてください！」

しかし、太乙真人は振りむきもせずに雲霓洞へと入っていった。

雲霓洞の入り口で、文殊広法天尊が太乙真人を迎えた。

文殊広法天尊は笑いながら言った。

「さきほど、あなたのお弟子の哪吒が、わたしの教えをうけにきました。」

太乙真人も笑った。

遁竜椿〈とんりゅうしょう〉
投げると巨大な柱になり、3つの輪で敵を柱にしばりつける錫杖

金吒〈きんた〉
李靖の長男
文殊広法天尊の弟子

扁拐〈へんかい〉
まがりくねった杖

「文殊広法天尊どのから直接教えをうけるとは、哪吒には身にあまる光栄ですな。ところでさっそくですが、哪吒を放してやってはもらえないだろうか。」

「虎を市場に放すようなものですよ。」

「哪吒は今、われわれ仙人でいうところの殺生戒（殺してはならないという戒律）を破る時期に入っている。だが、しばらくすれば、みずから悟りを開いて落ちつくようになるだろう。」

「わかりました。太乙真人どのを信用しましょう。」

文殊広法天尊は遁竜椿から哪吒を解放してやった。

「さあ、哪吒よ。文殊広法天尊どのに礼を言うのだ。そうでないと、こんどは師匠であるわたしが、おまえをこらしめなければならん。」

哪吒は師匠の怒りをおそれ、文殊広法天尊と金吒に、「お教え、ありがとうございました。」と礼を言った。

太乙真人は金吒に命じて、李靖を呼びにやった。雲霓洞に隠れていた李靖は、息子につれられ、太乙真人と文殊広法天尊の前でふかぶかと頭を下げた。

太乙真人は李靖に忠告した。

「翠屏山の一件はおまえにも非があるぞ、李靖。これより親子で争うことはまかりならん。それではさきに立ちさるがよい、李靖。」

李靖は二仙に感謝をし、雲霓洞を去っていった。

哪吒は、自分は金吒に扁拐でさんざん殴られたというのに、李靖は大したとがめもなく帰されたことに腹をたてた。彼は怒りにみちた目で、雲に乗ってゆうゆうと去っていく李靖のうしろ姿をじっと見ていた。

しばらくして太乙真人は、こんどは哪吒に言った。

「さあ、哪吒。おまえも行ってよいぞ。だが、まっすぐに乾元山へと戻るのだ。今後、おまえは父に対して槍を向けることは許されん、わかったな。」

「わかりました、お師匠さま。」

そうは言ったものの、哪吒は心の中でせせらわらっていた。

哪吒は師匠と文殊広法天尊に礼を言うと、急いで雲霓洞を飛びだした。そして、火炎をまきあげながら風火二輪を走らせ、太乙真人の指示にさからって李靖のあとを追った。

またもや李靖は哪吒に追いかけまわされた。空を飛ぼうと地を這おうと、哪吒はしつこくあとをついてきた。

もう少しで追いつかれるというときに、李靖は、山の高台の松の木のそばに、白い服を身にまとった、長い白ひげの老人が立っているのに気がついた。

「李靖よ。こちらへ来て、早くわたしのうしろに隠れるがよい。」

李靖は急いでその老人のうしろに隠れた。

老人は頭を上げた。そして、槍をかまえて空から飛んでくる哪吒を指さした。

「哪吒よ。おまえは五竜山で父子仲よくすると誓ったではないか。誓いに背くのであれば、こんどはおまえに非があるというもの。」

「なぜそれを知っている。」

「崑崙山で起こったことならなんでも知っておる。それより、師に誓ったことを破るとは不道理もはなはだしい。」

「誓いは守っている。ぼくは骨肉を父母に返した。あいつはもう父でもなんでもない。」

「そうか。どうしても李靖を殺すというのだな？」

「そうだ。」

「わかった。ならば殺してわたしに見せてみろ。」

あまりにもあっさりと言われたので、哪吒はあっけにとられた。

老人は立ちさろうとしながら、ふうっと李靖に息を吹きかけ、彼の背中を平手でポンとたたいた。そして小声で李靖にささやいた。

「李靖よ。おそれずに戦ってみるがよい。」

それから老人は雲に乗り、山の高台から少し離れたところに移動した。

郵便はがき

料金受取人払郵便

牛込局承認

5530

差出有効期間
2019年12月31日
(期間後は切手を
おはりください。)

162-8790

東京都新宿区市谷砂土原町 3-5

偕成社 愛読者係 行

ご住所	〒□□□-□□□□ 都・道 府・県	
	フリガナ	
お名前	フリガナ	お電話
		★目録の送付を [希望する・希望しない]
メールアドレス ※新刊案内をご希望の方はご記入ください。メールマガジンを配信します。	@	

本のご注文はこちらのはがきをご利用ください

ご注文の本は、宅急便により、代金引換にて1週間前後でお手元にお届けいたします。本の配達時に、【合計定価(税込)+代引手数料 300 円+送料(合計定価 1500 円以上は無料、1500 円未満は 300 円)】を現金でお支払いください。

書名	本体価	円	冊数	冊
書名	本体価	円	冊数	冊
書名	本体価	円	冊数	冊

偕成社 TEL 03-3260-3221 / FAX 03-3260-3222 / E-mail sales@kaiseisha.co.jp

＊ご記入いただいた個人情報は、お問い合わせへのお返事、ご注文品の発送、目録の送付、新刊・企画などのご案内以外の目的には使用いたしません。

★ ご愛読ありがとうございます ★
今後の出版の参考のため、皆さまのご意見・ご感想をお聞かせください。

●この本の書名『　　　　　　　　　　　　　　　　　　　　　　　　　　　　』

●ご年齢（読者がお子さまの場合はお子さまの年齢）　　　　　歳（ 男 ・ 女 ）

●この本のことは、何でお知りになりましたか？
1. 書店　2. 広告　3. 書評・記事　4. 人の紹介　5. 図書室・図書館　6. カタログ
7. ウェブサイト　8. SNS　9. その他（　　　　　　　　　　　　　　　　　　　　）

●ご感想・ご意見・作者へのメッセージなど。

ご記入のご感想を、匿名で書籍の PR やウェブサイトの感想欄などに使用させていただいてもよろしいですか？　〔 はい ・ いいえ 〕

●新刊案内の送付をご希望の方へ：恐れ入りますが、新刊案内はメールマガジンでご対応しております。ご希望の方は、このはがきの表面にメールアドレスのご記入をお願いいたします。

＊ ご協力ありがとうございました ＊

「さあ、哪吒。早くやらんか。ここで見とどけてやる。」

哪吒は、高台の上に立っている李靖を見おろした。だが、槍をかまえてはみたものの、どうするべきか迷っていた。

「どうした、哪吒。李靖を殺して見せてくれるのではなかったのか。それとも、子どものように駄々をこねていただけか？」

哪吒は、きっと老人をにらんだ。それから槍をかまえなおし、李靖めがけて突撃した。

李靖は手にもっていた画戟で、哪吒の攻撃をうけとめた。そして雲に乗り、空中で哪吒に攻撃をしかけた。

哪吒と李靖は山の高台の上空で五、六十合も打ちあっていた。こんどは李靖のほうが押していた。哪吒は満面に汗をうかべ、必死で李靖の画戟をうけとめていた。

やがてうけきれなくなった哪吒は、李靖から少し離れた場所へと逃げ、間合いをとった。

なにかおかしい——。哪吒は腕で額の汗をぬぐいながら思った。

(李靖があんなに強いわけがない。あの老いぼれが、なにか小細工をしたのだ。ならば、さきに老いぼれをやっつけてやる。李靖はそのあとだ。)

哪吒は風火二輪を飛ばし、少し離れたところで観戦していた老人に、槍をかまえておそいかかった。

老人は口を開けた。すると口の中から白い蓮の花が飛びだし、哪吒の槍をうけとめた。

「この悪餓鬼め。無関係のわたしにまでおそいかかるとはなんたる無礼だ。」

「うるさい！」

哪吒は蓮の花から槍を引きぬくと、またもや老人におそいかかった。

老人は服の袖から、小さな塔の形をしたものを取りだした。それを空高く投げる。

小さな塔は空中で、何十丈もの高さの、本物の巨大な塔になった。〈玲瓏塔〉という宝貝だ。塔の底は空いており、中は空洞になっている。

塔は哪吒の頭上からおおいかぶさり、その中に哪吒を閉じこめた。

老人が手をたたくと、突然、塔の中で炎が燃えさかった。あまりの熱さに哪吒は助けを求めた。どこからともなく聞こえてくる老人の声が、塔の中にこだました。

「どうだ哪吒よ、李靖を父と認めるか？」

哪吒は「いやだ。」と言った。するとあたりの炎は激しさを増した。

「わかりました、ご老人！　李靖を父と認めます！　おねがいです、ここから出してください！」

「今後、父に手を出すようなことがあれば、わしがこの塔で焼きころすぞ。」

老人はそう言って〈玲瓏塔〉をもとの大きさに戻し、服の袖の中におさめた。

解放された哪吒は、自分の体を見まわした。服も焼けていなければやけどもなかった。髪の毛の一本も焦げてはいない。

くそっ、だまされた！　――哪吒は怒りと恥ずかしさとで顔を真っ赤にした。

老人は哪吒に、李靖の前にひざまずいて謝るよう命じた。

哪吒は、老人がまたあの塔をつかうことをおそれた。彼はぐっとこらえて李靖の前に片ひざをつき、頭を下げた。

「どうした、早く『父上』と呼ばんか。」

老人は言った。

哪吒は何も返事をしなかった。すると老人は袖から〈玲瓏塔〉を取りだした。哪吒はそれを見てあわてた。彼は早口で声を高くして言った。

「父上、哪吒はこの場かぎりで悔いあらためます。どうかお許しください。」

しかし哪吒は、心の中では、（李靖め、いつまでも老いぼれのそばにくっついているわけにもいくまい。老いぼれがいなくなったら最後、覚悟しておけ。）とつぶやいていた。

だが、その思いはすぐにくずれさった。老人は〈玲瓏塔〉を李靖に手わたしていた。

「李靖よ、おまえにこの塔を授ける。哪吒がまたおそってくるようなことがあれば、この塔で焼きころすがよい。」

李靖は頭を下げ、それをおしいただいた。それを見た哪吒は、心の中で歯ぎしりをし、じだんだを踏んでいた。

「おぬしら親子は和睦をした。双方とも二度と以前の仇をもちだしてはならぬぞ。将来、この国で仙界をもまきこんだ大きな戦がある。おぬしらもそれに参加せざるをえなくなるだろう。そのときは、親子仲よく助けあっていくのだぞ。」

李靖は、わかりましたと言った。哪吒も、内心不服だったが、わかりましたと言った。

それから哪吒は、老人と李靖に礼儀正しく別れの言葉を述べた。そして、怒りをこらえて、乾元山へと戻っていった。

李靖は両手を合わせて老人に礼をした。

「ほんとうにありがとうございました、ご老人。高名な道人とお見うけしましたが、よろしければ、お名前をお聞かせください。」

「霊鷲山元覚洞の燃灯道人と申す。」

李靖は驚いた。崑崙山で修行をした者で、燃灯道人の高名を知らぬ者はいなかった。

李靖は塔をさしだした。

「燃灯道人さま、この宝貝はお返しします。哪吒には感づかれなかったようですが、今のわたしの力では、この宝貝をつかいこなすことはできません。」

「ならばつかいこなせるように、わたしのもとで修行に励むがよい。」

「えっ？」

「おまえの仕えている商の王はまもなく人徳を失い、臣に背かれることになる。一方、西のほうに、周という国が興る。おまえは将来、その国の王に仕えることになるだろう。きたるべき日のために霊鷲山で修行を積むがよい。それに――。」

燃灯道人は李靖の目を見、「息子に負けたままで、おまえが納得しているとは思えんからな。」と、白いあごひげをなでながら笑った。

李靖もほほえんだ。そしてひざをつき、燃灯道人の前に深く低頭した。

陳塘関へ戻ると、李靖はさっそく総兵の任をおりた。そして妻の殷氏を西のほうの国に住まわせたのちに、霊鷲山へと向かったのだった。

燃灯道人〈ねんとうどうじん〉
霊鷲山の仙人
元始天尊につぐ長老

玲瓏塔〈れいろうとう〉
投げると巨大化し、
人をおそう塔

七 姜子牙

一

崑崙山の玉虚宮に、元始天尊という高仙（高い位の仙人）が住んでいた。

ある日、玉虚宮に座していた元始天尊は、門下（弟子）の白鶴に命じた。

「白鶴よ。姜子牙をここへ呼んできてくれ。桃園で桃の木を植えておるはずじゃ。大事な話だ。急いでくれ。」

白鶴は、外見は十四歳ぐらいの少年である。もとはただの白い鶴であったが、元始天尊のもとに長年仕えていたため、多少の道術をつかいこなせるようになったのだった。

「かしこまりました、元始天尊さま。」

白鶴は一羽の鶴に姿を変え、飛びさった。

そして白髪頭に長いあごひげの老人を背に乗せ、あっという間に玉虚宮へと戻ってきた。

白髪頭の老人は、姜子牙であった。

姜子牙は七十二歳になっていた。山賊に竹槍でわき腹を刺され、瀕死のところを元始天尊に救われてから、四十年の歳月が流れていたのだった。

姜子牙は元始天尊の前で平伏した。

「姜子牙、ここに参上いたしました。大事な話がおありだとか。」

「うむ。姜子牙よ、下界では商朝の暴政が人びとを苦しめておる。商朝にかわって、いずれ徳のある王が立ちあがるだろう。おまえは丞相となってその王を助け、商を討つのだ。」

「わたしが、丞相になって商を討つとおっしゃるのですか?」

「そうだ。おまえがここで学んだことは、そのために生かされる。おまえを待ちわびている

元始天尊〈げんしてんそん〉
崑崙山の仙人
姜子牙の師
闡教の教主

白鶴〈はっかく〉
元始天尊に仕える童子

人は多い。さあ、姜子牙よ。早々にこの山をおりるのだ。」

しかし、姜子牙は悲しそうな表情をした。

「元始天尊さま。わたしは出家をしたいのでございます。一介の書生にしかすぎなかったわたしが、下界の富や名誉を求めるなどおそれおおいこと。おねがいです、元始天尊さま。この崑崙山にとどまらせてください。」

元始天尊は首を横に振った。

「姜子牙よ。これは命令だ。逆らうことは許されぬ。さあ、山をおりよ。」

姜子牙はしかたなく観念し、元始天尊に礼を述べた。それから一緒に修行した友にも別れを告げ、宝剣と小さな荷物の袋をせおい、山をおりていった。

しかし、下山してから、姜子牙はどこへ行けばよいのか迷っていた。

（元始天尊さまは徳のある王に仕えろとおっしゃられた。しかし、その王というのは、いったい、どこにいるのであろう。南極仙翁さまにたずねても、何も教えてはくれなかった。わたしはどこへ行けばよいのだ……。）

元始天尊のもとには、白鶴のような門下が何人かいる。だが、今のところは、直弟子は二人だけであった。一番弟子の南極仙翁、それに二番弟子の姜子牙である。

崑崙山にいた間、姜子牙は、道術のほとんどを南極仙翁から教わっていた。そのため、南極仙翁は、姜子牙の道術の師匠でもあった。

姜子牙はしばらく悩んだのちに、義兄弟の宋異人のことを思いだした。

（そういえば兄者は達者であろうか。一度、朝歌へ行って兄者に会うのがよいかもしれぬ。）

姜子牙は地面の土をつかんだ。そしてそれを空にほうりなげる。

姜子牙は土遁を借りた。ひと筋の土煙が朝歌へと飛んでいった。

二

朝歌にある旅館〈宋家荘〉では、主人の宋異人が、自分の部屋で今月の売り上げを計算し

姜子牙〈きょうしが〉
封神榜をもつ道人

南極仙翁〈なんきょくせんおう〉
元始天尊の片腕的な仙人

ていた。

　そこへ召し使いがやってきた。

「旦那さま。おもてに姜子牙と名のる老人が、どうしても旦那さまにお会いしたいと来ております。」

「姜子牙だと⁉　聞きちがいではないのか？」

「いえ、たしかに姜子牙と言っておりました。」

　宋異人は驚いた。すぐに筆を置き、急いで館を飛びだした。

　宋家荘の外には、宝剣をせおった、道人姿の、白髪の老人が立っていた。老いてはいるが、まちがいなく姜子牙であった。

「賢弟！」

　宋異人は姜子牙の手を取り、涙を流した。

「よくぞ生きていた、子牙よ。ともかく、中に入ってくれ。」

　宋異人は姜子牙を宋家荘でもっとも上等な部屋に案内し、豪華な料理と酒とでもてなした。

「さあさあ、遠慮をするな。どんどん飲み食いしてくれ。」

「いやいや。すまぬが、兄者。小弟は出家をした身であって、酒と肉とは禁じられている。心づかいはありがたいが、口にはできないのだ。」

「何を言うか。酒は瑶池（崑崙山にある池）の玉液、洞府（仙人の住む洞窟）の瓊漿（玉液も瓊漿も仙界の飲み物）という。つまるところ、神仙たちも蟠桃会（集まって桃を食べる会）を催し、酒を飲んでいることになるではないか。さあさあ、飲みたまえ。」

姜子牙は、宋異人の言葉ももっともだと思い、酒を飲みはじめた。

「しかし、兄者。宋家荘もずいぶんりっぱになった。」

「すべておまえのおかげだ。おまえがいなければ、宋家荘はとっくにつぶれていた。しかし、おまえはどこへ行っていたのだ？」

姜子牙は、崑崙山で修行をしていたことを話した。

「そうだったのか。まあ、これからはここで暮らしてくれ。そういえば、おまえとの約束を果たしてはいなかったな。」

「約束？」

「嫁を見つけてやるということだ。」

姜子牙は笑いながら首を横に振った。

「いやいや、兄者。それだけはかんべんねがいたい。わたしは独り身のほうが気楽でよい。」

「何を言うか、子牙よ。昔から、親不孝といわれるものは三つある。その中でももっともよくないのが、跡継ぎをもたぬことだ。明日、わたしがおまえの妻を見つけてきてやろう。」

「しかし、兄者。」

「いいから、わたしに任せておけ。」

姜子牙がいくら断っても、宋異人は断固として、「いや、かならず嫁を見つけてやる。」と言いはった。

次の日の早朝、宋異人はさっそくろばに乗り、〈馬家荘〉という旅館へと向かった。そして夕方ごろに戻ってきた。

姜子牙は宋家荘の門の前で、宋異人を出むかえた。

「今日、馬家荘の主人と会ってきた。彼の娘は、年齢は六十八で、才色兼備の女性だそうだ。きっとおまえとは似合いだろう。」

姜子牙は妻をめとることに気のりがしなかった。しかしへたに断れば、馬家荘と宋家荘が争うことにもなりかねない。

姜子牙は宋異人の顔を立て、馬氏との結婚を承諾した。

宋異人は吉日を選び、姜子牙と馬氏の婚礼の儀を宋家荘でとりおこなった。

結婚してから姜子牙は、朝歌郊外にある小さな一軒家に住むことになった。

しかし姜子牙は、馬氏のことをあまりかまわなかった。彼は、朝から晩まで崑崙山のことを思い、使命のことを考えていた。

宋異人〈そういじん〉
姜子牙の義理の兄

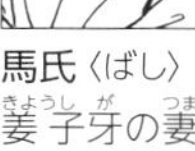

馬氏〈ばし〉
姜子牙の妻

（わたしには大事な使命があるというのに、これでよいのだろうか……。）
一方、馬氏は、姜子牙がまったく働かないことを嘆いていた。そこで彼女は、姜子牙に、笊を編ませ、それを街へ売りにいかせた。だが、よほど商売がへたなのか、姜子牙は笊を一つも売ることができなかった。

そののち、姜子牙はいろいろな商売を試してみたが、どれもうまくいかなかった。そのため、馬氏とのけんかが絶えなかった。

ある日のこと、姜子牙と宋異人は、宋家荘の裏庭を散歩していた。

宋家荘の裏庭は広い花園になっている。二人は裏庭にある椅子に腰かけ、その風景を眺めていた。

「いい庭だ、兄者。しかし、なぜ庭の一角に、広い空き地があるのだ？　あんなに広い空き地を遊ばせておくのはもったいない。楼閣でも建てればよいではないか。」

「楼閣を建てることは、すでに七、八ぺんも試みた。しかし、できあがったとたん、原因不明の火事が起こり、楼閣が燃えてしまう。だから、建てるのはあきらめたのだよ。」

「それはなにかしらの妖魔が、土地に住みついているからだろう。兄者は吉日を選んで楼閣を建てるとよい。棟上げの日になったら、わたしが土地に住みついた邪気を払ってみよう。」

宋異人は姜子牙の言葉を信じ、裏庭の空き地に楼閣を建てることに決めた。

そして棟上げの日になると、姜子牙は道人服を着、背に宝剣をせおって、宋家荘の裏庭にあらわれた。

彼は、建築中の楼閣の近くにある牡丹亭のそばで香を焚いた。そして、妖魔がいるかどうかを見たてた。

突然、大風が起こった。石や砂が飛びちる。大工たちの目には何も見えないが、姜子牙の目には、建築中の楼閣の上に、五匹の妖魔たちが飛びかかっているのが見えた。

「出たか、妖魔！　天罰をくれてやろう！」

姜子牙は背中の宝剣を抜き、天をさす。空中に、バーンと雷鳴がとどろいた。

五匹の妖魔はあわてふためき、すぐさま姜子牙に命乞いをした。

「あなたのような方がお怒りになっているとは、わたしたちはつゆ知りませんでした。どうか寛大なお心で、許してください。」

「だまれ！　楼閣を何度も焼き、人びとを困らせておったであろう！　今日、わたしがここへ来たからには、おまえたち、生きて帰れると思うな！」

「おねがいです！　どうか命だけは！」

妖魔たちは地面にひざまずいた。そして何度も平伏し、命乞いをした。

「……しかたがない。許してやる。ただし、これより岐山へ行け。そしてそこで修行をし、正果（修行の完成）を成してこい。そうすれば、悪さをしなくなるだろう。」

五匹の妖魔は姜子牙に礼を言い、岐山へと飛んでいった。

一方、姜子牙が妖魔と戦っているときに、妻の馬氏と、宋異人そして彼の妻の孫氏が裏庭にやってきた。彼らには妖魔の姿など、むろん見えない。

「ほら、孫さん、お聞き。うちの子牙は自分に向かって話をしているよ。いよいよおかしくなってきたみたいだ。あれでは出世の見こみはないね。まったく、情けない。」

馬氏が夫をばかにしていると、宋異人はたずねた。

「子牙よ、いったいだれと話をしているんだ？」

「妖魔だ。もう去っていった。わたしは修行で、占いや邪気を払う力を身につけたのだ。」

それを聞いて、宋異人は手を打った。

「それだ！　商売がだめなら、おまえは占いをやれ。朝歌南門の繁華街に、わたしは小さな土地をもっている。そこに占いの館を建てればよい。」

姜子牙は吉日を選び、占いの館を開いた。

姜子牙の占いはよく当たった。それが評判となり、どれほどもしないうちに、館の前には長蛇の列ができるようになった。

金もたくさん入るようになり、馬氏も宋異人も大喜びだった。

三

ところで、朝歌の城に、三妖の一匹、玉石琵琶の精が、やってきていた。妲己によばれ、二人して夜ごとひそかに宮女たちを食いころし、楽しんでいたのだ。そろそろ住みかに戻ろうと琵琶の精が、南門の上空を飛んでいると、下のほうでなにやら人びとが騒いでいるではないか。

「いったい、あの騒ぎは何事だ？」

琵琶の精は妖光で下方を照らした。館の中で、老人が占いをしているのが見えた。

「ほう、占いか。時間もあることだ。暇つぶしに、あいつの占いの腕前がどれほどのものか試してみよう。」

琵琶の精は、死んだ両親を弔うための白い服を着た、美しい女性に化けた。

女の姿に化けた琵琶の精は、館の前におりたつと、そこで並んでいる人びとに言った。

「みなさん、道をあけてくださいな。いそいで占ってほしいことがあるのです。」

喪服に身を包んだ女の姿を見て、並んでいる人びとは同情した。彼らは左右に分かれ、その女のために道をあけてやった。

姜子牙は、館に入ってきた女をひとめ見て、それが妖魔だとわかった。

(妖魔め。わたしの占いの力を試しにきたのか。)

そこで姜子牙は、次の客に頼んだ。

「すまんが、そこのかわいそうなご婦人に順番を譲ってやってはくれまいか。」

「ああ、かまわないとも。」

客はこころよく承諾した。

「さてと、ご婦人。まずは手相を見よう。占いはそれからだ。右手を出してくだされ。」

「はい。よろしくおねがいします。」

琵琶の精は心の中で笑いながら、姜子牙に右手をさしだした。

「さてと。」

姜子牙は琵琶の精の手首をつかむと、すばやく脈を押さえた。それから〈火眼金睛〉という術をつかった。これは、妖魔の力〈妖光〉を弱める光を目から放つという技である。

（まずい。）と思った琵琶の精は、大声で叫んだ。

「何をするのです、汚らわしい！　早く手を放しなさい！　だれか助けてください！　この占い師はわたしをにらんだまま、手を放そうとしないのです！」

並んでいた人びとは、すぐに姜子牙と琵琶の精のまわりに集まった。

「占い師！　いい年をして、若いご婦人になんてことをしやがる！　早くその手を放してやれ！」

「騒ぐな、皆の者！　この女は人にあらず。これは妖魔だ。」

「でたらめを言うな！　どう見てもただの婦人ではないか！　どこが妖魔だというのだ！」

騒ぎは大きくなっていった。

姜子牙は、手を放すわけにはいかなかった。今、手を放せば、妖魔は逃げてしまう。そうなれば、これが妖魔であることを人びとに証明できなくなってしまうではないか。

「やむをえん。」

姜子牙は机の上の、玉石でできた珠を手に取った。そしてそれを琵琶の精に投げつけた。

「きゃあっ！」

あたりに悲鳴がおこる。外で並んでいた人びとは、館の中へと詰めかける。館の中では、女が頭を割られ、血を流して死んでいた。

「占い師が人を殺したぞ！」

「そいつをここから逃がすな！」

ちょうどこのとき、亜相の比干が馬に乗って、この館のそばを通りかかった。彼は二人の部下をつれていた。

「なんの騒ぎだ？」

屋敷の前の人びとは比干の前にひざまずき、今しがた起きたことを述べたてた。

「占い師の姜子牙が婦女にたわむれかけたばかりでなく、その婦女に玉石の珠をぶつけ、殺してしまったのです。」

「なんだと⁉」

玉石琵琶の精
〈ぎょくせきびわのせい〉
女媧のはなった
三妖の一匹

比干〈ひかん〉
商朝3代に仕えてきた亜相

それを聞いて怒った比干は、部下に命じ、姜子牙を館の外につれだした。

姜子牙は琵琶の精の手首をつかんで放さなかった。妖魔はまだ死んだわけではない。手を放せば逃げられる。そのため姜子牙は、女の死体を引きずって、外へと出たのだった。

比干は一喝した。

「占い師の姜子牙とやら！　この白日になんと大それたことをしでかしたのだ。まさか国法があることを知らぬわけでもあるまい。厳しく処罰されることになるぞ！」

「大臣。この女は妖魔にございます。」

「だまれ！　そんなうそにはだまされんぞ。だいたい、女は死んでいるというのに、なぜその手を放さぬのか。」

「放せば妖魔が逃げてしまいます。そうなれば、これが妖魔であることを証明することができませせぬ。」

「とにかく、真相がはっきりするまでは、おまえを逃がすわけにはいかぬ。」

比干は部下に命じ、姜子牙をひっとらえさせた。

「わかりました。おとなしく捕まりましょう。ただし、女はこのままつれていきまする。」

姜子牙は兵士につれられ、女の死体を引きずったまま、城の午門へと向かった。街の人びとは、つれさられていく姜子牙に、非難の声を浴びせた。

比干は城へ戻ると、摘星楼にいる紂王のもとへと向かった。そして、街での事件を紂王に報告し、姜子牙をどうするか、判断を求めた。

妲己は奥の部屋で、比干の話を聞いていた。彼女は嘆きかなしんだ。

(かわいそうな妹よ。はやく住みかに帰ればよかったものを、占いなどをして、悪人に殺されてしまうなんて。わたしがかならずかたきをとってやる。)

それから妲己は部屋を出て、紂王のそばに歩みよった。

「陛下。亜相の言ったことは、どうも信じられません。事の真偽をたしかめるため、その狼藉者をこの摘星楼へとつれてまいり、取り調べをなさいませ。」

「それもそうだな。よし、ここでそやつを裁きにかけよう。」

しばらくして、姜子牙は摘星楼へとつれてこられた。紂王の前でも、姜子牙は、女の死体から右手を放さなかった。

紂王はたずねた。

「老人よ、おまえは何者だ?」

「東海許州の姜子牙と申します。占いをしていたところ、この妖魔がわたくしに対して悪さをしようとしました。さいわい、わたくしは破邪の術を心得ています。そのため、妖魔を退治したまでのことです。」

「ほう。しかし、おまえが殺したその者は、どう見ても婦女であるぞ。その婦女が妖魔であると証明できるのか？」

「もし陛下が妖魔の本性をごらんになりたいのであれば、薪を集め、大きな火をおこしてくだされ。それによってこの妖魔を焼けば、おのずと、もとの姿があらわれるでしょう。」

「ほう。それはおもしろい。姜子牙とやら、やってみるがよい。」

紂王はさっそく兵士たちに命じ、摘星楼の外にたくさんの薪を積ませた。

姜子牙は符印を妖魔の手足に張りつけ、妖魔を動けないようにした。それから積まれた薪の上に投げこみ、兵たちに火をつけるように言った。

煙と炎が舞いあがる。しかし妖魔はなかなか姿をあらわさない。摘星楼の二階でその様子を見ていた紂王は、首をかしげた。

「あの炎の中で死体が焦げないところを見ると、やはりあの女は妖魔のようである。しかし、いつまでも妖魔の姿をあらわさないとはどういうことなのだ？　比干よ、姜子牙に問うてきてくれ。」

比干は外に出て、姜子牙にたずねた。

「いったい、いつになれば妖魔が姿をあらわすのか。」

「亜相どの。もうしばらく、お待ちねがいたい。思ったよりもしぶとい妖魔のようだ。だが雷の術をつかって焼けば、かならずやその姿をあらわすであろう。」

姜子牙は天を指さした。すると炎が光を増した。

妖魔は苦しさのあまり、本来の姿をあらわした。

「やめてくれ、姜子牙！　わたしになんのうらみがあるというのだ？　早く火を消してくれ！　おねがいだ！」

紂王は炎の中の妖魔の声を聞き、冷や汗を流した。比干は目を大きく見ひらき、口をぽっかりと開けていた。姜子牙は叫んだ。

「亜相どの！　早く陛下を建物の中へ避難させてくだされ。雷が来ますぞ！」

比干はあわてて立ちさった。まわりにいた兵士たちも逃げだす。

「いきますぞ！」

姜子牙は両手をかざした。

バーンという巨大な爆発音とともに、強烈な光があたりを白く輝かせた。

やがてあたりは静まりかえった。

火は消えていた。薪の上には、女の姿はなかった。かわりに、玉石でつくられた琵琶があった。

紂王はそれを見て、隣にいた妲己に言った。

「蘇皇后よ。ほんとうに妖魔があらわれおったぞ！」

「ええ、そうですね。」

妲己は、妹の琵琶の精が殺されてしまったことに心を痛めた。

（姜子牙め！　見ておれ、かならず妹のかたきをとってくれる！）

それから妲己はむりに笑顔をつくり、紂王に頼みごとをした。

「陛下。あの琵琶をわたくしにくださいい。弦を張って、朝夕、陛下に演奏をお聴かせいたしましょう。」

「ふむ。それはよい考えじゃ。」

「それと、あの姜子牙という者を登用なされたらどうでしょうか？　あれだけの才能をもった者を、野に埋もれさせる手はありませぬ。」

「そうじゃな。蘇皇后の言うとおりじゃ。」

間もなく、琵琶は妲己の手にわたり、姜子牙は下大夫に任命された。

官職を得た姜子牙は、家へと戻り、そのことを妻の馬氏や宋異人につたえた。

馬氏は大喜びだった。宋異人は、姜子牙のために宋家荘に宴席を設け、その門出を祝った。

宋異人の催した宴会は何日にもおよんだ。姜子牙が朝歌の城に入ったのは、仕官が決まってから十日後のことだった。

四

ある日、妲己は摘星楼で紂王に舞を見せていた。

まわりに座っていた後宮の女たちが喝采する。

しかし、そのうちの七十余名は、だまりこくっていた。涙を流している者もいた。

妲己は怒って舞をやめ、そばにいた侍女にたずねた。

「あの者たちは何者だ？」

「亡き姜皇后の侍女にございます。」

その答えに、妲己はさらに腹をたてた。彼女は紂王に申しでた。

「姜皇后は大逆の罪で罰せられたのです。それなのに、あの者たちはわたくしを逆うらみしております。今、あの者たちをほうっておけば、のちのちの災いの種になるでしょう。」

「たしかに。すぐにあやつら全員を金瓜で打ちころそう。」

紂王は側近に命令しようとした。

「待ってください、陛下。わたくしによい考えがあります。」

妲己は紂王の耳もとで、その考えをささやいた。

「ふむ。なるほど。」

紂王はにやりと笑いながら、妲己の考えにうなずいた。

それから紂王は兵士たちに命じ、摘星楼の庭に、深さ五丈（一丈は約三メートル）、周囲二十四丈もの巨大な穴を掘らせた。そしてその穴の中に、何千匹もの毒蛇を入れた。穴は〈蠆盆〉とよばれた。

七十余名の女たちは両手を縛られ、容赦なくその穴の中にほうりこまれた。穴からは彼女たちの悲鳴がのぼってくる。

この地獄のような光景を、紂王と妲己は摘星楼から、酒を飲みながら眺めていた。

「これで宮中の災いはとりのぞかれました。ほかの者はおそれをなして、逆らうことはないでしょう。」

紂王は満足した様子だった。

「うむ。炮烙に勝るとも劣らぬ奇刑。さすがは蘇皇后じゃ。」

そばにいた侍女たちは、このありさまを見て涙していた。

妲己はその夜ふけ、千年狐の姿にもどり、蠆盆で殺された女たちの死体を食らい妖気を養った。

「なんとしても、琵琶の精を殺した姜子牙にしかえしをしなければならぬ。」

そして一計を思いついた。

妲己は、一幅の掛け軸を紂王に見せることにした。その掛け軸には、すばらしい高楼をもつ宮殿が描かれていた。

「ほう、これはみごとな高楼じゃ。」

「〈鹿台〉という名の宮殿でございます。宮殿はすべて玉石でつくられております。陛下は四海の富をもっておられますが、天界にあるような宮殿はおもちではありません。いかがでしょう、この宮殿をつくってみられては。このようなすばらしい宮殿が完成すれば、神仙もおのずと来遊するにちがいありません。」

「それはおもしろい。しかし、玉石で高楼のついた宮殿をつくるとなると、相当な技術が必要だ。」

「下大夫の姜子牙がいるではありませんか。姜子牙の才能をもってすれば、わけなくできあがるでしょう。」

死んだ琵琶の精は、月の光を何年も浴びつづければ、またよみがえるという。

妲己は、玉石の鹿台のてっぺんに玉石の琵琶を埋めこんでしまえば、だれにも気づかれずに妹を生きかえらせることができると考えたのだ。

また、鹿台の建築工事に姜子牙を任命しておけば、姜子牙と会う機会も増える。そうなれば、復讐などいつでもできるではないか。

「陛下。姜子牙に鹿台建設を任せてみてはいかがでしょうか？　あの才能を天文の術だけにつかうのは、まことにもったいのうございます。」

「それもそうじゃな。」

紂王は勅書を出し、姜子牙のもとへと届けさせた。

そのころ姜子牙は、亜相の比干の屋敷をたずねていた。

そこへ紂王の派遣した使いがやってきて、二人の前で勅旨を読みあげた。二人は平伏してそれを聞いた。

「わかりもうした。天子のもとへはすぐに参上いたしますゆえ、さきに戻ってくだされ。」

姜子牙と比干は礼をして、その使いを見おくった。

使いが立ちさると、姜子牙は比干に言った。

「たった今、わたしは官職をやめることにする。比干どの、またいつの日かお会いしよう。」

比干はそれを聞いて驚いた。

「姜子牙どの、なにゆえに官職を辞するというのですか？」

「今朝、自分のことを占ってみたところ、『凶ありて吉なし。』と出た。おそらくはこの鹿台のこと。どうやらわたしはここから逃げねばならない。」

「姜子牙どのは、天子に目通りされたことはあまりない。うらみを買うようなまねはしていないはずだ。何かあれば、わたしが天子に上奏すればよい。さあ、行こう。」

比干は、ともに摘星楼へと向かおうとした。姜子牙は比干の腕をつかんだ。

「なりませぬ、比干どの！　これはわたしに降りかかった災い。比干どのがわたしのために動けば、まきこまれるおそれがある。とにかく、わたしは朝歌を立ちさらねばならない。そうした天命なのだ。」

「しかし……。」

「おねがいでござる、比干どの。どうか見のがしてくだされ。」

「……わかりました。そこまで言うのなら、わたしはもう何も言いますまい。」

「すまぬ、比干どの。餞別がわりといってはなんだが、一封の書き物を比干どのに授けよう。書斎をお借りする。」

姜子牙は、比干の屋敷の書斎で筆をとって、紙になにやら書きのこした。そしてそれを硯の下に挟んでおいた。

「姜子牙どの。それは、いったい……。」

「いずれ、比干どのの身にも災いが降りかかろう。〈危〉と〈急〉との難局に同時に直面したとき、この硯の下の書き物を開いてくだされ。そうすれば難は逃れられましょう。きっと忘れずに見るのですぞ。」

「わかりました、姜子牙どの。」

姜子牙は比干に見おくられ、午門までやってきた。

しかし比干は名残を惜しみ、なかなか姜子牙を去らせてはくれなかった。

「しかたがない。紂王に会って、辞職を申してでてから去ることにしよう。」

姜子牙は摘星楼にいる紂王のもとへと向かった。

紂王は姜子牙がやってくると、大喜びで言った。

「姜子牙よ。朕のために鹿台を築くのだ。成功したあかつきには、たくさんのほうびと昇進とを約束するぞ。」

「おそれながら、陛下。わたくしは本日をもって官職を辞することにいたしました。」

「それはまた、どうしてじゃ?」

「鹿台をつくるには、莫大な費用と労働力が必要となります。かならずや民を苦しめることになりましょう。」

紂王の眉がぴくりと動いた。

しかし姜子牙は、かまわずしゃべりつづける。

「今、天下の四方では、多くの諸侯が反乱を起こしています。それに、商にうらみをもつ民も少なくありませぬ。陛下はそれらの事情を無視し、玉石をつかって高楼を建てようとしていらっしゃる。このまま万民を苦しめれば、いつかはその身に報いをうけることになりますぞ。」

紂王のそばにいた妲己が、ここぞとばかりに言った。

「姜子牙は妖言を吐いて民を惑わせる者にございます。炮烙にかけるのがよろしいかと思います。」

「蘇皇后の言うとおりだ！　姜子牙を炮烙にかけ、国法に照らして処罰しろ！」

「すまぬが、まだ死ぬわけにはいかぬ。それでは、本日にて辞職させていただきまする。」

姜子牙は礼をしたあと、外に向かって走って逃げだした。奉御官たちは姜子牙を捕らえようと追いかける。

紂王は笑いながら妲己に言った。

「あの老いぼれめ。炮烙と聞いて逃げよった。だが、あの老体でどこまで逃げられるかが見ものだ。」

「そうですね、陛下。」

妲己もあざわらった。

姜子牙は城内の、九竜橋の上までやってきた。振りむくと、奉御官たちがこちらに向かって駆けてくるのが見える。

「待たれよ！　わたしを追う必要はない！　ここで死んでみせる！」

「だまれ、老夫！」

奉御官は姜子牙の言葉を無視し、近づいてきた。

「これを見よ！」

姜子牙は橋の、欄干の上に立った。そしてそのまま、真っ逆さまに、下を流れる川へと飛びこんだ。

「おい！　川に飛びこんでしまったぞ！」

奉御官は欄干に手をつき、橋の上から川をのぞきこむ。姜子牙の姿はなかった。

「浮いてこないな。おそらくおぼれ死んだのだろう。」

しかし、実際はちがっていた。

姜子牙は川に飛びこんだ瞬間、五行遁術の一つ、〈水遁〉をつかったのだった。

〈水遁〉とは、水の力を借り、水と一体化して、遠く離れた場所へと移動する術である。

姜子牙はすでに城の外へと逃げだしていた。

橋の下をのぞいている奉御官のそばを、たまたま上大夫の楊任が通りかかった。

「どうかしたのかね？」

「あっ、楊任さま。」

奉御官は、姜子牙が鹿台の建設を拒否して逃げだしたことを、楊任に語った。

「なんだと！　陛下がそんなばかげたものの建設を行おうとしているとは……。」

楊任はすぐに摘星楼へと行き、紂王に上奏した。

「おそれながら、陛下。皇后の言葉ばかりに耳をかたむけ、鹿台をつくろうなどとは、あまりにもばかげています。一時の快楽のために、万民を苦しめるようなことはなさらないでください。」

「だまれ！　一介の書生ごときが、朕のやることに口だしをするな！　こいつの両目をくりぬき、城の外へほうりだせ！」

「両目など惜しくはない！　わたしはただ、この昏君のせいで商朝が滅びてしまうことをおそれているのです！」

怒った紂王は、すぐに近侍に命じて、楊任の両目をくりぬかせた。それから楊任を城の外へとたたきだした。

姜子牙がいなくなったのち、鹿台の建設は北伯侯の崇侯虎が任されることになった。

一方、水遁を借りて逃げのびた姜子牙は、妻の馬氏のいるわが家へと戻った。

馬氏は、久しぶりに帰宅した夫を喜んで迎えた。

「よく帰ってきた、おまえさん。仕事のほうはどうでした？」

「もうやめた。」

「やめたですと！」

「そうだ。さきほど、殺されそうになったので、逃げかえってきたところだ。さあ、おまえも早くここから逃げだそう。」

馬氏は返事もせずに、家の中へと入っていった。姜子牙は馬氏を追いかけた。

「聞いてくれ。もとより、紂王はわたしの主ではない。わたしは自分のまことの主を見つけ、その方の丞相とならねばならない。そうなれば、おまえも一級の貴婦人だ。さあ、行こう。」

「このろくでなしが！　なにが丞相だい。いいかげんにしておくれ。」

「ほんとうだ。そうなる運命なのだ。とにかく朝歌を出よう。」

楊任〈ようにん〉
商の上大夫

「わたしは生まれてからずっと、この朝歌に住んでいるんだ。朝歌を離れられるものかい。行きたければ、離縁状を書いて、おまえさん一人でどこへでも行っとくれ。」

それから馬氏は、姜子牙に罵詈雑言を浴びせた。

しばらくして、宋異人とその妻の孫氏がやってきた。

宋異人は事情を知ると、姜子牙に言った。

「どうしても一緒に行きたくないというのなら、しかたがないではないか。離縁状を書いてやれ。おたがいのためにも、それがいちばんいいだろう。」

姜子牙は宋異人に説得され、離縁状を書くことになった。

それから姜子牙は荷物をまとめ、宋異人に涙ながらに別れを言った。

「いろいろと世話になった、兄者。」

「達者でいろよ、賢弟。また朝歌に来ることがあれば、まっさきに宋家荘をたずねるのだぞ。」

宋異人に見おくられ、姜子牙は朝歌を去っていった。

姫昌

一

西伯侯の姫昌が羑里の地に幽閉されてから、七年の歳月が過ぎた。

姫昌には百人の子どもがいた。彼がいない間は、長男である伯邑考*が西岐の地を治めていた。西岐はもとより平和な土地で、治めるのは困難ではなかった。しかし西岐の民は姫昌を慕っていたため、まだ二十を過ぎたばかりの伯邑考は、父のかわりはあまりにも荷が重すぎると感じていた。

ある夜のこと、伯邑考は西岐城の城壁から、月を眺めていた。

「もう七年もたつ。父上はいつ、羑里の地から戻ってこられるのだろう。こうなれば、朝歌へと出むいて、父を許してもらうよう、天子に上奏しよう。」

次の日、伯邑考は、上大夫の散宜生に相談をもちかけた。散宜生は、北伯侯・崇侯虎が

伯邑考　「伯」は長男という意味。本名は「姫邑」と思われる。「伯邑考」という名は後世の人がつけた尊称であろう。

紂王の命をうけて冀州を攻めたさい、姫昌の手紙を蘇護に送りとどけた者である。

「いけません、太子。虎の口に飛びこむようなものです。絶対におやめください。それに太子は、今やこの西岐の城を預かるお立場です。あなたお一人の命ではありません。」

しかし伯邑考は、散宜生の諫めを聞きいれず、断固として朝歌へと向かうことを決意した。

出発の日に、伯邑考は後宮へとおもむき、母に別れを告げた。

「母上。わたしの留守の間、弟の姫発が城主の代行をします。わたしは、早くて二か月、遅くても三か月で戻ります。心配しないでいてください。」

伯邑考の意志はかたかった。

母も伯邑考を止めることができず、ただ、「どうか、くれぐれも気をつけるのですよ。」と言った。

「それでは母上。行ってまいります。」

伯邑考は、姫発と九十七人の弟たちに見おくられ、城門を出た。そして、紂王への貢ぎ物を積んだ馬車とともに、朝歌へと向かった。朝歌に行くには*五関を越えなければならなかったが、伯邑考たちの馬車には〈西伯侯〉の旗がついていたので、難なく越えられた。馬車は黄河を渡り、やがて朝歌へとたどりついた。

〈さて。どのように上奏したらよいものか。やはり、だれか相談できる人を捜したほうが

五関 朝歌から周へいくまでにとおらなければならぬ5つの関所。臨潼関、潼関、穿雲関、界牌関、汜水関の5つ。

よいだろうな。）

翌朝になると伯邑考は午門の前に立ち、身分のある者が出てくるのを待った。しかし夕方になっても、だれもあらわれなかった。

（また明日来よう。気長にやるしかない。）

それから毎日、伯邑考は午門の前に立ち、人が出てくるのを待った。雨の降る日もあったが、彼はそれでも我慢づよく立っていた。

そして五日目に、とうとう亜相の比干が馬に乗って午門から出てきた。伯邑考はすぐに比干の前に飛びだし、ひざまずいた。

「わたしは西伯侯・姫昌の長男、伯邑考と申します。どうか話を聞いてください。」

比干はすぐに馬をおり、伯邑考を起こした。

「わたしは亜相の比干だ。姫昌どののご子息が、なぜこのようなところに。」

「父への許しを乞おうと西岐からやってきたのでございます。天子に献上するため、先祖の残してくれた宝貝をもってまいりました。」

「どのような宝貝か？」

「危険を避ける霊力をもつ〈七香車〉という車、どんなに酒を飲んでもこの上で横になればたちどころに酔いが醒める〈醒酒氈〉という絨毯、それに〈白面猿猴〉という歌をうたう白い猿の三つにございます。どれも国の宝でございますが、父の身にはかえられませぬ。」

「そうであったか……。」

比干は、伯邑考の孝心に胸を打たれた。

「わかりもうした、伯邑考どの。わたしが天子にその旨をつたえましょう。伯邑考どのは城内に入り、摘星楼の前で沙汰を待っていなされ。」

「ありがとうございます。」

比干は馬の向きを変え、来た道を引きかえしていった。伯邑考は、摘星楼の下で比干からの知らせを待った。

やがて、紂王に謁見する許可がおりた。伯邑考は比干について、摘星楼へと入っていった。

そして紂王の御前に平伏し、父姫昌を許してくれるよう乞うた。

伯邑考の純真な孝心には、さすがの紂王も憐憫を感じずにはいられなかった。

「伯邑考よ。そちの言い分はよくわかった。顔を上げるがよい。」

「はい。陛下。」

伯邑考は顔を上げた。その顔が、簾の向こうに控えていた妲己の目に映った。

(あっ……。)

妲己は、伯邑考の風貌と言葉づかいの美しさに一目ぼれしてしまった。

（物の怪でもないのに、人間にあのような美しい者がいるとは。宮女たちが西岐の伯邑考のうわさをするのを聞いたことがあったが、評判以上のようだ。なんとか、わたしの手の内に……。）

彼女はすぐに紂王のそばへとすりより、ささやいた。

「以前から、伯邑考は琴の名手と聞いております。伯邑考に一曲弾かせてみて、そのうわさがほんとうかどうかをたしかめてみてはいかがでしょう。」

「ほう。それはいい。伯邑考、一曲弾いてみよ。」

「……はい。陛下。」

紂王は近侍に、琴をもってくるよう命じた。

伯邑考〈はくゆうこう〉
西伯侯・姫昌の第1子

蘇妲己〈そだっき〉
冀州侯・蘇護の娘　絶世の美女
じつは千年狐の精

しかし伯邑考は、琴を弾くような気分にはなれなかった。彼は羑里にいる父のことが頭を離れなかった。

それを見てとった紂王は、伯邑考にこう約束した。

「伯邑考よ。もしうまく弾けたならば、姫昌を許し、帰国の許可を与えよう。どうじゃ？　よい条件であろう。」

伯邑考は、ぱっと顔を明るくした。

「ま、まことにございますか？　陛下。」

「ただし、うまく弾けたらだぞ。」

「あ、ありがとうございます。陛下。」

伯邑考は大喜びで何度も紂王に礼を言った。

奉御官から琴を渡され、伯邑考はさっそく演奏をはじめた。『風入松』という曲である。美しい琴の調べがあたりに流れる。宮中の者たちは、演奏のあまりのみごとさに感動した。演奏が終わっても、皆、しばらくは口がきけないでいた。

「さすがは伯邑考！　うわさ以上の腕前じゃ！」

紂王は喜んで、伯邑考のために宴席を設けてやるよう命じた。妲己は紂王にささやいた。

「陛下。わたくしは伯邑考に琴を習いとうございます。そうすれば陛下に美しい音楽をお聴

風入松　松林に風が吹きぬけるといった意味。

かせることができましょう?」

「なるほど。では、そのようにするがよい。」

「ありがとうございます、陛下。きっとそのうち、陛下に美しい琴の音色をお聴かせできることと存じます。」

妲己は心中で喜んだ。

それから妲己は、酒の入った壺を手に取り、紂王にどんどん酒を飲ませた。

やがて紂王は酔いつぶれ、眠ってしまった。妲己は笑みをうかべ、侍女たちに、紂王を寝室へつれていくよう命じた。

それから妲己は、琴を二つ用意し、それをもって伯邑考の泊まっている宮中の部屋をおとずれた。伯邑考は突然妲己がやってきたのに驚き、すぐさま平伏した。

「蘇皇后さま。このような夜ふけに、なんのご用でございますか?」

「陛下にお聴かせするため、琴を習おうと思いまして。どうか教えてくれませんこと?」

「しかし……。」

「陛下もそうしろとおっしゃいましたの。陛下のご機嫌は損ねないほうがよろしいかと。」

妲己は微笑した。

「……わかりました。不才ではございますが。」

伯邑考は父を助けたい一心で、真剣に妲己に琴を教えた。

だが、妲己はもとより琴など習う気はなかった。彼女は伯邑考に話しかけたり、彼の袖をひっぱったりして遊んでいた。伯邑考はそうした妲己のふるまいが不快であったが、父のためと思って我慢した。

やがて妲己は、伯邑考の肩に身をすりよせてきた。

「伯邑考。手を取って弦の弾き方を教えてくれません？」

伯邑考はついに堪忍袋の緒が切れ、さっと立ちあがって妲己に言った。

「皇后さま。琴の音は心の音です。まじめに習う気がおありでなければ、わたしはもうお教えいたしませんぞ。」

妲己もかっとなった。

「無礼な口のきき方をするでない！　そなたの父、姫昌の帰国を許さぬぞ！」

「道に外れて生きるくらいであれば、わたしも父も死ぬことを選びましょう。」

妲己は言葉につまった。

「お、おぼえておれ！」

妲己は顔を真っ赤にし、その場を立ちさった。

二

翌日、摘星楼で紂王は妲己にたずねた。

「皇后よ。琴の稽古はどうだったのじゃ？」

すると、妲己は泣きだした。

「昨夜、伯邑考は琴を教えずに、わたくしに戯れかけてきました……。」

「な、なんじゃと！」

「おねがいです。どうか伯邑考を罰してください……。」

「もちろんじゃ、妲己。だから泣くでない。」

紂王は、すぐに伯邑考を呼んでくるよう、近侍に命じた。

しばらくして、伯邑考がやってきた。彼は紂王に平伏した。

「伯邑考よ。昨夜、なぜまじめに、皇后に琴を教えなかった？」

「琴を学ぶには、まず心を清めねばなりません。琴の音は心の音です。」

「ならば一曲、弾いてみるがよい。」

妲己は思った。伯邑考には邪念がない。琴を弾けば、かならずや美しい響きを奏でるだろう。うそがばれては事だと思い、妲己は紂王にささやいた。

「琴はもうじゅうぶんでございます。それよりも伯邑考は〈白面猿猴〉という白い猿をつれてきています。その猿は、八百の大曲と三千の小曲をうたうことができるそうです。ご覧になりたいとは思いませんか？　伯邑考を罰するのはそれからでも遅くありません。」

「うむ。そうじゃな。」

伯邑考は紂王の命令で、白い猿をつれてきた。

「さあ。陛下に歌をお聴かせしろ。」

伯邑考が命ずると、白い猿は、笛のような音でうたいだした。透きとおるような美しい声が宮中に流れる。宮中の者たちは、皆うっとりとして、それに聴きいっていた。

「なんと美しい歌声だ……。」

妲己も、その歌声に心を奪われていた。そして、知らぬ間に、もとの狐の姿へと戻っていた。だが周囲の人びとは、白猿の歌声に魅了されていたので、妲己の様子に気づいていなかった。

しかし、白猿はそれを見のがさなかった。白猿は千年生きてきた猿であり、多少の道術をつかうことができた。白猿は〈火眼金睛〉の術をつかって狐をにらみ、そして飛びかかっていった。

狐は、変化がとけているのに、はっと気がついた。狐はすばやく妲己に姿を戻した。そして、うしろに飛びのいた。

「こいつめ！」

紂王は右こぶしの一撃で、飛びかかってくる白猿をたたきころした。それから、倒れている妲己を助けおこした。

「皇后、大丈夫か？　白猿は退治したぞ。」

妲己はよわよわしい声を出した。

「昨夜の腹いせにと、伯邑考は白猿をつかってわたくしを殺そうとしたのです。もし陛下が救ってくださらなければ、わたくしはこの命を失っていました。」

「おのれ、伯邑考め！」

紂王は怒り、伯邑考を蠆盆にほうりこんで毒蛇の餌にするよう命じた。

伯邑考はすぐに、紂王に言った。

「待ってください！　この白猿は、もともと山にすんでいた動物、まだ野性は完全に抜けきっていなかったのです。陛下の卓上にはたくさんの果物が並べられております。きっとそれが食べたくて、取りにいったのでしょう。」

しかし、妲己は冷たい笑みをうかべている。

「『琴の音は心の音』と伯邑考は言いました。今一度、伯邑考に琴を弾かせてみてください。それですべてがわかるでしょう。」

伯邑考は思った。

伯邑考は琴を渡された。そして弾くように命じられた。

（うわさどおり、あの皇后のせいで天子は道を外されている。おそらくわたしは、生きて西岐へは帰れないだろう。）

伯邑考は琴をかき鳴らし、紂王を諫めるための曲をうたいだした。

伯邑考は低い声でうたった。そのため、演奏が終わっても、紂王には歌詞の意味がわからなかった。しかし妲己にはその歌詞が理解できていた。

「陛下！　あれは君主をそしる歌にございます！」

「どういうことじゃ？」

妲己は歌詞の内容を、くわしく紂王に説明した。

「なんと！」

紂王は激怒し、伯邑考を捕らえるよう命じた。

「お待ちください、陛下。お静かに。」

伯邑考は冷静な声で言った。

「まだ演奏は終わっていません。最後までお聴きください。」

紂王が何かを言いだす前に、伯邑考は琴を鳴らし、歌をうたった。

「天子は女色に迷いて規律を乱し、
邪悪がはびこることに気づかずにいる。
われ伯邑考は、万死を恐れず、
ここに諸悪の根源を断ちきる。」

歌声がやんだ。あたりが静まりかえる。

伯邑考は琴をもって立ちあがる。そして、かっと目を開き、妲己に向かって、ぶんっと琴を投げつけた。

「なにをするのです！」

妲己はすばやく頭を左にかたむけ、琴をかわした。しかし、完全にはかわしきれず、右耳をほんの少しだけ切った。琴は妲己のうしろの壁にぶつかり、ばらばらにくだけた。

紂王は激怒した。

「もうかんべんならぬ！　伯邑考をすぐに殺せ！」

兵たちは伯邑考を捕らえた。

妲己は、伯邑考を柱に縛りつけるよう命じた。そして、四本の釘で、その手足を柱に打ちつけさせた。

伯邑考は紂王と妲己をののしりつづけた。だが、やがて失血のため、息絶えてしまった。

妲己は料理人を呼び、伯邑考の死体で肉餅（肉をひき肉状にしてこね、平らにして焼いた食べ物）をつくらせた。そして紂王に言った。

「陛下。伯邑考の父である西伯侯の姫昌は、各地で、聖人としてもてはやされております。しかし、まことに聖人ならば、自分の子の肉を食べられるはずはありません。この肉餅を姫昌に送りましょう。もし食べなければ、天子からの賜り物を拒んだということで、その場で斬りころしてしまいましょう。のちの災いをとりのぞくのです。」

その西伯侯・姫昌は、易をたてることができた。そのため、羑里の地にいながらも、伯邑考が朝歌で殺されてしまったことを知ったのだった。

姫昌は涙を流した。

「息子よ。こんな老いた父のために命を落とすとは。いずれ、おまえの肉がここへとはこばれてくる。口にせねば殺される。だが、子の肉を食わねばならぬとは、なんという人の道に外れた恐ろしいことであろう。」

しばらくして、予期したとおり、勅使が羑里にやってきた。

「姫昌よ。先日は吉日であったので、天子は狩りに出かけられた。そして、みごとな鹿を一頭しとめられた。その肉で肉餅をつくり、賢侯であるそなたにも賜ることになった。ありがたく頂戴するがよい。」

「天子のお心づかい、もったいなく存じます。」

姫昌は平伏し、三つの肉餅がのった皿を勅使からうけとった。勅使は、姫昌が口にするかどうかを見とどけるまでは、帰らないつもりでいた。

姫昌は皿の上の肉餅を、じっと見つめていた。

(生きてさえいれば……、生きてさえいれば、いずれ、息子の仇を討つこともできる。今は生きのびることを考えるのだ……。)

姫昌は決心をした。そして肉餅を手に取り、たてつづけに三個、すべて平らげた。

「ご馳走さまでございました。天子にそうおつたえくだされ。」

勅使は紂王に報告をするため、皿をうけとって朝歌へと引きかえした。

(今は生きることを考えろ。生きぬくのだ……。)

勅使が去ったあと、姫昌は地面に伏した。そして、大声で泣いた。

三

勅使は、姫昌が肉餅を食べたことを、紂王につたえた。紂王はそれを聞いて、そばにいた費仲に言った。

「姫昌は占いの名人だと聞いていたが、自分の運命のことはわからなかったようだ。あいつは、その肉餅がわが子の肉であるとも知らずに、平気な顔で食ろうたそうじゃ。これから世間では、もうあやつを聖人として見る者はいなくなるだろう。もう、やつを帰国させても大丈夫じゃ。」

しかし費仲は、すぐに申したてた。

「あの姫昌が、子の肉であったことを知らぬわけがございません。食さねば殺されるとみて、無理に食べたのでございましょう。陛下、あやつの計略にはまってはいけません。」

「なるほど。たしかに、あの男は頭が切れる。そのようなやつを帰国させるのは危険かもしれぬ。やはり、もうしばらくは幽閉しておこう。」

一方、伯邑考の部下たちは、主人が死んだと知るや、いそいで西岐へと戻った。西岐の城主代理である姫発、そして城の文武百官たちは、伯邑考が殺されたという知らせをうけ、嘆きかなしんだ。

「兄上。なんという無残な殺され方をしたのだ……。」

姫発は卓上に伏して泣いていた。

将軍の南宮適は、宮中に響きわたる大声で百官に言った。

「太子は紂王に国宝を貢いだというのに殺された。それに、われらが城主はまだ羑里に幽閉されたままだ。われらは城主の臣下であり、紂王の臣下ではない。兵を挙げて朝歌へと攻めこみ、紂王を廃し、新たなる王を立てようではないか。」

百官から賛同の声があがった。彼らは怒りをこらえきれず、今すぐにでも朝歌を攻めようと言いだした。

「さあ、太子。われらに出兵のご下命を！」

「しかし……。」

姫発は迷っていた。彼は、今は動くべきときではないと思っていた。

そこへ、上大夫の散宜生が歩みでた。

「今、朝歌を攻めるのは、まったくもっておろかなことです。百官も少し落ちつかれよ。とくに、南将軍は言動が軽はずみすぎる。」

「なんだと！」

しかし、散宜生は南宮適を無視し、姫発のほうを向いた。

「城主はまだ羑里の地に幽閉されているのです。武をもちいて謀をつかわなければ、兵が五関（西岐と朝歌の間にある五つの関所）にたどりつく前に、紂王に知られてしまうでしょう。そうなれば、わが城主も死をまぬがれません。それにへたをすれば、この西岐が滅びるでしょう。」

百官は散宜生の言葉を聞き、無言でうなずいていた。南宮適も恥じて顔を赤らめた。

姫発は散宜生にたずねた。

「それでは散宜生よ、なにかよい方法はあるのか？」

「紂王は寵臣である費仲、尤渾の言葉をよく聞きます。なれば、その二人に賄賂を贈り、城主を助けてくれるよう頼んでみてはどうでしょうか。」

「わかった。そうしよう。」

姫発は決断した。

それから姫発は、太顚、閎夭の二将に、その役目を命じた。

太顚、閎夭は商人に変装した。彼らは夜が明けきらぬうちに西岐を出て、朝歌をめざした。

朝歌へたどりつくと、二人は旅館に泊まり、日没を待った。

やがて日が暮れると、太顚は費仲のもとへ、閎夭は尤渾のもとへと向かった。

費仲の屋敷で、太顚は費仲に、散宜生から預かった手紙を渡した。費仲は明かりの下で、その手紙を読んだ。そして、にやっと笑った。

「太顚とやら、遠いところご苦労であった。『ご依頼の件は承知しました。』と、散宜生どのにつたえてくだされ。西伯侯が一刻も早く帰国できるよう、力を尽くしましょう。散宜生どのには、あつく礼を言ってくだされ。」

「ありがたく存じます、費仲どの。」

太顚は、西岐からもってきた宝物を費仲に渡してから、もう一度礼を言って立ちさった。

一方、閎夭は、尤渾の家を訪ね、宝物を渡し、とりなしを願った。むろん、賄賂の好きな尤渾は、喜んでうけとった。

姫発〈きはつ〉
西伯侯・姫昌の第2子

南宮適〈なんきゅうてき〉
周の猛将

散宜生〈さんぎせい〉
姫昌の信頼あつい上大夫

旅館へ戻った太顚と閎夭は、おたがいにうまくいったことを喜んだ。そして、その夜のうちに、西岐へと戻っていった。

翌日、紂王は摘星楼で、費仲、尤渾を相手に、将棋をさしていた。

費仲、尤渾は、それぞれ散宜生から宝物をもらったのは自分だけだと思いこんでいた。そのため、おたがい、そのことを口にしていなかった。

将棋で紂王は、費仲、尤渾に連勝した。紂王は、機嫌がよくなり、すぐに宴を開いた。

酒を酌みかわしているときに、紂王は伯邑考のつれてきた白猿のことを話しはじめた。

「考えれば、あの猿を殺してしまったのは、いささか惜しいことをした。あのような猿は、もう二度と手に入れることはかなわぬだろう。」

紂王は後悔の念を口にした。そこへ費仲がすかさず言う。

「それにいたしましても陛下。子の伯邑考はどうであれ、あの姫昌という男は真の忠臣にございます。数日前、わたくしは羑里に人をやって、姫昌の様子をさぐらせました。羑里の軍民は姫昌が忠義の士であることをよく知っております。七年の囚禁の間、姫昌はひとことのうらみごとも言ったことがございませんでした。もう帰国させてもよろしいかと存じます。」

紂王は笑った。

「費仲よ。先日のおまえの意見とは、まるで相反しておるな。どういうことなのじゃ？」

「『道遠ければ馬のありがたさがわかり、日久しければ人のありがたさがわかる。』というものでございましょう。」

「ほう。」

紂王は尤渾のほうに振りむき、意見を聞いた。尤渾は言った。

「陛下。現在、朝歌の四方で諸侯たちの反乱が起きております。姫昌は四大諸侯の一人。彼を西岐の王として封じて帰国させれば、西方の諸侯たちはおそれをなし、戦わずして退きましょう。」

「なるほど！　さすがは費仲に尤渾じゃ！」

紂王〈ちゅうおう〉
商朝31代目の王

費仲〈ひちゅう〉
紂王にとりいる
悪大臣

尤渾〈ゆうこん〉
紂王にとりいる
悪大臣

紂王は喜んだ。そしてすぐに、使者を羑里に派遣した。

四

姫昌は書斎にいた。

彼は机を前に、もの思いにふけっていた。

(この屋敷に幽閉されてから、すでに七年の月日が過ぎた。だが、いつかはここを抜けださなくてはならない。しかし、どうすれば……。)

突然、一陣の風が、屋敷の屋根瓦を吹きとばした。書斎の窓から、その瓦が地面に落ちるのを、姫昌は目にした。

瓦が地面にぶつかる。割れる音が響く。姫昌は、はっと顔を上げた。

(これは吉兆!)

姫昌はすぐに書斎を出た。そして、屋敷の奉公人たちに言った。

「帰国の許可が出た! 今日にも天子からの勅令が届くだろう。早々に荷物をととのえるのだ。」

姫昌の言葉に、奉公人たちは半信半疑であった。しかし間もなく、姫昌の予言どおりになった。紂王からの使者がやってきたのだ。

「姫昌よ。勅令である。」

使者は姫昌の前で、帰国の許しが出たという内容の書面を読みあげた。姫昌は平伏してそれを聞いた。

使者が帰ると、姫昌はまずは朝歌へ向かうことにした。紂王に礼を言うためであった。

一方、姫昌帰国の知らせは、すぐに羑里の軍民につたわった。軍民たちは手に手に酒や羊の肉をもって集まり、涙ながらに姫昌を見おくった。

姫昌は車に揺られ、朝歌へたどりついた。朝歌の文武百官は午門で姫昌を迎えた。彼らは姫昌が許されたことを、心から喜んでいた。

それから姫昌は、竜徳殿へと向かった。そして、紂王の御前で平伏して礼を述べた。

「姫昌、万死に当たる罪を犯しながら、恩赦にあずかったことに対し、ここに御礼を申しあげます。これからは粉骨砕身、忠誠を尽くすつもりにございます。」

「うむ。姫昌よ、おまえは七年の幽閉にあいながらも、うらみごとはつゆほども言ったことがなかった。その忠義の心を評し、おまえを西岐の王として封ずる。本日より〈西伯侯〉をあらため、〈文王〉と名のるがよい。」

「ありがたき幸せに存じます。」

姫昌は深く頭を下げた。

この日より、姫昌は〈文王〉となった。

紂王は、文王に三日の誇官を行うよう命じた。誇官とは、授けられた栄誉を人びとに示すために、街じゅうをねり歩くことである。

文王の馬車が街にやってくる。人びとは聖人として名高い文王をひとめ見ようとして、あらそって沿道に集まった。

文王は、かなり年老いてはいたが、精神も風貌もしっかりとしていた。人びとはそのような文王を見て、「やはり聖人だよ。」とうわさしあった。

二日目の夕方、誇官を終えた文王は、帰途で軍馬の行進に出あった。

「あの軍馬はだれのものだ？」

文王は、乗っている馬車の御者にたずねた。

「あれは黄飛虎将軍の軍馬です。軍事演習の視察に向かい、たった今、戻ってきたところです。」

文王は車をおりた。そして、道端に立って、黄飛虎がやってくるのを待った。軍馬がつぎつぎに文王の前を通りすぎてゆく。

やがて、馬に乗った黄飛虎がやってきた。

「黄将軍、お久しぶりです。姫昌です。」

「おお、姫昌どの！」

黄飛虎はすぐに馬から飛びおりた。文王は、帰国を許されたことを黄飛虎につたえた。

「それは喜ばしいかぎりです、姫昌——、いえ、文王。いかがでしょうか？ わたしの屋敷はここからすぐです。文王のために、このわたしに祝杯を挙げさせてくだされ。」

「ありがたくおうけいたします。」

文王は、黄飛虎につれられ、その屋敷へと入った。そして黄飛虎と酒を酌みかわした。

夜もふけたころ、黄飛虎はそばにいた者をさがらせた。そして、部屋にだれもいなくなったのを確認して、文王に告げた。

姫昌〈きしょう〉
四大諸侯の一人、西伯侯
周の文王

黄飛虎〈こうひこ〉
商の大将軍
鎮国武成王

「悪いことは申しませぬ。今すぐ帰国しなされ。天子は酒色を好み、奸臣を侍らせ、忠臣を退けている。あなたは帰国の許しをいただいたようですが、いつ、天子の気が変わるか、わかったものではありませぬ。」

「しかし……。」

「あなたにはやるべき仕事が山ほどおありです。誇官などしている暇はないはずです。裏庭に馬が用意してあります。さあ、今すぐ西岐へと戻られるのです。」

朝歌から西岐までの間には、五つの関所がある。黄飛虎は、文王が難なく通過できるよう、関所の通行許可書を渡した。

「この通行許可書があれば、関所の兵士も、何もたずねはしないでしょう。さあ、行かれよ。そしてまたいつの日か、お会いしましょう。」

「感謝いたします、黄将軍。」

文王は頭を下げ、礼を述べた。

それから文王は裏庭に出た。しかし文王は、黄飛虎の用意した馬には乗らなかった。彼は、今日も馬車を引いてくれた、長年の愛馬にまたがった。

文王は愛馬の横面をなでた。

「一緒に西岐へ帰ろう。おまえも故郷が見たいであろう。」

その夜、文王は愛馬とともに、西岐へ向かってたっていった。

五

昨日一晩、宿に文王が戻ってこなかったため、宿の主人は大あわてでそのことを費仲につたえた。

翌日の朝。

費仲はそれを聞いて驚き、おそれた。

(天子に、姫昌を許すよう上奏したのはわたしだ。もし何かあれば、まっさきに罪に問われるのもわたしだ。どうすればいいのだ。)

費仲は、もう一人の共謀者である尤渾のもとへと駆けつけた。

尤渾は、それほどはあわてなかった。

「たしかにたいへんなことになった。だが、とりあえずは姫昌を捕まえることが先決だ。天子に上奏して兵を組織し、姫昌を追わせよう。それからのことは、また考えるとしよう。」

二人は着替えをして、朝廷へと向かった。

摘星楼にいた紂王は、費仲たちの報告をうけると、すぐに殷破敗、雷開の二将を文王追討に向かわせた。二人の将は、殷郊・殷洪の二皇子の追跡のときに活躍したため、紂王の信頼を得ていた。

「陛下。わたくしどもにお任せください。」

殷破敗、雷開は三千の騎馬をつれて、朝歌の西門を飛びだした。早朝だったため、黄飛虎も以前のように、老弱な兵馬を貸しだすといったような小細工をすることができなかった。

一方、文王はようやく黄河を渡りおえたところであった。

文王の老いた愛馬は歩みが遅かった。ところが、殷破敗、雷開のひきいた三千の騎馬は、脚の速い精鋭ぞろいである。

文王が振りむくと、遠くのほうで土煙が上がっているのが見える。追いつかれるのも時間の問題だった。しかし文王はあきらめず、馬を走らせた。

六

終南山の玉柱洞にいた雲中子は、姫昌の危機を悟った。

雲中子は、朝歌に妖気がこもっていることを紂王につたえ、妖魔退散の宝剣を授けた仙人である。しかしその宝剣は、妲己があと一歩で命を落とそうというときに、紂王に燃やされてしまった。

雲中子は、弟子の雷震子に言った。

「雷震子よ。西伯侯の姫昌が危機におちいっている。姫昌はおまえの父親だ。すぐに助けに行け。」

雷震子は七年前、文王に、燕山のふもとで拾われた子どもである。文王は彼を、自分の百番目の子とした。

拾ってからどれほどもたたないうちに、文王は雷震子を雲中子に預けた。紂王から呼びだしがかかり、朝歌へ行かなくてはならなかったからだ。

雲中子は雷震子を、道術の修行をさせながら育ててきた。今や七歳の少年となっている。

「お師匠さま。わたしに父がいるとは知りませんでした。しかし、わたしはまだ修行不足です。どのようにして父上を救えばよろしいのでしょうか？」

「虎児崖の下へと行ってみよ。そこに武器がある。それを取ってくるがよい。あまり時間はない。急ぐがよい。」

〈虎児崖〉は玉柱洞のそばの崖である。

雷震子はすぐさま玉柱洞を出て、崖をおりていった。

しかし、崖の下を歩きまわっても、武器などいっこうに見つからない。雷震子は、一度玉柱洞に戻って、雲中子に武器のある正確な場所をたずねようと思った。

しかし、崖を登ろうとしたとき、どこからともなく、かぐわしい香りがただよってきた。

「……なんだろう？」

雷震子はその香りのする方向へと歩いていった。

しばらく行くと、前に川が流れていた。

川の向こう岸には鹿の群れがおり、空には鶴が舞っている。両岸には仙草や霊芝などがいっぱいに生えていた。雷震子はその光景に心を奪われていた。

「きれいな景色だなあ。しかし、武器はどこにあるんだろう？」

雷震子は川岸に沿って歩いた。一本の杏の木が、岸辺に立っていた。生いしげる杏の木の緑の葉陰に、二つの杏の実がなっているのが目に入った。

「へえ、こんなところに杏の木があったのか。」

杏の実があまりにおいしそうに見えたので、雷震子は木に登り、その二つの実をもぎとった。雷震子は杏の実を鼻に近づけ、匂いをかいでみた。甘い、よい香りがする。

「わあ。おいしそうな杏だ。一つはぼくが食べて、もう一つはもってかえって、お師匠さまに食べさせてあげよう。きっと喜ぶぞ。」

しかし杏を一個食べたところ、あまりのおいしさに、もう一個のほうも食べたくなってしまった。

(もう一つ食べたいけど、これはお師匠さまの分だし……、でも……。)

雷震子は、手にもった杏を眺めながら悩んだ。そして結局がまんできずに、師匠への土産のはずの、もう一個の杏も食べてしまった。

二つの杏を食べおわったのち、雷震子は木をおり、また武器を捜して歩きまわった。

竹林にさしかかったところで、突然、雷震子は、左の肋骨の裏の、背中の部分が、音をたてて動いたような気がした。

「……なんだろう。」

雷震子は背中をさわってみた。左側に、翼のようなものが生えている!

「うわっ!」

雷震子はあわてて翼を引きぬこうとした。しかし、翼は抜けない。右側の背中にも、もう一枚の翼が生えてきた。

それだけではなかった。鼻が高くなり、口がまるで鳥のようにとがって、牙も生えてきた。背丈ものび、大人の体つきになった。

雷震子は呆然として、地面に座りこんでしまった。

(きっと、お師匠さまの分まで食べてしまったから、罰があたったんだ。)

しかし翼は、ただ生えただけで、べつに動くわけでもなんでもなかった。雷震子はまるで鶏にでもなったかのような気分で、玉柱洞へと戻っていった。

だが、雲中子は雷震子の姿を見て、手をたたいて喜んだ。

「雷震子よ、よくやった！」

「なぜ、お師匠さまは喜ばれるのですか？　武器も手に入れられず、おまけにこんなひどい姿になってしまったというのに。」

「その姿になったことこそが、わたしがおまえに頼んで捜してもらった武器なのだよ。それに、おまえはもう仙界の住人だ。姿かたちにこだわる必要はない。いずれ、今の姿になったことを誇りに思うだろう。」

雲中子は、雷震子の背中にまわった。そして「喝！」と気合を入れた。すると、さきほどまで動かなかった翼が、音をたてて羽ばたきをはじめた。

「左の翼は〈風翼〉といい、右の翼は〈雷翼〉という。これでおまえは空を飛ぶことができるようになった。」

雷震子は、しだいにみなぎってくる自分の内なる力に満足した。そして、雲中子の前に平伏し、礼を言った。

「雷震子よ。臨潼関（五関の一つ）へ向かい、父の姫昌を救うがよい。ただし、姫昌とともに西岐まで行ってはならん。それから紂王の兵を傷つけることもまかりならん。紂王の軍とは、おまえの兄たちがいずれ戦うことになる。おまえが戦う必要はない。」

雲中子は武器として、〈金棍〉という名の金の棒を雷震子に渡した。

「さあ、行くがよい。」

「それでは行ってまいります、お師匠さま。」

雷震子は翼を、力づよく羽ばたかせた。そして風や雷のような速さで、臨潼関へと飛んでいった。

七

文王は、臨潼関の山道を駆けていた。

愛馬もそろそろ疲れをみせている。だが文王はあきらめなかった。

「なんとしても西岐にたどりつかねば。」

すると、上のほうから、声がした。

「下の山道を行くのは、西伯侯の姫昌さまですか？」

文王は頭を上げた。頭上の崖の上に、道人の服を着た鳥の化け物が立っていた。文王は驚き、馬から転げおちた。

「旅の方、驚かせてすみません。でも、もし西伯侯の姫昌さまであれば、ここまで上がってきてください。ちがうのでしたら、そのままお通りください。」

文王は思った。

(化け物に知り合いはいないが、あやつから逃げだすのもそう容易ではなさそうだ。やつがわたしを呼ぶのであれば、行くしかあるまい。)

文王は馬とともに山道を上がっていった。

雷震子は崖っぷちに立っていた。文王は勇気をふりしぼって問う。

「そこにいる道人。なぜわたしを呼ぶ?」

「それでは、あなたが姫昌さまですね。捜しておりました。」

雷震子は文王の前にひざまずいた。文王は驚き、すぐに馬からおりた。

「道人、顔を上げられよ。なぜわたしに平伏するのだ?」

「父上。このような姿をしていますが、わたしはあなたの百番目の子、雲中子の弟子になった雷震子です。師匠の命をうけ、あなたをお助けするためにまいりました。」

「そうか。あの雷震子だったのか。りっぱに育ってなによりだ。だが、助けてくれるのはありがたいが、天子の兵と事をかまえたくはない。わたしはただの脱走者だ。ここで、おまえがわたしを助けるために天子の兵を傷つければ、わたしは罪を重ねることになる。」

「わかっています。師匠にもそう言われました。」

言いおわったとたん、崖の下で馬のいななきや足音が聞こえた。殷破敗、雷開のひきいる三千の兵馬だ。

雷震子はその兵馬を見おろし、文王に言った。

「少しおどかせば逃げるでしょう。」

「おどすぐらいならかまわんが、くれぐれも、兵馬は傷つけないでくれ。頼む。」

「ご安心を。」

雷震子は翼を広げ、崖の下へと飛びおりた。そして、三千の兵馬の前に立ちはだかった。

「な、なにやつ！」

殷破敗たちは、突然あらわれた化け物に驚き、うろたえた。軍馬のいななきがあたりにこだまする。彼らは、空から鬼神が降ってきたのかと疑った。

「止まれ！　これよりさきには行かせぬ！」

雷震子は金の棒〈金棍〉をかまえた。

殷破敗は雷震子を指さし、大声で怒鳴りつける。

「そこのやつ！　この三千の兵の前に立ちふさがるのは何者だ！」

「終南山玉柱洞の雲中子の弟子、雷震子だ！　師匠の命により、西伯侯・姫昌を助けにきた！　早々に引きかえせ！」

殷破敗は大声で笑った。

「匹夫め！　そのような姿をして、われら三千の兵が驚いて逃げだすとでも思っているのか！　わたしが相手だ！」

殷破敗は手にもった大刀を振りあげ、馬を走らせ、雷震子に打ってかかった。雷震子は金棍で大刀をうけとめる。

「やめろ！　わたしとしては雌雄を決するのはかまわんが、おまえらを傷つけてはならぬと師匠から厳しく言われているのだ。早く刀を引け！　そうでないとこうなるぞ！」

雷震子は上空に飛びあがった。そして、半里ほど離れた岩山の頂上へと向かい、金棍を頂上めがけて振りおろした。

雷震子〈らいしんし〉
西伯侯・姫昌の百番目の子

殷破敗〈いんぱばい〉
商の武将

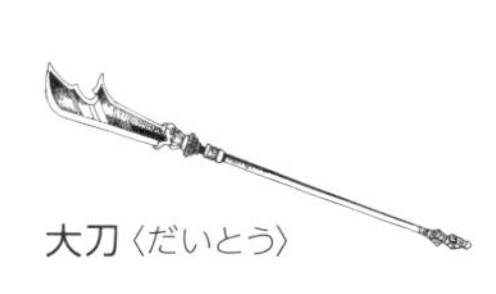

大刀〈だいとう〉

轟音一鳴。巨大な岩山の上半分が、こなごなに吹きとんだ。

殷破敗と雷開、それに三千の兵馬は、魂が飛びだしそうなほどに驚いた。彼らはすぐに馬を返し、大あわてで朝歌のほうへと逃げかえっていった。

雷震子は、文王のいる崖っぷちへと戻った。

文王は雷震子の力に驚き、何を言っていいのかわからなかった。

雷震子は、父がまた道中でおそわれることをおそれた。

（お師匠さまは、父上とともに西岐へ行ってはならぬとおっしゃられた。でも、西岐の近くまでならかまわないだろう。）

雷震子は文王をせおって、空を飛んで西岐の近くまでつれていくと言った。

「雷震子よ。気持ちはありがたいが、わたしにはこの馬がいる。長年の愛馬だ。置いていくわけにはいくまい。」

「馬はもともと自然の生き物です。この山には草も川もあります。馬の心配よりも、ご自分の身の心配をなさるべきです。」

文王はしばらく悩んだ。

「……しかたがない。馬は置いていくとしよう。」

「それでは、西岐の近くまでお送りします。」

雷震子は文王をせおった。

「父上、目をつぶっていてください。行きますよ。」

雷震子は空へと飛びあがった。そして二人は、五つの関所の上空を越え、あっという間に、西岐の近くの、金鶏嶺へとついた。

雷震子は、金鶏嶺の山のふもとに文王をおろした。

「それでは父上、ここでお別れです。どうかお気をつけて。」

「うむ。世話になったな、息子よ。たまには西岐へ来て、わたしのもとをたずねるのだぞ。」

「はい。かならずや。」

雷震子は文王に一礼し、終南山へと帰っていった。

雷震子がいなくなったのち、文王は歩いて山をおりていった。老いているうえに馬がないため、徒歩はつらいものであった。

やがて文王は、山の下の、一軒の茶屋にたどりついた。文王はその茶屋で少し休むことにした。

茶屋の主人は、こんな山奥を高齢の老人が歩いていることに驚いた。それに、老人の顔つきもどこか非凡である。

「ご老人。西岐へ向かっておられるようですが、よろしければ名前を教えていただけませんか？」

「姓は姫という。」

「姫と言われますと、まさか……。」

茶屋の主人は驚き、あわてて平伏した。

「羑里に幽閉されておいでだとは聞いていましたが、戻ってこられたとはうれしいかぎりです。わたしは馬を二頭もっております。ぜひとも、西岐まで送らせてください。」

文王は馬に乗り、茶屋の主人とともに西岐へと向かっていった。

季節は秋、山では落ち葉が風に舞っている。文王は故郷をなつかしんだ。

（七年か。長い月日であった……。）

岐山のふもとまでたどりつくと、軍馬の群れが見えてきた。西岐の軍であった。彼らは雷震子から知らせをうけ、文王の到着を待っていたのだった。

城主代理の姫発、大将軍の南宮適、上大夫の散宜生、それに文王の九十七人の息子たちなどなど。文王にはなつかしい顔ぶればかりだった。

姫発以下、西岐軍は、文王の前にひざまずいた。そして文王が無事帰国したことを喜んだ。

西岐の街へと入ると、民は道の両側におしかけ、文王を歓迎した。街じゅうで歓声があがり、喜びの熱気に包まれた。

人びとの歓声の中、文王は心の中でつぶやいた。

(西岐。わたしは帰ってきたのだ。)

八

宮殿に戻った文王は、さっそく朝議を開いた。

そのとき、文王の体に、きゅうに激痛が走った。彼は叫び声をあげると、仰向けにひっくりかえった。臣下たちは驚き、あわてて文王を寝室へとはこびこんだ。医者に診てもらったが、原因はわからなかった。

文王の体調は日に日に悪くなっていった。薬を飲ませても、まったく効果はなかった。臣下や文王の九十八人の息子たちは、文王が早く回復するよう、毎日祈りつづけていた。西岐の民も、まるで身内が病気にかかったかのように、文王のことを案じていた。

そんなある日、文王は薬湯を飲んだとき、激しい苦痛とともに、三つの肉の塊を吐きだした。そしてそのまま気を失ってしまった。

だが、それ以来、文王の体調は日ましによくなっていった。精神も体力も、病にかかる前よりもしっかりしてきたようだった。

吐きだした三つの肉塊は、息子、伯邑考の肉であった。文王はすぐ側近に命じて伯邑考の墓をつくらせ、供養した。

文王は起きあがれるようになると、さっそく登殿をした。そして、羑里に捕らわれていたときのこと、伯邑考が殺されその肉を食べさせられたこと、朝歌から逃げだしたときに雷震子に助けられたことなどを、一つひとつ、百官に語った。

話が終わらないうちに、大将軍の南宮適が歩みでてきた。そして大声で言った。

「今や、大王はこの西岐の地へとお戻りになりました。今こそ朝歌へと攻めこむときです。太子の仇を討ちましょう！」

そばで聞いていた上大夫の散宜生は、ふうとため息をついた。彼は南宮適に何かを言おうとした。しかし、それよりもさきに、文王が口を開いた。

「南将軍よ。おまえの気持ちはよくわかる。わたしも同じ思いだ。いや、言うなれば、わたしのほうが、紂王へのうらみははるかに深い。息子を殺され、その肉を食わされたのだからな。」

「ならば、早く朝歌に攻めこみましょう。この南宮適、文王のためであれば、万死をも恐れませせぬ。」

「まあ、南将軍。落ちついて聞かれよ。わたしは西岐へ戻る途中に思ったのだ。今は、国は力を蓄えねばならぬ時期であると。民を甲冑の苦難から遠ざけ、国を富ませることこそが君主の道ではないだろうか。わたしはそのためにも〈霊台〉を建てたいと思う。」

〈霊台〉とは易をたてるためにつかわれる祭壇である。文王は占いができるので、その力を西岐の民のために、天気や災害の予測としてつかおうと考えたのである。

（さすがは、わが君。）

散宜生はほほえんだ。

霊台は西岐の南に建てられた。軍民たちが力を尽くして働いたため、霊台はそれほどの期間もかからずに完成したのだった。

以後、文王の易の卦は、毎日、街の市場に張りだされた。人びとはそれを見て、

「やはり姫昌さまは徳のあるお方だ。」

と口ぐちにほめそやした。

太公望

一

ある晩、文王は〈霊台〉にある寝室で眠っていた。

文王は夢の中で、東南の方角に一匹の虎がいるのを見た。虎は翼を生やしており、全身は黒い毛でおおわれ、額の部分だけが白かった。

その化け物が、文王めがけて飛びかかってきた。文王は驚き、目を覚ました。

「夢か……。」

文王は体じゅう、汗びっしょりになっていた。なにか悪いことでも起こるのではないかと、彼は心配した。

文王は次の日の朝早く、朝議で臣下たちにその夢のことを話した。

「陛下、それは吉兆でしょう。」

上大夫の散宜生が歩みでて言った。

「その虎は〈飛熊〉というものでしょう。飛びかかってきたのは、賢人が陛下のもとへとやってくる兆しです。」

百官はそれを聞き、文王を祝福した。

「なるほど、賢人か。それは喜ばしいかぎりだ。しかし、どこへ行けばその賢人を見つけられるのだ？」

「飛熊のあらわれたのは東南の方角。おそらく、その方角にいるのでしょう。だが、賢人である以上、陛下は礼を尽くして迎えねばなりません。」

「わかった。もし賢人のうわさがあれば、わたしがみずから出むいて捜すとしよう。」

二

渭水上流の農村に、武吉という樵が住んでいた。年齢は二十をすぎたくらいである。

武吉は自分が樵であることを誇りに思っていた。毎日、山で薪をつくっては、樵の歌を声高らかにうたい、西岐の城下町へと売りにいっていた。

ある日のこと、武吉は歌をうたいながら西岐へ向かう道の途中、渭水のほとりに老人が座っているのに気がついた。

老人も歌を口ずさみながら、竹の釣り竿を手にして、釣り糸を垂らしていた。

武吉は薪をおろした。そして、休憩もかねて、その老人にたずねた。

「ご老人。おれは西岐へ薪を売りにいくときに、いつもあんたがここで釣りをしているのを見かける。どうも、何かの縁ではないかと思うのだ。できれば名前を聞かせてはくれないか？　おれは武吉っていうんだ。」

「わたしは姓を姜、名を尚、字を子牙、号を飛熊と申す。」

すると、武吉は腹をかかえ、大声で笑いだした。

「武吉とやら、なぜ笑う？」

「古人、高人、聖人、賢人。そのような方がただけ、〈熊〉という号が与えられる。釣り糸を垂れることとしか知らないおまえさんが、〈飛熊〉などといった号を名のるとは、まったくだれが笑わずにいられれようか。」

それから武吉は、姜子牙の釣り糸のさきを見て、さらに大笑いした。

釣り糸のさきには、釣り針のかわりに、ふつうの裁縫針がつけられていた。しかもその釣り針は、水面から三寸（一寸は約三センチ）も離れている。

「そんな曲がっていない針で釣っていたら、三年どころか、百年そこにいたって、一匹も釣れやしない。見るからにあんたは、生まれつきの大たわけだな。そうでなければ、〈飛熊〉などという号を、恥ずかしげもなく自分から名のるかい。」

「武吉よ。おまえは一を知り、二を知らぬ者だ。わたしが釣ろうとしているのは魚ではない、丞相の地位だ。心はもとより水中の魚には向いておらん。それに、わたしは直によって求めるのであり、曲によっては求めぬ。」

「これはたまげた！　ご老人、その口と顔で仕官ができるとでも思っているのかい？」

「わたしが見るに、おまえの口もともあまりよい相は出ておらん。今日は城下へ行くのをやめたほうがよい。きっと災いにあうぞ。」

「それはそれはご親切に。じゃあな、ご老人。」

姜子牙〈きょうしが〉
封神榜をもつ道人

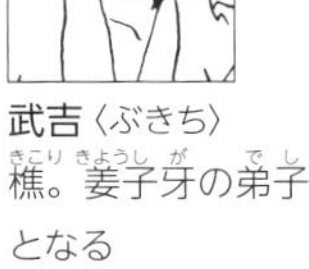

武吉〈ぶきち〉
樵。姜子牙の弟子となる

武吉は笑いながら薪を担ぎ、その場を立ちさった。

三

武吉は、西岐城の南門へとたどりついた。

ちょうどそのとき、軍馬の群れが彼の前を通りすぎていった。霊台へと向かう文王の近衛兵だった。

武吉はその行列を見て感心した。

「やはり姫昌さまは、渭水のほとりの老人とはわけがちがうよ。」

武吉はそうつぶやき、薪の天秤棒を、右肩から左肩へと移そうとした。そのとたん、天秤棒の片方にくくりつけていた薪がするりと抜け、尖った天秤棒のさきが、ちょうどそばを通りかかった兵士の耳もとに突きささった。

運悪くも、その兵士は地面に倒れて死んでしまった。

（しまった！）

「人殺しだ！　人殺しだ！」

ほかの兵士たちは、すぐに武吉を捕らえた。そして文王の前に突きだした。

文王は馬車をおり、南門のそばの地面に円を描いた。

「しばらくその円の中に入っていろ。おまえをどうするかはあとで決める。」

西岐に牢はない。西岐の人はめったに犯罪を起こさないからだ。

そのかわり、文王がやったように、円の中に罪を犯した者を立たせることがある。逃げだしてもかまわないのだが、文王の占いがあるために、どこへ逃げようとも、結局は見つかってしまうことになる。

逃げればよけいに罪が重くなるため、たとえ見張りがいなくとも、罪人はその円から出ようとは思わない。武吉もそうであった。

三日たって、武吉は老いた母のことが心配になってきた。

武吉には兄弟がいなかった。そのため、老母の面倒は武吉一人でみていたのだった。だが、その武吉も、今や捕らわれてしまっている。

武吉は泣きだした。ちょうどそこへ、馬に乗った散宜生が通りかかった。

「何を泣いている？」

「老いた母のことを思っていたのです。わたしが面倒をみなければ、老母は餓え死にしてしまいます。どうかしばらく家へ帰らせてください。」

散宜生は武吉を不憫に思った。

「わかった。しばらく待っていろ。」

散宜生は文王のところへ行き、武吉をしばらく放免してくれるよう頼んだ。

許可はすぐにおりた。散宜生は南門へと戻り、武吉に言った。

「武吉よ、一か月だけ猶予をやるとのことだ。一か月したら、かならず戻ってくるのだぞ。」

「あ、ありがとうございます。」

武吉は何度も頭を下げて礼を言った。

家へ戻ると、武吉は母に泣きついた。そして姜子牙のことや、南門で誤って人を殺してしまったことなどをすべて話した。

「武吉や。わたしが思うに、そのご老人は先見の明があるようです。もう一度そのご老人に会って、助けを求めてみなさい。」

武吉はさっそく、渭水のほとりへと向かった。

姜子牙はいつもと同じところに座って、歌を口ずさみながら釣りをしていた。

武吉は姜子牙のそばにひざまずいた。そしてこれまでの出来事をすべて述べた。

「おねがいです、ご老人。どうかわたしをお助けください。どのようなことでもします。おねがいします！」

「ならば武吉よ、わたしの弟子になるがよい。」

「弟子にでもなんにでもなります！」

「よし。ならば方法を教えよう。」

武吉は家へ戻ると、すぐに姜子牙から教えてもらった方法を試した。

まず寝台の前に、人が横になれるくらいの、深さ四尺（一尺は約三十センチ）の穴を掘った。

夕方になると、武吉はその穴の中に横になった。そして母に頼んで、頭と足もとに明かりを置いてもらった。それから老母は、二つかみの米を武吉の体に振りかけ、さらにその上に藁をかぶせた。

武吉は一か月たっても、南門の円の中に戻ってこなかった。散宜生は文王に相談した。

文王はさっそく武吉のゆくえを占った。そしてため息をついた。

「武吉は刑をおそれ、崖から飛びおりてみずから命を絶った。あいつは人を殺したが、誤ってやったことだ。あいつの罪は、死罪までには至らない。かわいそうなことをした……。」

それから何日かたったとき、武吉は大喜びで姜子牙のもとへとやってきた。

「お師匠さま。わたしは死んだことになり、罪が許されました。それだけではありません。母には毎月手当が与えられるのです。」

「そうか、よかったな。これからわたしは、おまえを本格的にきたえる。弟子になると約束した以上、従ってもらうぞ。」

「はい。どんなことでもします。しかし、わたしをきたえてどうするのですか？」

「聞け、武吉よ。紂王が道を外れたため、天下の各地で諸侯が反乱を起こしている。今は武をもちいる時期。おまえは武術を学べ。」

その日から、武吉は樵をやめ、姜子牙について武術を学んだ。

四

冬が過ぎ、やがて春がやってきた。

ある日、文王は西岐の郊外へ出かけた。散宜生やそのほかの文官たちもついてきた。

一行は山のふもとにさしかかったとき、林のぐるりが網で囲まれているのを見た。その網の向こうでは、弓をもった武将たちが、犬をつれて鹿狩りをしている。

「散宜生よ、これは何事だ？」

「南将軍が陛下にお楽しみいただくために、鹿狩りの準備をしているのです。」

「わたしは春の景色を楽しみに来ただけだ。なんの罪もない鹿を追いまわすなど、わたしの望むところではない。すぐにやめさせるのだ。」

鹿狩りはすぐにとりやめとなり、網もすべてとりのぞかれた。

そのため、午後になると、林の近くの川辺には人びとが集まった。彼らは釣りをしたり、歌をうたったり、詩を詠じたりして楽しんでいた。

「これこそが、わたしの望んでいる眺めだ。」

文王は満足げに景色やそうした人びとを眺めながら、その川辺をゆっくりと歩いていた。

そのとき、少し遠くのほうで、何人かの漁師たちが歌をうたっているのが聞こえてきた。

「おいらは漁師、
　耳を洗いて亡国の音を聴かず。
　昼間は歌をうたいて楽しみ、
　夜は星を見ながら独りで釣りをする。」

「このような音律の歌を、わたしはまだ聞いたことがない。あの中に賢人がいるにちがいない！」

文王は、武将の辛甲に、賢人をつれてくるよう命じた。

辛甲は馬を馳せて、漁師たちのところへと行った。

「おい！　おまえたちの中に賢人がいるはずだ。陛下がお呼びだ。すぐに名のりをあげるがよい。」

「賢人なんてとんでもないことです！　わしらはただの漁師です。何かのまちがいでしょう。」

　やがて文王も、漁師たちのもとへとやってきた。

「さきほど、歌をお聴きしました。どなたがあの歌をつくったのですか？」

「文王さま、歌はわしらがつくったのではありません。ここから三十里さきの渭水のほとりに、一人の老人がおります。その人は朝から夕暮れまで釣り糸を垂れ、この歌を口ずさみます。それで覚えてしまったというしだいです。」

　文王はさっそく渭水のほとりへと向かった。その途中、散宜生はたずねた。

「陛下。わたくしは無学なのでおたずねしたいのですが、さきほどの歌の『耳を洗いて亡国の音を聴かず。』とはどういう意味なのでしょうか？」

「それは五帝の一人、堯帝が、次なる天子を捜す話だ。

　堯帝は偉大な王であったが、その息子はなんのとりえもなかった。息子を次の天子にして民心が離れてしまうことを恐れた堯帝は、みずから次の天子を捜すために各地を歩きまわった。彼は仁徳者を求めた。

　ある日のことだ。川岸で一人の男が横になっていた。彼はひょうたんを水に浮かべて遊んでいた。

堯帝は彼に、何をしているのかとたずねた。その男は笑いながら答えた。

『わたしは名利を嫌い、この森に隠居した。質素な生活をして平穏に天命をまっとうしたい。』

堯帝はそれを聞いて喜んだ。彼は身分を明かした。

『朕は堯帝だ。見るところ、あなたは徳のある大賢人だ。朕にかわって天子になってはくれまいか。』

すると、その男はあわてて、手で両耳をおおった。そして急いで走っていって川の水で耳を洗った。

姫昌〈きしょう〉
四大諸侯の一人、西伯侯
周の文王

散宜生〈さんぎせい〉
姫昌の信頼あつい
上大夫

そのとき、牛をつれた農夫があらわれた。彼は牛に水を飲ませようとした。しかし、川辺で男が必死に耳を洗っているのを見て、どうしたことかとふしぎがった。たずねても、男は耳を洗うことに夢中で、何も答えてはくれない。

男は耳を洗いおわったのちに、農夫に言った。

『堯帝はわたしに天子の位をくれると言った。それを聞いて、わたしの両耳は汚れてしまったのだ。』

すると農夫は、急いで川の上流へと向かっていった。

堯帝がどうしたのかとたずねれば、農夫は、『牛に汚れた水を飲ますわけにはいかない。』と言ったそうだ。当時の人の清廉な志は、今の人間とは比べものにならないものだ。

これが『耳を洗いて亡国の音を聴かず。』の由来だ。」

しばらく行くと文王は、また歌をうたいながら歩いている樵たちに出くわした。

「君主は賢を求めて治世の道を歩み、
隠者は詩を吟じて明君を待つ。」

文王はその歌を聞き、（きっとあの中に賢人がいるにちがいない。）と思った。だが樵たちにたずねてみれば、やはり彼らの中に歌の作者はいなかった。

文王は樵たちと別れ、さらに十里を進んだ。

するとこんどは、薪を担いだ一人の男に出くわした。彼も歌を口ずさんでいた。

「春の河は悠々として、草は青々と茂り、
まだ会えぬ金の魚は磻渓に潜んでいる。
世の人はそれを待つ者の高賢の志を知らず、
ほとりの釣り人と見なしている。」

「あのお方が賢人にちがいない！」

文王は大喜びする。だが散宜生は、首をかしげた。

「陛下、あれは武吉ではありませんか？」

「まさか。武吉は死んだはずだ。」

男は、文王が近づくと、深くひれふした。まるで顔を隠しているかのようだった。

散宜生が武将の辛免に命じ、男の顔を上げさせると、思ったとおり、武吉だった。

文王は大声でしかりつけた。

「この匹夫め！ わたしをだますとは大した度胸だ！」

「文王さま。わたしは罰せられることをおそれ、ある老人に助けを求めたのです。老人は東海許州の人で、姓を姜、名を尚、字を子牙、号を飛熊と申します。彼がよい方法を教えてくれたので、わたしは災難を避けることができたのです。」

散宜生は文王に言った。

「陛下。武吉の言った人物は、まさに霊台で陛下の夢にあらわれた飛熊です。その姜子牙という老人を捜しましょう。」

文王は武吉に、姜子牙のもとまで案内するよう命じた。武吉は従った。

しばらく行くと、林があった。この向こうに姜子牙の庵があると武吉は言った。

文王は、賢人を驚かせてはいけないと思い、馬をおりた。そして散宜生とともに、林の中へと入っていった。

庵の入り口の前には、一人の童が立っていた。

文王はにっこりと笑ってたずねた。

「先生はおられるか？」

「いないよ。」

「いつ戻ってこられるかな？」

「決まってないよ。師匠は一度家を出ると、いつ戻ってくるかわからないんだ。」

さらに文王がたずねようとしたとき、散宜生は言った。

「陛下。賢人をお迎えするには、相応の礼を尽くさねばなりません。城へ戻って斎戒沐浴（心身を清めること）し、吉日を選んでまたここへまいりましょう。」

「うむ、そうだな。」

文王と散宜生は引きかえした。

途中、渭水のほとりの柳の下に、釣り竿が置かれていた。釣り竿の糸のさきは、渭水の水にただよっている。姜子牙の姿はなかった。

文王はそれを見て、詩を詠んだ。

求賢遠出至渓頭　賢人を求めてこの渓頭までやってきたが、
不見賢人唯見鈎　賢人は見えず、ただ釣り針が見えるだけだ。
一竹青糸垂緑柳　（水面には）釣り竿の糸が緑の柳の枝の陰に垂れ、
満江紅日水空流　赤く染まる夕暮れの中、川は空しく流れていく。

文王は西岐へ戻ると、さっそく賢人を迎える準備をはじめた。心と体とを清めるため、臣下(か)たちに三日間の斎戒(さいかい)(肉食(にくしょく)を禁(きん)じること)を命(めい)じた。

大将軍(だいしょうぐん)の南宮適(なんきゅうてき)は、文王(ぶんおう)に意見(いけん)した。

「陛下(へいか)。磻渓(はんけい)のやからは虚名(きょめい)がばれることをおそれているだけです。明日(あす)、わたしが行って、そやつをつれてきましょう。わざわざ陛下が出むかれる必要はありません。」

散宜生(さんぎせい)は言った。

「南将軍(なんしょうぐん)、そのようなことを言ってはなりませんぞ。賢人(けんじん)と会うには、それ相応(そうおう)のしきたりがあるものです。」

文王もそれに同意した。

四日目に文王は沐浴(もくよく)(体(からだ)を洗(あら)い清(きよ)めること)を行(おこ)なった。それから車に乗り、軍馬を引きつれ、磻渓へと向かった。

文王は林の前で、軍馬(ぐんば)にそこで待(ま)つよう命じた。彼は散宜生をともにして、渭水(いすい)のほとりへと向かった。

姜子牙(きょうしが)は背(せ)を向けて座(すわ)り、釣(つ)りをしていた。彼(かれ)は歌をうたっていた。

西風起兮白雲飛　　西風(せいふう)が起(お)こり、白雲(はくうん)が飛(と)ぶ。
歳已暮兮将焉為　　わたしはすでに老(お)いているのに、何(なに)をなそうというのだろうか。

五鳳鳴兮真主現　五羽の鳳凰が鳴き、真の君主が現れる。
垂竿釣兮知我稀　君主は知る、釣り糸を垂れるわたしが稀であることを。

文王は、姜子牙がうたいおわってからたずねた。

「賢者よ、ご機嫌はいかがですかな?」

姜子牙は驚いて振りかえった。そして竿を置くと平伏した。

「陛下がいらっしゃっているとは知りませぬゆえ、どうか無礼を許していただきたい。」

文王はすぐに姜子牙を起こした。

「長い間、捜していたのだ。あなたこそ、亡き太公(文王の祖父)が待ち望んでいた方だ。どうか西岐を助け、天下のために尽くしてもらいたい。」

「おそれながら、陛下。わたくし子牙は老朽非才にて、文は国を助けるに足らず、武は国を守るにも足りませせぬ。」

するど散宜生は、

「姜子牙どの、謙遜なさることはありません。わが君は斎戒沐浴をしてまで、あなたにお目にかかりにこられたのです。今や天下は乱れ、各地で乱が起きております。わが君は昼夜、心の休まることがありません。姜子牙どの、どうかわが君をお助けください。」

「そうでしたか。わかりもうした。微力なれど、力を尽くしましょう。」

文王と散宜生は、姜子牙をともなって林を出た。

文王は姜子牙に、自分の車に乗るよう勧めた。

「陛下。これればかりはできませぬ。」

文王は三度、乗るように頼んだ。姜子牙は断固として辞した。

散宜生は、姜子牙が車に乗らないとわかると、馬を引いてきた。姜子牙はその馬に乗り、西岐へと向かった。

西岐の城下に入ると、民たちは賢人をひとめ見ようと沿道に集まった。姜子牙はその民たちの歓声をうけ、朝殿へと入った。

朝殿で、文王は姜子牙を丞相に任じた。このとき、姜子牙はすでに八十歳であった。崑崙山をおりてから、すでに八年もたっていたのだった。

亡き太公が待ち望んでいた者――〈太公望〉。以後、姜子牙は、広くそうよばれ、尊敬されることになる。

丞相になった太公望・姜子牙は、文王を助け、西岐をよく治めた。武吉もまた、姜子牙とともに文王に仕え、西岐の武将になったのだった。

十 比干(ひかん)

一

氾水関(しすいかん)の総兵(そうへい)(総司令官)韓栄(かんえい)は、文王(ぶんおう)が賢人(けんじん)を丞相(じょうしょう)として迎えたとの情報を聞きつけた。西岐反乱(せいきはんらん)の気配(けはい)を感じた韓栄は、紂王(ちゅうおう)にあてて、急(いそ)いで一通(つう)の書簡(しょかん)をつくった。そして、それを届(とど)けるよう部下(ぶか)に命(めい)じた。

韓栄の部下は馬を馳(は)せ、朝歌(ちょうか)へと向かった。そして、宮殿(きゅうでん)で亜相(あしょう)の比干(ひかん)に面会し、書簡を手わたした。

比干(ひかん)はため息(いき)をつきながら、その書簡を読んでいた。

「姜子牙(きょうしが)どのが西岐(せいき)の丞相(じょうしょう)に……。ついに眠(ねむ)れる竜(りゅう)が目を覚(さ)ましたか。いずれ、西岐は動きだす。これで、北伯侯(ほくはくこう)の崇侯虎(すうこうこ)をのぞく四大諸侯(しだいしょこう)が立ちあがることになった……」

翌日(よくじつ)、比干(ひかん)は書簡(しょかん)をたずさえ、紂王に報告(ほうこく)をした。

「汜水の韓栄からの書状によりますと、姫昌が姜子牙を丞相に召しかかえました。諸侯の反乱はいっそう激化します。国力や軍事力はわれわれのほうが強大とはいえ、いずれ国事は困難な局面を迎えるでしょう。どうか陛下、今後の政道のご方針を。」

「わかった。だが、そのような大事は朕一人で決められるものではない。おいおい、大臣たちと相談をしながら決めることにしよう。」

そのとき、北伯侯の崇侯虎がやってきた。彼は紂王の前にひざまずいた。

「陛下。〈鹿台〉が完成いたしました。」

鹿台——。妲己が紂王に提案した、玉石でできた高楼。姜子牙がいなくなったため、鹿台の建設工事は崇侯虎に任されていた。それが七年の歳月をへて、完成したのだった。

比干〈ひかん〉
商朝3代に仕えてきた亜相

崇侯虎〈すうこうこ〉
四大諸侯の一人、北伯侯

「ついに完成したか！　よくやったぞ、崇侯虎！」

紂王は大喜びだった。比干の言ったことなど、もはや忘れていた。

紂王はすぐさま、宮人（宮中に仕える者）たちを大勢引きつれ、車に乗って、完成した鹿台を見に出かけた。

「なんと、これは……。」

紂王たちは鹿台を前にして、その建物のあまりのすばらしさに目を見はり、息をのんだ。白い石でつくられた大楼閣や亭台が建ちならぶ。大楼閣の棟と梁は瑪瑙や金、美しい玉石でかざられ、日の光を反射して輝いていた。

「これこそ、まさに天界の神殿。」

紂王はさっそく大楼閣の上へとあがり、そして、そこから見える壮大な景色を楽しんだ。宮人たちも喜んで、はしゃぎまわっていた。

だが比干は、逆に悲しんでいた。

（この鹿台をつくるために、いったいどれだけの財貨がつかわれたのだろう。いったいどれだけの人びとが働き、苦しみ、死んでいったのだろう……。）

崇侯虎は、民から財を搾りとり、むりに働かせて、この鹿台を完成させたのだ。この鹿台は、人びとの肉と血とうらみとの結晶だった。

（天子は、以前はこのようなことをするお方ではなかった。だが、変わられてしまった。わたしはいったい、何をしているのだ……。）

比干は悲嘆に暮れていた。

二

紂王はさっそく鹿台で宴を開いた。

紂王は比干、崇侯虎に杯を与えた。二人は拝礼してそれをほした。

それから紂王は、妲己とともに酒を飲みはじめた。

「蘇皇后よ。おまえは以前、『鹿台が完成すれば、神仙がおのずから来遊するだろう。』と申しておったな。朕は決めたぞ。五日後の、十五夜の夜、満月が輝きはじめるころに、ここで盛大な宴を催そうとな。きっと神仙がやってくるにちがいない。そうであろう？」

妲己は返事に困った。

この言葉は、もとはといえば、妹の玉石琵琶の精を殺した姜子牙に復讐するため、紂王に鹿台建設を頼んだときの、口からの出まかせだった。

しかし紂王は、忘れずに覚えており、しかも信じこんでいた。

「さようで……ございます、陛下。」

妲己はよわよわしい口調で言った。

「そうか。それでは五日後に、ここで宴を開くことにしよう。」

その日から、妲己は宴のことで悩みつづけていた。このままでは紂王の信頼を失うことになる。妲己は、日夜、どうすればよいものかと考えていた。

三日が過ぎたときに、妲己は一計を思いついた。

(仲間たちの力を借りるのが、いちばんの良策だな。)

その日の真夜中、妲己はこっそりと紂王の寝台を抜けだした。そして千年狐の姿に戻り、宮殿を飛びさっていった。

千年狐の精は風と化し、朝歌の南門から三十五里離れた〈軒轅墳(五帝の一人、黄帝こと軒轅の墳墓)〉へとやってきた。

軒轅墳のそばにある岩山の洞窟は、三妖や、仲間の狐の精たちの住みかである。まわりは草がぼうぼうと生えた、人けのない荒野となっていた。

三妖の一匹、頭を九つもった雉の精が出てきて、千年狐の精を迎えた。

「姉さん。突然やってきて、どうしたのですか?」

「妹よ。たいへんなことになった。天子が鹿台を完成させ、神仙に会いたいと言いだした。

そこでわたしは一計を思いついたのだ。おまえたちの中で変化の術をつかえるものを集め、神仙に化け、鹿台に来てもらいたい。宴を開くのだから、うまい酒や料理がたらふく飲み食いできるぞ。」

すると、二匹のそばで話を聞いていた狐の精たちは、大はしゃぎをして喜んだ。

「わかりました、姉さん。ここには変化のできるものが三十九匹います。十五夜に、鹿台へ行かせましょう。」

「妹よ。おまえは来ないのか？」

「わたしまで出むいてしまえば、変化できるものがここには一匹もいなくなってしまいます。何かあったとき、ほかの仲間を守れるものがいなくては困りましょう。」

「わかった。それでは十五夜だ。忘れずに頼んだぞ。」

千年狐の精は宮殿へと戻った。

次の日の朝、紂王は妲己にたずねた。

「明日は十五夜だ。天気もよいし、満月も見えるだろう。しかし、神仙はあらわれるだろうか？」

「陛下、ご心配なく。かならずあらわれます。鹿台に三十九席を設けてください。それと、お酒に強い大臣を一人加えてください。その者に神仙の酌をさせるのです。」

「酒ならば、亜相の比干が朝歌一だ。あれにやらせよう。」

紂王の命令は、奉御官によって、すぐに比干のもとへと届いた。

比干は、了解はしたものの、内心、ため息をついていた。

（国が存亡の危機だというのに、神仙と酒を飲みかわすなどといった妄想をもつとは、まったく嘆かわしい。これはまさに国家の凶兆だ。）

十五日の夜、紂王は日が暮れる前から、宮人たちとともに鹿台へと向かった。

神仙のために用意された三十九席には、すでに美酒や珍味が並んでいた。

紂王は鹿台から外を眺めながら、早く太陽が西山に沈み、月が東から出てこぬものかと思っていた。

やがて夕やみがしのびより、満月が昇った。

紂王と妲己、そして宮人たちは、自分の席についた。

とっぷりと日も暮れたころに、鹿台の外に雲がただよいはじめた。満月の光はその雲にさえぎられる。四方から風の吹く音がした。

しばらくして、一群の仙女たちが雲の中からあらわれた。仙女たちは鹿台へと舞いおりた。

雲が去り、満月が顔を出す。その光が仙女たちの姿を照らした。

妲己が紂王にささやいた。

「神仙がまいりました。」

紂王と宮人たちは、仙女たちの登場に驚いた。彼らのだれもが、まさかほんとうにあらわれるとは思っていなかったのだった。

仙女たちは、用意された席についた。

比干は酒瓶をもって、仙女の酌をした。

比干は仙女たちの登場に半信半疑であった。しかし、その仙女たちには仙風道骨（仙人の様子）があり、不老不死の様相もうかがえる。どう見ても、常人ではない。

しかし酌をしながら、比干はあることに気がついた。仙女から、鼻をつくような狐くさい臭いがするのだ。

（神仙は清らかな身であるはずなのに、なぜこのようないやな臭いがするのだ？）

それから比干は、妲己の命令により、仙女一人ひとりと乾杯をした。

比干は酒に強かったので、三十九人と飲みかわしても、まったく酔わなかった。

だが、ここに、妲己の過ちがあった。

彼女は、仲間の狐の精たちに飲み食いをしろと言っただけで、そのほかのことについてはなんの注意もしていなかった。

仙女に化けた狐たちは、このような宴会の美酒や珍味を味わったことがない。狐たちはとめどなく飲み、食べ、そして酔いつぶれた。そのうちの何匹かは、変化がとけて、しっぽが出てきていた。

それに気がついた妲己は、すぐさま比干に酌をやめさせた。そして「ご苦労であった。」と言い、外に出ていくよう命じた。

「それでは、わたくしはこれにて。」

比干は紂王に一礼してさがっていった。

鹿台を退出すると、比干は馬に飛びのった。心が落ちつかずにいたので、その辺をひとまわりしてこようと午門を飛びだした。彼は、仙女の変化がとけていたのに気がついていたのだった。

(あれは仙女などではない。狐の妖魔どもだ。)

二里ほど進むと、黄飛虎将軍に出会った。彼は四人の部下をつれ、宮殿をめぐる城壁の見まわりをしていた。

「おや、これは亜相どの。こんな夜中に大あわてで午門を出られるとは、どうなされたのですか?」

「黄将軍。国が乱れるのみならず、妖怪までもがあらわれおった。今宵、天子が神仙を招いて宴を催したのだが、とんでもないことだ。仙女は狐が化けたものだ。天子は狐どもと宴

会をしているのだ。」

比干は状況をくわしく説明した。

「……そうでしたか。見るところ、神仙との宴を言いだした蘇皇后も、その妖怪の仲間ではないかと思われる。以前、雲中子どのが、『朝歌に妖気が立ちこめている。』と言っておりました。どうもあの女が来てから、天子は変わられ、朝歌にはろくなことが起こりません。」

「ああ。わたしもそう思う。だが、妖怪相手にどう戦えばよいのか、かいもく見当がつかぬ。」

「わたしによい方法があります。ともかく、亜相どのは城へお戻りください。」

比干はすべてを黄飛虎に任せ、城へと引きかえしていった。

比干が去ったあと、黄飛虎は四人の部下に命じた。

「おのおの二十名の兵士を引きつれ、街をかこむ城壁の、東西南北、四つの門で待機せよ。妖魔があらわれたら、こっそりとあとをつけ、やつらの住みかを見つけだせ。」

黄飛虎の四人の部下――黄明、周紀、竜環、呉謙は、〈四大金剛〉とよばれていた。彼らと黄飛虎とは、義兄弟でもあった。

四大金剛はすぐに兵を引きつれ、それぞれ城門で待機した。

夜明けごろ、酒に酔った一群の仙女たちが、ふらふらと南門の上空を飛んでいった。狐のしっぽが見えている者もいる。

「出たぞ！　追え！」

南門に待機していた周紀は、兵とともに、すぐさまその仙女たちを追いかけた。

仙女たちは、南門から三十五里離れた〈軒轅墳〉のそばにある岩山の洞窟へ、群れをなして入っていった。

（あそこがやつらの巣窟か。）

周紀はすぐに引きかえし、黄飛虎に報告した。

「よくやった、周紀。すぐにやつらの退治に向かうぞ。」

黄飛虎は三百の家将に薪をはこばせ、それで岩山の洞窟の入り口をふさいだ。

黄飛虎〈こうひこ〉
商の大将軍　鎮国武成王

周紀〈しゅうき〉
黄飛虎を守る優秀な部下の一人

「火を放て！」

家将は薪に火をつけた。洞窟から煙が立ちのぼる。その煙は、午後になって黄飛虎から連絡をうけた比干が洞窟の前へやってきても、まだ立ちのぼっていた。

火がなかなか消えないので、家将たちは、鉤のついた長い棒をつかって、狐を洞窟から引っぱりだした。真っ黒になった狐の焼死体が何匹も出てきた。毛と肉の焦げた、ひどい臭いがあたりにただよった。

焼けていない狐も何匹かいた。しかしそれらは、煙を吸って死んでいた。

比干は焼けていない狐をさし、黄飛虎に目を向けた。

「黄将軍、寒い冬の季節を迎えましたな。この毛皮で、天子のために上着をつくってはいかがかと存じますが。」

黄飛虎は笑った。

「それはいい考えだ。皇后もきっと喜ばれるにちがいない。」

三

ある雪の降る日に、紂王は鹿台の上にいた。彼は、妲己と酒を飲みながら、雪の積もった宮殿を眺めていた。

「蘇皇后よ。雪が積もれば、鹿台の光景もまた格別なものになるのう。それにしても、今日はとくに冷えるようじゃ。」

そこへ比干が、赤い盆に上着をのせてあらわれた。

比干は紂王の前にひざまずき、盆を高くかかげた。

「陛下がお寒かろうと思いまして、上着を献上しにまいりました。」

「さすがは比干。気がきくのう。」

紂王はさっそくその上着を着た。上着の表は美しい赤い布でおおわれ、中はふかふかの毛皮になっている。

紂王は満足し、「朕は天子であり、四海の富をもってはいるが、このように暖かい上着はもっていなかった。感謝するぞ、比干よ。」と言った。

「もったいないお言葉でございます、陛下。」と、比干は頭を下げた。

（あの上着、まさか……。）

妲己は、その上着が、仲間たちの毛皮でつくられていることに気がついた。比干は平然とした顔で、平伏している。

紂王は妲己の様子がおかしいのに気がついた。

「……どうしたのじゃ、蘇皇后。」

「申しわけございません、陛下。どうも気分がすぐれませぬ。奥の部屋で休ませてくださいませ。」

「ああ。――だれか、ついていってやれ。」

「いえ、一人で大丈夫です。それでは失礼いたします。」

妲己は急いで下がっていった。そして、奥の部屋で嘔吐し、涙を流した。

（たかが人間に仲間たちが殺されてしまうとは。それも上着などにされてしまうとは、胸くそ悪い。あの老いぼれ比干め！　きっと心臓をえぐりだして殺してやる！）

紂王は上着を着たまま、妲己の様子を見にきた。妲己はあわてて涙をぬぐった。

「皇后よ、具合はどうじゃ？　それにしても、この上着は暖かいぞ。おまえにも一着つくらせようかのう。」

妲己は上着を見て、また吐きけをおぼえた。彼女はすぐに申しでた。

「狐の毛皮などをお召しになれば、陛下のお体が汚れてしまいます。お脱ぎになったほうがよろしいかと思いますが。」

「うむ……そうだな。」

紂王は、上着は惜しいと思った。しかし、天子であるたてまえ上、そう言うしかなかった。

「さあ、陛下。お手伝いいたしましょう。」

妲己は、上着の毛皮の部分に触れぬよう、赤い布の部分だけをつまんで、紂王から上着を脱がせた。そして、すぐ焼きすてるよう、侍女に命じた。

それからというもの、妲己は日夜、どうやって比干に復讐してやろうかと、頭を悩ませていた。

ある晩、紂王と酒を酌みかわしているとき、妲己は一計を思いついた。

「陛下。わたくしには義理の妹がおります。姓を胡、名を喜媚といいます。妹はわたくしよりも十倍は美しゅうございます。」

「まさか、そんなことはあるまい。おまえは天下絶世の美女であるぞ。ありえぬことだ。」

「ほんとうでございます、陛下。ならば、ここへ呼んでまいりましょう。」

紂王は、妲己がそこまで言うのであれば、ほんとうかもしれないと思った。

「よし。呼んでくるがよい。だが、どこに住んでおるのじゃ?」

「喜媚は幼少のころより出家をしております。月の下で線香を焚けば、いつでも会いにくるとの約束をかわしました。今日はもう遅いので、明日にでも呼びましょう。」

「そうか。楽しみにしておるぞ。」

妲己はその晩遅く、また寝台を抜けだした。そして、千年狐の精に戻り、軒轅墳へと飛んでいった。

軒轅墳のそばの池には、九つの頭をもった雉の精がいた。

九頭の雉の精は、千年狐の精を見ると、泣きながら言った。

「姉さん。わたしはうまく逃げだせましたが、仲間の狐の精たちはすべて殺されてしまいました。」

「わかっておる。仲間は、比干という男に上着にされてしまった。わたしはその老いぼれの心臓をえぐりだして、仲間のかたきを討つ。協力しておくれ、妹よ。」

「もちろんです。なんでもします。」

千年狐の精は、雉の精に計略を教えた。

「それでは明日の晩だ。うまくやってくれ、妹よ。まあ、おまえはあの三十九匹とはちがって頭もよいから、心配はいらぬと思うが。それでは、わたしは戻る。また会おう。」

千年狐の精は風と化し、朝歌へと戻った。

四

翌日の晩になると、妲己は鹿台の外に、土を盛った小さな鼎を用意させた。そして、その鼎に何本かの線香をさし、火をつけた。紂王は妲己のそばで見ていた。

妲己は鼎の前にひざまずき、両手を合わせて祈っていた。

すると線香の煙が空へと立ちのぼり、月を隠した。そしてあたりに、霧のようなものが広がっていく。

「な、何が起こったのじゃ?」

「お静かに、陛下。それから陛下はどこかにお隠れになっていらしてください。喜媚は出家した者です。男の方に会うことは許されておりません。」

紂王はしかたなく、そばの柱の陰に隠れた。そして、そこからこっそりと様子を見ていた。

間もなく霧が晴れた。すると一人の美しい仙女が、空から舞いおりてきた。

紂王〈ちゅうおう〉
商朝31代目の王

胡喜媚〈こきび〉
女媧のはなった
雉の化身の美女

「姉さん、お久しぶりです。妹は約束を守りました。」

「よく来ました、喜媚よ。久しぶりに語りあいましょう。」

妲己は喜媚をともなって、楼閣へ入った。

二人は楼閣の中で杯をかわした。

紂王は帳の向こう側で、こっそりと喜媚を眺めていた。

（なるほど、たしかに妲己よりも美しい。）

料理が出てきた。喜媚は言う。

「姉さん。わたしは出家し、修行をしている身です。なまぐさいものを食べるわけにはいきません。」

「そうですか。それでは素食をもってこさせましょう。」

妲己と喜媚は飲み食いしながら、しばらく語りあっていた。

「ところで、姉さん。わたしを呼ぶとは、ほかにもなにか用事がおありなのでしょう？」

「じつは天子にあなたの顔を見せたかったのです。天子に会ってくれませんか？」

妲己は、帳の向こうにいる紂王に、入ってくるように言った。

紂王は喜媚の美しさに魅了されていた。彼は喜媚を、ぜひとも後宮へ迎えたいと思った。

そのときだった。突然、妲己が血を吐き、床に倒れた。

「姉さん！　姉さん！」

喜媚はすぐさま妲己を抱きおこす。紂王もあわててかけより、まわりにいる侍女たちに医者を呼ぶよう命ずる。

「お待ちください、陛下。わたくしが見るところ、姉の妲己の病はかなり重いものです。ふつうの医者では治せないでしょう。」

「それでは、どうすればよいのじゃ！」

「ここはわたくしにお任せください。わたくしには多少の医学の心得があります。しばらくここへ泊まりこんで、姉の看病をしたいと存じます。」

「そうか。どうかそのようにしてくれ。」

喜媚は妲己の住む寿仙宮に泊まりこむことになった。

妲己の病は重く、寝台から起きあがれないほどだった。喜媚は、なにやらふしぎな薬を湯に溶かして、それを妲己に飲ませていた。

紂王は妲己のことが心配でたまらなかった。日に何十回も、妲己の様子を見にきた。

喜媚は三日目に、見舞いにやってきた紂王に告げた。

「姉はもう長くはありません。〈玲瓏心〉を飲ませる以外に、助かる道はありません。」

「その〈玲瓏心〉はどこにあるのだ？」

「冀州の張元という医者がもっております。以前、姉がこれに似た病に冒されたとき、その医者が玲瓏心をひとかけら飲ませたところ、姉はたちどころに元気になりました。」

「ならば、すぐにその医者を呼んでくるがよい。」

「それは無理です。ここから冀州までは、往復で少なくとも一か月はかかります。姉の命は、もってあと三日……。」

「喜媚よ。ほんとうに、ほかに方法はないのか？」

「はい。玲瓏心を飲ませる以外には、なんの方法もございません。」

「その医者のほかに、玲瓏心とやらをもっている者はおらんのか？」

「さきほど、わたくしは見たてを行いました。あることはありましたが、しかし……。」

「しかし、なんじゃ？」

「申しあげられませぬ。」

「言うてくれ！　おまえの姉の命がかかっているのだぞ！」

喜媚はしばらくためらったのちに、ゆっくりと口を開いた。

「おそれながら、陛下。この朝歌においては、亜相の比干が、玲瓏の心臓をもっておりまする。」

「なんと！　玲瓏心とは心臓のことであったか。張元という医者も、人の心臓から玲瓏心を取ったのか？」

「いえ。彼のもっている玲瓏心は先祖代々つたわるものでして、だれのものかはわかりませぬ。しかし、玲瓏の心臓をもっている人が存在するということは、まれなことなのでございます。朝歌にそのような者がいたということ自体、奇跡に近いことかと……。」

「そうか。すると、今のところ天下を捜しても、玲瓏の心臓をもつ者は比干しかいないというわけだな。」

「はい。しかし、心臓を取れば人は死にます。こればかりはできませぬ。もう姉は助かりません。かわいそうな姉さん……。」

喜媚は泣きだした。紂王はなぐさめて言った。

「泣くな、喜媚よ。比干は朕の臣下。朕の后のためであれば心臓をも投げだしてくれるはずだ。それに、ひとかけらだけでよいのであろう？　問題はないはずじゃ。だから泣くでない、喜媚よ。」

そのころ、比干は屋敷にいた。

比干は、これからこの国をどうしていけばいいのか、悩んでいた。

そこへ奉御官があらわれた。奉御官は比干に、すぐに鹿台へ参上するようにとの旨をつたえた。

(すぐにとは、これまたどのような用事であろう。まあ、とりあえず、行ってみるしかあるまい。)

比干が出発の準備をしているその間にも、五人の奉御官がたてつづけにやってきた。

「いったい、天子は何を急いでいるのだ?」

比干は、最後にやってきた奉御官に、いったいなんの用事かとたずねた。

奉御官は答えた。

「皇后が病気になられたため、薬として亜相の心臓をひとかけら欲しいのだそうです。」

比干はそれを聞いて、肝をつぶした。たとえひとかけらだろうが、心臓を取りだせば死んでしまうではないか!

(こうしてはいられない!)

比干は屋敷の中へととってかえし、妻の孟氏に言った。

「息子の微子徳のことは頼んだぞ。わたしが死んだのちは、母子仲よく、平穏に暮らしてくれ。」

孟氏は驚いた。

「さきほどから勅使が何人も来ましたけれど、何かあったのですか?」

「あの昏君は皇后の病を治すために、わたしの心臓が欲しいと言ってきた。心臓を取られて、どのようにして生きていられようか？」

孟氏はそれを聞き、床に伏して泣いた。

息子の微子徳は、廊下でこっそり立ち聞きをしていた。彼は部屋の中へ駆けこみ、比干の前にひざまずいた。

「父上。以前、姜子牙どのが朝歌を去る前に、父上のことを占っていかれたことを覚えておいでですか？　そのさい、書斎の硯の下に一通の書面を残されたはずです。〈危〉と〈急〉の難局に同時に直面したときに、忘れずにそれを開くよう言いのこされました。今がまさにそのときです。」

「そうだ！　それがあった！」

比干はすぐに、書斎へと駆けこんだ。そして、ほこりをかぶった硯をもちあげ、その下にあった書面を開いた。

『この紙を燃やし、その灰を水に溶かして飲め。心の臓を取られたら、城を出て七里の道を行け。その間、けっして口をきいてはならない。』

比干はさっそく紙を燃やし、その灰を水に溶かして一気に飲んだ。それから鹿台へと、おもむいた。

午門では、黄飛虎や大臣たちが比干を待っていた。彼らも、比干が心臓を取られることを知っていたのだった。

黄飛虎はたずねた。

「比干どの。いったい、これはどういうことなのですか？」

「わたしは奉御官から、ここへ来るようにと言われただけだ。くわしいことはよくわからない。」

黄飛虎をはじめ百官は、鹿台の下まで比干についていった。そして、そこで沙汰を待った。

比干は鹿台に上がった。

上では紂王が、数名の兵士を従えて待ちかまえていた。

「よく来た、比干よ。じつは、皇后が重病をわずらっておるのだ。それにきく薬は〈玲瓏心〉しかないのだ。比干よ、おまえの心臓こそが、その玲瓏心なのだ。ひとかけらだけでよい。もしくれるのであれば、そしてそれで皇后の病が治ったのであれば、おまえの功名は大きなものとなるぞ。」

比干はそれを聞いて、怒りの言葉を爆発させた。

「陛下は妖婦の言葉をうのみにして、わたしの心臓を取ろうというおつもりなのか！　わたしは、死ぬことなどおそれはせぬ。ただ、この腐敗した商朝に比干がいなくなってしまうことをおそれているのだ！」

「心臓をひとかけらだけくれと申しておるのだ！　大したことではないであろう！」

紂王は兵士たちに、比干の心臓を取りだすよう命じた。

比干は大声で言った。

「剣をもってこい！　そんなに欲しければくれてやる！」

兵士の一人が腰の剣を抜き、比干に渡した。

比干は剣をもち、商朝の開祖である湯王の廟が建っている方角に顔を向けた。そして八拝し、涙を流した。

「ここに、昏君が商朝の幕を閉じようとしております。わたしの力では、もうどうにもなりませぬ。許してくだされ。」

比干は剣で自分の胸を突き、心臓をえぐりだした。心臓は、ぽとりと床に落ちた。

それから比干は急いで腕を組んで、血が噴きださぬように傷口を閉じた。

比干はゆっくりと鹿台をおりた。顔が真っ青になっていた。

外で待っていた百官は、気づかわしげに比干を迎えた。

黄飛虎が駆けよって声をかけた。

「亜相どの、ご無事でなによりです。」

比干は何も答えなかった。彼は黄飛虎に一礼し、そばを通りすぎた。そして馬に乗って、午門のほうへと向かっていった。

「……どうしたというのだ？」

黄飛虎は比干の行動を奇妙に思った。彼は部下の黄明と周紀に命じて、比干のあとをつけさせた。

午門を出た比干は、馬に任せて進んでいった。

七里ちかく行ったところの道端で、老婆がかごいっぱいの野菜を売っていた。

「无心菜はいらんかね？　无心菜はいらんかね？」

〈心〉という言葉を聞き、比干はつい反応してしまった。

「なにゆえに无心菜というのだ？」

「心（芯）がないからさ。」

「もし人に心がなければ？」

「そりゃ、死んじまうさね。」

そのとたん、比干の胸から血が噴きだした。老婆は驚いてとびのく。

比干は叫び声をあげ、仰向けに馬から落ちた。そして、絶命した。

あとを追ってきた黄飛虎の部下、黄明と周紀は、心臓のない比干の死体を見て驚いた。

彼らは、ふるえている野菜売りから事情を聞いたのちに、急いで城へと引きかえした。

九間殿にいた黄飛虎や百官は、比干が死んだと聞いて、嘆きかなしんだ。

「なんということだ！　宰相の商容どのにつづいて、亜相の比干どのまでがこんな目にあうとは！」

怒りに燃えた大夫の夏招は、百官が止めるのも聞かず、鹿台へと上がっていった。

そしてひざまずきもせずに、紂王をにらみつけて立っていた。

「夏招よ。呼びもしないのに、何をしに来たのだ？」

「君主を殺すために、わざわざ来てやったのだ！」

紂王は笑った。

「臣下が君主を殺すなどという道理はどこにもないぞ。」

「昏君！　ならばおまえは、君主が罪もない臣下を殺すなどという道理もないと知っているはずだ！　おまえに聞くが、なにゆえに比干どのを殺したのだ！　比干どのは先王の弟、おまえの叔父であるぞ！」

「殺してはおらぬ。心臓をひとかけらもらっただけだ。」

「同じことだ！」

夏招はそばの壁にかかっている剣を取り、それで紂王に斬りつけた。

しかし紂王は、武術にはすぐれた才がある。さっと身をかわし、夏招の剣をよけた。

それから大声で怒鳴った。

「この狼藉者を捕らえてすぐに殺せ！」

「だまれ！　昏君がいわれもなく臣下を殺すのであれば、わたしが昏君を殺すのも理にかなったこと！　死ぬのにおまえの手など借りぬわ！」

夏招は鹿台の上より飛びおりた。体は地面にたたきつけられ、骨も肉もばらばらにくだけちった。夏招は死んだ。

百官たちは、比干と夏招の死を悼んだ。

彼らは二人の遺体を柩におさめた。そして北門で弔いを行った。

五

その翌日、太師の聞仲が、長年の北海遠征から戻ってきた。十二年ぶりの帰国であった。

聞仲は、商容とともに、商朝三代にわたって仕えてきた大元老である。今や、髪の毛だけでなく、眉毛もひげも白くなった。しかし、いまだ力も精神も衰えていなかった。

聞仲は〈黒麒麟〉という竜馬にまたがり、遠征軍の兵士たちよりひと足さきに北門へとやってきた。

北門には、二つの棺桶が置かれていた。棺桶の前には線香が立てられ、それがゆらゆらと煙をあげている。

聞仲は棺桶に、〈比干〉と〈夏招〉という名札がついていることに気がついた。

「比干どのと夏招どのが亡くなったのか。十二年もたったのだから、そういうこともあるかもしれん。惜しい人たちを亡くしたものだ。」

聞仲は城門をくぐり、街の通りを進んだ。

午門では、文武百官たちが聞仲を出むかえた。

「ご無事のご帰還、なによりです。聞太師。」

聞仲〈ぶんちゅう〉
商朝3代に仕えてきた太師

黒麒麟〈こくきりん〉
空を飛ぶ竜馬

黄飛虎が聞仲の前に出て拝礼した。

「久しぶりだな、黄将軍。しかし、ふしぎなものだな。」

聞仲は向こうに見える、みごとな鹿台の建物を指さした。そして笑った。

「北海遠征十二年。知らぬ間に城内はこれほどまでに変わるものか。」

「ええ。いろいろと変わりました。」

聞仲の眉がぴくりと動く。

「黄将軍、それはどういう意味だ。」

「話せばきりがないでしょう。それよりも太師。遠征先の北海で、朝政荒廃のうわさを耳にはなさいませんでしたか?」

「黄将軍。いったい、何を言っておるのだ? そういえば、商宰相はどうしたのだ?」

「天子を諫めたため、亡くなられました。これも話せば長くなりましょう。とりあえず、聞太師、九間殿へとまいりましょう。」

聞仲は納得がいかないまま、黄飛虎たちについて九間殿へと向かった。

九間殿のそばまでやってきたときに、聞仲は巨大な柱が立っているのを目にした。

「黄将軍、あの柱はなんだ?」

「皇后の蘇妲己が進言してつくらせたもので、〈炮烙〉といいます。天子を諫めた者に対する刑具です。」

「皇后の蘇妲己？　皇后は東伯侯の娘の姜氏ではないか。」

「姜皇后はお亡くなりになられました。東伯侯もです。」

聞仲は立ちどまった。

「黄将軍。さきほどから、いったい、何を言っておるのだ？　それに皆の表情にも、どことなく陰りがある。教えてくれ、黄将軍。なにかとんでもないことが、この朝歌で起こったのだな？」

「そのとんでもないことが、あまりにも多すぎるのです。」

黄飛虎は、昨日死んだ比干と夏招の話をした。

「ばかな……。」

聞仲はそれを聞いて激怒し、そばにいた兵士たちに大声で命じた。

「すぐに鐘鼓を鳴らして、天子を九間殿へ呼びだすのだ！　遠慮はいらん。思いきり打ちならせ！」

文武百官はそれを聞いて、喜んだ。（やはり聞太師は頼りになる。）とだれもが思った。

紂王はこの日も、寿仙宮で妲己、喜媚と酒を飲んでいた。

比干の心臓でつくった汁を飲んでからというもの、妲己はすぐに回復していった。もっとも、病に冒されたというのもすべて演技であったのだが。

妹の喜媚は紂王に気にいられたため、妲己の病が癒えたあとも後宮で暮らすことになった。だがそのことは、おおやけには知らされていなかった。

鐘鼓の音が響く。それから奉御官がやってきた。

「陛下、ご登殿をねがいます。」

紂王は不愉快な表情で、九間殿へと向かった。

九間殿では、聞仲が平伏して待っていた。

「お久しぶりでございます、陛下。」

「あ、ああ。まことにのう。」

紂王は聞仲が苦手であった。

聞仲は、紂王の幼いころの武術の師であり、礼儀作法の師でもあった。悪さをすれば、聞仲に尻をたたかれた。

その思い出もあり、また聞仲の強さをいやというほど知ってもいるので、紂王は、聞仲に対しては遠慮があった。

「ところで陛下。臣は各地で諸侯が反乱を起こしていると聞きました。その原因に、なにか心当たりはありませぬか?」

「べつに、これといったことは……。ただ、東伯侯・姜桓楚と南伯侯・鄂崇禹を大逆罪で処刑した。諸侯たちはそれを勘ちがいして、根にもっているのだ。」

「姜桓楚や鄂崇禹が大逆罪を犯したと、証明できる者がおりますか？」

紂王は言葉につまった。

「陛下は仁政を行われず、鹿台などをつくって万民を苦しめ、各地では諸侯が離反しております。この聞仲が戻ってきたからには、治国の上策を練り、それを陛下にお授けしたいと思います。いずれまた、ここで上奏いたしましょう。」

「う、うむ。そうだな。」

聞仲が下がると、紂王はさっさと寿仙宮へと戻っていった。

一方、聞仲は百官を引きつれ、自分の屋敷へと戻った。そして皆の前で言った。

「これより、上奏文をつくる。不満に思っていることがあれば、遠慮なく、わたしに言うがよい。」

すると、大夫の孫容が立ちあがった。

「不満は皆がもっております。多すぎて言いつくせないのが現状です。ここは黄将軍がわれわれの代表ですから、大要を黄将軍から述べていただきたいと存じます。」

指名をうけた黄飛虎が前に出て、聞仲に話しはじめた。妲己のこと、忠臣をしりぞけ奸臣を近づけていること、姜皇后を殺したこと、その息子たちをも殺そうとしたこと、炮烙をつくったこと、蠆盆をつくったこと、鹿台をつくったこと……などなど。

聞仲は話を聞きながら、しだいに、顔が怒りに染まっていった。彼は大声で叫んだ。

「なんということだ！　そのような非常識なことが、この朝歌で平然とおこなわれていたのか！」

百官は、聞太師に、なんとか紂王を諌めてくれるよう頼んだ。

「わかった。任せておけ。国事の過ちは、臣下であるこの聞仲の過ちでもある。わたしはこれより三日間、この屋敷にこもり、上奏文をつくる。三日後に九間殿で上奏する。」

翌日、聞仲は家将に、屋敷に訪問客を入れぬように命じた。

それから書斎に閉じこもり、昨夜の黄飛虎の話をまとめあげ、上奏文をしあげていた。

ただ、上奏文は、あまり長くすると紂王が読まなくなるおそれがあるので、要点だけをおさえて書くように努めた。

そして三日後、完成した上奏文をもって、聞仲は九間殿へと入った。文武百官も大急ぎで九間殿に集まった。

紂王が鐘鼓で呼びだされる。

聞仲は上奏文を提出した。

「陛下。治国の書が完成いたしましたゆえ、どうぞおおさめください。」

上奏文には、十条の治国の策が書かれていた。

一、鹿台をとりこわすこと。
二、炮烙をとりこわすこと。
三、蠆盆を埋めること。
四、亡くなった忠臣を弔うこと。
五、妲己を追放すること。
六、費仲と尤渾を斬ること。
七、飢民に施しをすること。
八、東伯侯、南伯侯と和を結ぶこと。
九、在野の優れた人材を登用すること。
十、諫言に耳をかたむけること。

紂王は何度も読みかえし、悩んでいた。

「さあ、陛下。ご決断ください。」

「う、うむ……。」

紂王は動かなかった。

聞仲は立ちあがり、紂王の机の上の硯で墨をすった。さらに筆に墨を含ませ、その筆を紂王にさしだした。

「さあ、陛下。これらを実行するよう、今すぐ署名をなさるのです。さあ！」

紂王は言葉をにごした。

「な、七件までは聞こう。だが三件、鹿台のとりこわし、妲己の追放、費仲と尤渾を斬ることだけは、かんべんしてもらえぬか？」

「なりませぬ。さあ、陛下。はやくご決断を！」

聞仲は厳しく迫った。

紂王はおどおどしていた。そこへ、費仲が歩みでた。

「だれだ、おまえは？」

聞仲は費仲の顔を知らなかった。

費仲は、聞仲に一礼した。

「わたしが中諫大夫の費仲にございます。おそれながら聞太師。あなたは太師という最高位の臣下であるにもかかわらず、筆をもって陛下をおどすとは、いささか非礼がすぎませぬか。」

聞仲はそれを聞いて激怒した。

彼はこぶしを振りあげ、費仲を殴りとばした。費仲は床を何丈も転がり、仰向けにひっくりかえった。

するとこんどは、尤渾が前に出た。

「聞太師。殿中で臣下を殴るとは、天子を殴るも同じことですぞ！」

「わたしの見るところ、おまえが尤渾のようだな。」

聞仲の、平手打ちの一撃で、尤渾の太った体が宙を舞った。

尤渾は、そばの柱に背中をたたきつけられ、気をうしなった。

「二賊を捕らえろ！　そして午門で斬るのだ！」

兵士たちは、聞仲の言葉が終わる間もなく、費仲と尤渾を必要以上にきつく縛りあげていた。臣下たちは、心の中で、聞仲に拍手を送っていた。

「ま、待ってくれ、聞仲。」

紂王はあわてふためいた。

「聞いてくれ。二人には、なにか罪を犯したという証拠はないのだ。それらを立証せずに、いきなり斬るのは少し乱暴すぎるであろう。とにかく、七件についてはいますぐに聞く。残りの三件はしばらく待ってくれ。」

聞仲はしばらく考えた。

「……わかりもうした。ただし、かならず決断していただきますぞ。」

この日の朝議はこれで解散になった。費仲と尤渾はけがの治療のため、しばらくは動けなかった。

聞仲の帰国により、朝歌は、そして商朝はよくなっていくと、だれもが思っていた。しかしそのやさき、東海でまた諸侯の反乱が起こったとの知らせが、朝歌に飛びこんできた。聞仲と黄飛虎、どちらかが東海へ遠征に出かけなければならなくなった。

二人は聞仲の屋敷で相談をした。

「わたしが思うに、黄将軍は朝歌にとどまってもらいたい。費仲、尤渾の二賊を喚問するのであれば、おぬしのほうがやり方を知っているはずだ。それに東海での戦は、わたしのほうが場数を踏んでいる。また、東海の平霊王が相手ならば、話し合いで解決する手もある。三か月ぐらいで帰ってくる。わたしのいない間は、黄将軍しか頼りになる者はおらぬ。留守は任せましたぞ。」

翌日、朝歌の東門で、紂王と臣下たちは、聞仲の見送りをした。

紂王は聞仲に、酒の入った杯を渡した。紂王は内心、聞仲が遠征に出ることになってよかったと喜んでいた。

だが、それを見てとった聞仲は、言った。

「陛下。くれぐれも、わたしの残した上奏文の内容を守られるようにしてください。君主の道を行われるのですぞ。」

「わ、わかった。わかったから、早く征くがよい。」

「それでは、出陣いたします。」

聞仲は杯を高くかかげたのちに、一気に飲みほした。

一発の砲声が鳴る。

聞仲は杯を紂王に返した。そして、黒麒麟にまたがった。

「陛下、行ってまいります。わたしの言葉をくれぐれもお忘れなく。」

聞仲は五万の兵を引きつれ、東海へと発っていった。

十一 崇侯虎(すうこうこ)

一

聞仲(ぶんちゅう)は朝歌(ちょうか)を去った。

紂王(ちゅうおう)は安心し、これまでどおりの生活をはじめた。

まず紂王は、司法官(しほうかん)に尋問(じんもん)をうけていた費仲(ひちゅう)と尤渾(ゆうこん)を釈放(しゃくほう)するよう、勅令(ちょくれい)を出した。

釈放された費仲と尤渾は、さっそく北伯侯(ほくはくこう)の崇侯虎(すうこうこ)と共謀(きょうぼう)し、自分たちにつごうの悪い大臣(だいじん)たちの一掃(いっそう)をはじめた。朝廷内(ちょうていない)には、以前の不穏(ふおん)な空気が戻(もど)ってきた。

また、崇侯虎の指揮(しき)した鹿台(ろくだい)の建設(けんせつ)によって、民(たみ)の生活はますます貧(まず)しく、苦しいものになっていた。税(ぜい)を搾(しぼ)るだけ搾られたうえに、一家の働(はたら)き手も鹿台の建設へと引きだされる。そして戻ってきた者はほとんどいない。

鹿台建設のための苦役(くえき)と、ここ何年かつづいている旱魃(かんばつ)の被害(ひがい)で、朝歌周辺(ちょうかしゅうへん)の農村(のうそん)では、

餓死する者があとを絶たなかった。

ところかわって西岐では、崇侯虎の悪評を耳にした姜子牙が、ぼそりとつぶやいた。

「時は来た。西岐は動かねばならない。」

翌日の朝議において、姜子牙は文王に上奏した。

「朝歌では、天子の身辺には奸臣が侍り、民を苦しめております。今こそ西岐は動き、民を苦難からときはなち、世を文王陛下の徳でうるおわさねばなりませぬ。これより臣、姜子牙は、鹿台建設によって私欲をむさぼり、民を貧窮の底へと追いやった北伯侯・崇侯虎を討とうと存じます。陛下、出陣の命を出してくだされ。」

「うむ……。」

文王はいやな顔をした。聖人として名高い彼は、血を流して殺しあう戦を好まなかった。

「丞相よ。たしかに丞相の言うことには道理がある。しかし、崇侯虎はわたしと同じ爵位である。天子の許可なしに、わたしが勝手に征討することはできぬ。」

「陛下。天子は陛下を〈文王〉として封じられました。これは奸臣を除き、天下を平和に保て、とのことにございます。崇侯虎は国の大きなわずらいでございます。これを放置していることこそ、天子に背くことではありませぬか。」

「しかし……。」

「民を救い、悪をとりのぞく。それによって天子が心をあらため、いにしえの堯舜（五帝のうちの二人、堯王と舜王）のような徳のある君主になるのであれば、陛下の功労は未来永劫、不朽のものとして語りつがれるでしょう。」

文王は困った。助け船を求めようとして、上大夫の散宜生のほうを見た。しかし散宜生は、意外にも姜子牙の意見に賛同した。

「陛下、丞相の言われたとおりです。たしかにこれまでは、内政を重視せねばなりませんでした。しかし、動かねばならぬ時期にきたのでございます。わたくしも、遅かれ早かれ、動かねばならぬと思っていました。どうか丞相に出陣の命令を。」

「うむ……。」

文王は、大将軍の南宮適には聞くまでもないと思った。

「……わかった。」

文王はしかたなく、姜子牙に出陣の許可を出した。ただし文王は、「軍の監督は自分がやる」との条件をつけた。

姜子牙は、さっそく十万の軍を編制した。先鋒軍は南宮適に指揮をさせ、その副将を辛甲とした。

そして吉日を選び、西岐の軍は崇侯虎の城へと向けて出陣した。ついに西岐が動きだしたのだった。

二

崇城の主である崇侯虎は、まだ朝歌から戻ってきていなかった。そのため、代理の城主を彼の息子である崇応彪がつとめていた。

西岐軍が崇城へと向かっているとの情報は、すぐさま崇応彪のもとへと入ってきた。

崇応彪は大笑いした。

「あの聖人の姫昌と老いぼれの姜子牙が攻めてきただと？　西岐の軍は、長年平和のぬるま湯につかっている。実戦経験など皆無にひとしい者どもばかりではないか。それに比べ、われわれの軍は百戦錬磨の精鋭ぞろいだ。まったく、身のほどをわきまえないやつらだ。」

崇応彪はさっそく、西岐軍を迎えうつ準備をはじめた。

やがて西岐軍が、崇城の前へとやってきた。

西岐先鋒軍の大将、南宮適が城門の前へと進む。そして、右手にもった大刀で城をさし、大声で叫んだ。

「悪漢、崇侯虎！　すみやかに城から出てきて、われわれの刃をうけるがよい！」

崇応彪は城壁の上で腕組みをしてそれを見おろし、冷笑した。

「ふん。あれが西岐軍の大将軍か。名を挙げたい者は、戦いに挑んでもよいぞ。」

すると、黄元済という武将が歩みでた。

「それでは、まず、このわたくしが出陣させていただきます。」

「黄元済か。よし、行ってこい。」

黄元済はさっそく兵をひきいて、城門を飛びだした。そして斧を振りあげて叫ぶ。

「南宮適！　この黄元済、その首をもらいうける！」

「だまれ、匹夫が！　返り討ちにしてくれるわ！」

馬のいななきとともに両雄はぶつかりあう。そして三十合ほど打ち合いがつづく。

しかし南宮適は、西岐一の名将。もとより、黄元済など相手にはならない。黄元済はしだいにおされていく。

「くっ。分が悪い。」

形勢不利とみた黄元済は、馬を返して逃げだす。

「待て！　敵に背を向けるとは、それでも武人か！」

南宮適はすぐにあとを追い、大刀を大きく振りあげ、黄元済の背中めがけて斬りつける。

黄元済は悲鳴をあげ、馬から落ちて死んだ。

南宮適は大刀を高くかかげる。

「黄元済、討ちとったり！　ほかに相手はおらぬか！　おらぬのなら、こちらから行くぞ！」

指揮官をうしなった黄元済の軍は、あわてて城へ向けて逃げだした。

「逃がすな！　追え！」

南宮適の軍は、容赦なく背後からおそいかかる。斬りころされる崇軍の兵士は、あとを絶たなかった。

この日、崇軍はさんざんにやられた。城内で崇応彪は、岩でもくだきそうなほどの勢いで、右こぶしで机をドンとたたきつけた。まわりの武官たちは、びくっとして直立する。

「西岐軍ごときが、図にのりおって！　明日は、わたしみずからが兵をひきいて戦う！　一兵たりとも生かしてはかえさぬ！」

一方、西岐の陣営の文王は、南宮適の行動をこころよく思っていなかった。彼は軍の者たちに、釘を刺すように言った。

「必要以上に殺してはならぬ。敵が逃げるのであれば、そのまま逃がしてやれ。無用な殺生はならぬぞ。」

翌日の朝早くに、崇応彪は軍をひきいて、城門を出た。西岐軍はすでに、陣をかまえて待っている。

崇応彪は前に出て叫んだ。

「わたしは北伯侯・崇侯虎の長男、崇応彪だ！　姫昌と姜子牙に話がある！　出てこい！」

文王と姜子牙も陣の前へと進みでた。姜子牙は崇応彪を指さし、城内の民の耳にも届くほどの声で一喝した。

「賊徒、崇応彪！　おまえたち父子の犯した罪は万死にあたいする。今日、ここに文王が法を照らしにきた。早々に降伏するがよい！」

「だまれ！　わが父は天子の信頼を一身にうけておる。逆賊はきさまらのほうだ。」

崇応彪の言葉が終わらないうちに、崇軍の大将、陳継貞が文王に打ちかかった。

「文王に手を出すことは許さん！」

西岐軍からは副将の辛甲が飛びだす。彼は大斧を振りあげ、陳継貞の槍をうけとめた。

がんっと金属のぶつかる音が響く。

「この辛甲が相手だ！　この首をとってみよ！」

「こしゃくな！」

二人は二十合あまり、打ちあった。しかし勝負はつかない。

「ちっ。西岐の武将ごときに手こずりおって。」

崇応彪は、陳継貞では力不足だとみた。そしてすぐさま、金成、梅徳の二将に出るよう命じた。

姜子牙はそれを見て、叫ぶ。

「いかん！　南宮適、毛公遂、周公旦、召公奭、呂公望、辛免、出よ！」

西岐軍から六人の武将が飛びだした。

それを見て、こんどは崇応彪が叫ぶ。

「めんどうだ！　全軍、打ちかかれ！」

崇応彪の軍の兵士が動きだす。西岐軍の兵も前進した。激しい混戦が起こる。いたるところで、鼓膜が破れるほどの激しい音をたてて武器がぶつかりあい、血が水しぶきのように宙に散る。

「な、なんということだ……。」

崇応彪〈すうおうひゅう〉
北伯侯・崇侯虎の息子

南宮適〈なんきゅうてき〉
周の猛将

大斧〈おおおの〉

文王はこのおそろしい光景を目のあたりにし、すぐさま戦いをやめるよう命令した。しかしその声もむなしく、戦はとどまるところをしらない。

その混戦の中、二つの声があがる。

「呂公望。梅徳を討ちとったり！」

「辛免。金成を討ちとったり！」

崇応彪は、あっという間に二将が殺されたのを知って驚いた。

「退却だ！　退却だ！」

崇応彪の軍はどっと城に逃げこんだ。文王の命令により、西岐軍はあとを追わなかった。

城に戻った崇応彪は、しばらく城にたてこもることにした。彼には不可解であった。戦いを知らぬ羊たちが、牙をもつ狼を打ち負かすというばかな話があるだろうか。

「くっ！　なぜ西岐の軍がこれほどまで強い？　いったい、どういうことなのだ？」

一方、西岐軍の陣営では、作戦会議が開かれていた。

姜子牙は文王に説明した。

「敵将の崇応彪はまだ若いため、用兵の術が未熟でございました。西岐軍の武将も用兵に関しては経験不足ではありますが、武術の訓練をおこたりませんでしたので、武将同士の戦いであればひけはとりませぬ。崇侯虎はまだ朝歌から戻ってきておりません。明日は城を攻めましょう。」

文王はしばらくだまりこんだ。

「……丞相よ。わたしは民を救うために進軍したのだ。城攻めなどすれば、民が戦火にさらされる。それでは、わたしも崇侯虎と同じように、民を苦しめることになるではないか。」

「ご安心を。あまり被害が出ぬようにします。」

「いや、城攻めだけはしばらく考えさせてくれ。それよりも、やつらに降伏するよう勧告してはくれまいか。血はできるだけ流したくない。」

姜子牙は、どうしたものかと考えた。

無血入城は望むところである。しかし、相手は北伯侯。そう簡単に降伏はしないだろう。

「軍師どの。わたくしによい考えがございます。」

散宜生は歩みでて言った。

「崇侯虎には崇黒虎という弟がおります。彼は曹州の守りにあたっており、兄とはちがい、仁徳の士でございます。わたくしが思うに、彼に崇応彪の降伏を勧めさせればよいかと存じます。」

すると、文王は散宜生にたずねた。

「散宜生よ。それはよい考えだが、だれが崇黒虎を説得するのだ？」

「以前、わたくしは冀州の蘇護どのに陛下の手紙を届け、帰りに崇侯虎の陣営によったおり、崇黒虎と会いました。わたくしが曹州へまいり、彼を説得しましょう。」

「わかった。頼んだぞ、散宜生。」

文王は崇黒虎あてに書簡をしたため、それを散宜生にもたせた。

「それでは、行ってまいります。」

散宜生は馬に乗り、曹州へと駆けていった。

三

曹州にたどりついた散宜生は、さっそく崇黒虎の屋敷へと向かった。

屋敷では、崇黒虎が満面の笑顔で散宜生を迎えてくれた。あいかわらずの、墨を塗ったような真っ黒な顔であった。

屋敷の中で、散宜生は崇黒虎に文王の親書を渡した。

「ふむ……。」

崇黒虎は、手紙を何度か読みかえした。

(兄の崇侯虎を裏切れというのか。だが、このまま兄上の横暴を許すわけにもいかない。天下の民は兄上に重い税をとられ、苦役につかされ、苦しめられている。このまま兄上をほうっておけば、わたしは死んだのちに崇氏一族の祖先たちに顔向けができない。）

崇黒虎は手紙を見ながら、ぶつぶつと一人でつぶやき、一人でうなずいていた。散宜生はそれを見て、話しかけるのもためらわれ、だまっていた。

しばらくして、崇黒虎は顔を上げた。

「わかりもうした、散宜生どの。返書はいたしませんが、かならずや崇侯虎親子を捕らえてみせましょう。散宜生どのは、さきに戻っていてくだされ。わたしはあとで、軍をひきいてそちらに向かいまする。文王と姜丞相にもよろしくつたえてくだされ。」

散宜生は礼を言い、陣営へと引きかえした。

それから三日後、崇黒虎は、息子の崇応鸞に留守をまかせると、黒い獅子〈火眼金睛獣〉にまたがり、三千の騎馬隊をひきいて、崇城へと向かった。

崇応彪は、叔父である崇黒虎が軍をひきいてやってきたと聞いて喜んだ。彼はさっそく城門を開いて、崇黒虎を出むかえた。

「よく来てくださいました、叔父上。」

「崇応彪か。聞くところによれば、姫昌の軍がこの城を攻めてきたそうではないか。合力がいるのではないかと思って来たのだが、じっさいのところはどうなのだ？」

「多少、苦戦しております。でも叔父上が来てくだされば、もう安心でしょう。」

「そうか。明日は、わたしが西岐軍と一戦まじえよう。それでやつらの力がどれほどのものかを見てみよう。」

崇黒虎と崇応彪は翌日になると軍をひきいて、西岐軍の陣営の前にあらわれた。

崇黒虎は崇軍の前に出て叫んだ。

「姫昌！　反逆の罪を犯したうえに、北伯侯の城を攻撃するとはどういう了見だ！」

陣営から出てきた南宮适が叫びかえした。

「だまれ！　なんじの兄、崇侯虎は天下の悪漢、民の敵だ。文王は賊徒を討つために、この地へと来られたのだ。早々に降伏せよ！」

「こざかしい！」

崇黒虎は二本の斧を振りあげ、南宮适に向かって突進していった。

南宮适も大刀を振りあげ、打ちかかる。二人は二十合あまり打ちあった。

崇黒虎は戦いながら、低い声で言った。

「南宮适どの。これより、わたしはしばらく出陣いたしませぬ。崇侯虎はかならず捕らえますゆえ、陣営で待っていてくだされ。」

南宮适も低い声で答える。

「わかりもうした、崇黒虎どの。文王と姜軍師にそうつたえます。それでは。」

南宮适は馬を返し、負けたふりをして陣営へと引きかえしていった。

「よし！　敵がひるんだぞ！」

崇応彪は追撃命令を出そうとした。崇黒虎は止める。

「今日は脅すぐらいでじゅうぶんだ。いったん、城へと戻って作戦を練ろう。」

「し、しかし……。」

「戦の基本は、兵の消耗を最小限にくいとめることだ。逃げたのは敵の策かもしれぬ。今むりに攻めて兵を失うのは、あまりにもおろか。この戦はじっくりと戦うべきであろう。」

「わ、わかりました。叔父上の言うとおりにいたしましょう。」

崇応彪は崇黒虎の言葉にあらがえず、城へと引きかえした。

城内で、崇応彪はさっそく崇黒虎と作戦を練った。

「崇応彪よ。これは崇城の危機だ。おまえの父である崇侯虎を呼びもどさねばなるまい。おまえは天子への上奏書をつくれ。わたしはおまえの父への書簡をつくる。」

崇応彪はうなずいた。

その晩、二人はそれぞれに書をしたため、朝歌へと届けさせた。

朝歌で崇侯虎は、崇黒虎からの書簡をうけとった。彼は読みながら怒った。

「姫昌の老賊め！　言いたい放題にわたしをののしりおって！　かならず殺してくれようぞ！」

崇侯虎は紂王のもとへと出むき、帰国を申しでた。

「陛下。もっか、逆賊の姫昌が兵をひきい、崇城へと攻めてきております。どうか帰国を許してください。」

紂王のもとには崇応彪からの書状が届いていたため、紂王は事のいきさつをすでに知っていた。

「崇侯虎よ。すぐに帰国するがよい。そして逆臣の姫昌を討つがよい。」

「はっ。ありがとうございます。」

崇侯虎は拝礼をした。

それから崇侯虎は三千の兵をひきい、朝歌をあとにした。

一方、崇城では、崇黒虎が、部下の一人に計略を授けていた。

「崇侯虎が城へ戻ってきたら、おまえは二十名の兵を引きつれ、城門の中に隠れろ。わたしの腰の剣を抜く音が聞こえたら、すぐに飛びかかって、崇侯虎を捕まえるのだ。」

それから、もう一人の部下にも命じた。

「わたしが城を出て崇侯虎を迎えている間に、おまえは崇侯虎の家族を捕らえろ。ただし、手荒にはあつかうな。目的はあくまで、崇侯虎と崇応彪だ。わかったな。」

やがて、崇侯虎が三千の兵とともに、崇城に到着した。

崇黒虎と崇応彪は、城を出て崇侯虎を迎えた。

「お久しぶりです、兄上。」

崇侯虎は崇黒虎の姿を見ると、すぐに馬から飛びおりた。そして笑顔で言った。

「よく来てくれたな。」

「西岐の来襲と聞いて、すぐに駆けつけてまいりました。兄上が戻られてなによりです。」

「そうか。それはありがたい。久しぶりに会ったのだ。まずは城で酒でも飲もう。」

「そうですな。じつをいえば、もう宴の用意はできているのです。さあ、まいりましょう。」

崇黒虎〈すうこくこ〉
北伯侯・崇侯虎の弟
勇猛で知られる

崇侯虎〈すうこうこ〉
四大諸侯の一人、北伯侯

崇侯虎、崇黒虎、崇応彪の三人は、馬を並べて城門をくぐった。

「ところで兄上。裁きの剣というものを知っておられますかな。」

「さあ、わからぬが。」

「これでございます。」

崇黒虎は、シャッと剣を抜いた。

そのとたん、左右から、伏せていた崇黒虎の部下たちが飛びかかった。崇侯虎父子はあっという間に、縄でぐるぐる巻きにされた。

捕らえられた崇侯虎は、崇黒虎に怒鳴った。

「崇黒虎よ！　これはなんの真似だ！」

崇黒虎は落ちついた声で答えた。

「兄上。兄上は高位の臣下でありながら、仁徳を修めず、天子を惑わし、民を苦しめておられる。崇氏の名が汚されるのをおそれ、わたしはこれより兄上を西岐の陣営へとおつれする。これは天下の民が皆、望んでいることなのです。」

崇黒虎は二人を引きつれ、西岐軍の陣営へと入っていった。

西岐軍の陣営には、崇侯虎の妻と娘がいた。彼女たちは、縄で縛られた崇侯虎たちを見て、声をあげて泣いた。

一方、崇黒虎は姜子牙と会った。

「ご苦労であった、崇黒虎どの。むだな血を流さずに、城を落とすことができた。これで民は崇黒虎どのの徳に感謝するであろう。しかし、すまぬ頼みではあったな。兄をおとしいれるようなことをさせてしまった――。」

「たしかに、兄を捕まえたことは、とても心が痛みます。しかし、たとえ兄弟の情に背いたとしても、天下の義に背くわけにはいきませぬ。」

「そうか。まことにすまないことをさせた。それでは、こちらへ。文王がお会いになりたいそうだ。」

姜子牙は崇黒虎をつれ、幕舎（テント）の内へと入った。

文王はこれまで、崇黒虎の姿を見たことがなかった。そのため、彼が真っ黒な顔をしているのに驚いた。

「そなたが崇黒虎か？」

「はい。さようでございます。」

文王は、どうも不愉快であった。説得するならまだしも、実の兄をおとしいれるなどということは、あまりにも道に外れたことのように思えた。

姜子牙は、その文王の考えをすでに読みとっていた。

「陛下。崇侯虎は無慈悲な人です。それに対し、崇黒虎は大義の士、忠義の臣でございます。天下の民は崇侯虎に苦しめられ、崇侯虎を憎んでおります。だれもが崇侯虎の悪名を知っております。」

それから崇黒虎をさして言った。

「しかし、これからは崇侯虎の悪名とともに、崇黒虎の賢名も天下に聞こえることでしょう。彼は苦しんでいる天下の民のために、あえて兄を捕らえたのです。察してやってくだされ。」

文王はだまってうなずいた。

「それでは崇侯虎をここに呼びましょう。」

姜子牙は兵士に、崇侯虎たちをつれてくるよう命じた。

やがて、崇侯虎、崇応彪が、兵士につれられてきた。

姜子牙は、崇侯虎に向かって一喝した。

「崇侯虎！　悪の限りを尽くして、民を苦しめてきた罪は重いぞ！」

崇侯虎はうなだれ、ひとことも言葉を返さなかった。

姜子牙は、二人の首を斬るよう命じた。

兵士たちは崇侯虎、崇応彪を引きだし、幕舎の外で二人の首を落とした。そして、その首を盆にのせ、文王と姜子牙の前にさしだした。文王は驚き、すぐに袖で顔を隠した。

「早く外へはこびだし、丁重に埋葬してやれ。」

兵士たちは一礼して出ていった。

崇黒虎は、姜子牙にたずねた。

「姜子牙どの。崇侯虎の妻や娘はどうなさるおつもりですか？」

「悪いのは崇侯虎、崇応彪だけであって、妻と娘に罪はない。崇黒虎どの、彼女たちの今後の世話をおねがいする。それから、曹州で留守をあずかっているそなたの息子に将と兵とを少し貸しあたえておくので、そなたはこの崇城を治めてもらいたい。そなたの仁政で、崇侯虎に苦しめられてきた民を救ってやってほしい。」

「わかりました。きっと期待にこたえてみせましょう。」

それから崇黒虎は、文王の前にひざまずいた。

「文王。どうか崇城に入られて、民の戸籍と城の財産とをお調べください。」

文王はそれを固辞した。

「城はすでに賢侯の預かるものとなった。わたしのような外部の者が、いったい何を調べられようか。姫昌はこれより西岐に戻る。あとはよろしく頼んだ、崇黒虎どの。」

崇侯虎亡きあとの崇城をうけついだ崇黒虎は、さっそく民の救済にあたった。

曹州の城内にあまっている米を崇城へと移送し、それを貧しい者たちに配った。また税を減らし、法を制定するなど、さまざまな改革を行った。崇城周辺は、日に日に活気が出てきた。

一方、文王の軍は、崇黒虎に崇城を任せたのち、西岐へ引きあげたのだった。

四

西岐に戻ってから、文王は体調をくずした。

文王は、崇侯虎を殺したために、その呪いをうけたのではないかと思っていた。

病は日に日に重くなる。ついには寝台にふせったまま、立つこともできなくなった。

ある日、自分の死を予感した文王は、次男の姫発と姜子牙とを、寝台のそばに呼んだ。

文王は目に涙をためながら、姜子牙に言った。

「崇侯虎を殺してからというもの、毎晩、やつの泣き声が聞こえるのだ。『首を返せ、首を返せ。』とな。死者の声が聞こえる以上、わたしはもう、半分あの世へ逝っているも同然だ。もう長くはない……。」

「陛下。陛下はお心がやさしすぎるので、そのような幻聴が聞こえるのです。気になさらないことです。崇侯虎を討ったことで、天下の民は陛下の徳をありがたく思っております。」

「いや。わたしのことはわたしがいちばんよく知っている。」

姜子牙は首を垂れる。姫発は床に伏し、泣いていた。

文王は静かな声で言った。

「丞相よ。死ぬ前に頼みがあるのだ。」

「なんなりと。」

「わたしの亡きあとは、姫発が跡を継ぐことになる。どうか、姫発を頼むぞ。」

「わかりました、陛下。姫発どのの力になることを、お約束いたします。」

「頼んだぞ。姫発も、丞相を父とも思い、言われることをしっかり聞いて、西岐をよりよい国にしていくのだ。」

姫昌〈きしょう〉
四大諸侯の一人、西伯侯
周の文王

姜子牙〈きょうしが〉
封神榜をもつ道人
周の丞相

「はい、父上。」

姫発は泣きながら返事をした。

「それでは姫発よ、丞相を拝するがよい。」

姫発は地面にひざまずき、姜子牙に平伏した。

「それでよい、姫発。それでよい。」

文王は静かに笑った。そして、息を引きとった。

このとき、文王は九十七歳。紂王二十年の、冬のことであった。

文王の死後、姫発は即位した。そして〈武王〉と名のった。

武王は、姜子牙の助けをうけながら、文王の跡を継いで西岐を治めることになった。


〈上巻・妖姫乱国の巻・おわり〉

訳者あとがき

渡辺仙州

『封神演義』上巻、いかがでしたか？

『封神演義』の前身は、中国の宋の時代から元の時代の間（十世紀半ば～十四世紀半ば。平安中期から鎌倉・室町時代）に流行していた『武王伐紂書』という講談といわれています。昔は今のように映画などの娯楽がなかったため、「評書芸人」とよばれる講談師たちが活躍していました。

『封神演義』は、明代後半（十六世紀半ば～十七世紀半ば。安土桃山前期～江戸前期）に入ってようやく、長編小説の形になりました。作者は許仲琳とも陸西星ともいわれていますが、この二人のいずれかが書いたとされる『封神演義』は、今のところ、その存在は確認されていません。現在、存在するものでもっとも古いのは、明代の李雲翔の修訂版『封神演義』（別題・武王伐紂外史）といわれています。しかし、この改訂版の中では、原作者がだれなのかについては触れていません。

許仲琳、陸西星の二名のどちらかが原作者といわれているのには、いろいろな説があります。たとえば魯迅の作品『中国小説史略』では、許仲琳が編集したものと書かれています。また劉大杰の『中国文学発達史』の中では、「許仲琳の編集したものだが、一説では陸西星が編集したともされている」とあります。現在中国では、許仲琳が書いたとされる説が強いようです。

封神の物語は何度も編集がくりかえされました。そして民間にほぼ定説となったものが残されており、それが人びとに愛され、劇や講談となって、現在まで語り継がれ上演されています。

本作品の『封神演義』は、登場人物の性格や口調、物語の流れなど、中国の民間で一般的に知られているものをもとにしました。

◆時代背景について

物語の時代背景は、中国の商王朝末期です。日本ではこの商王朝のことを一般に「殷」といいます。商を滅ぼした周が、商を殷と呼んだためです。今から三千年も前のことです。

それはさておき、物語の中で、砲声があがったり、宮殿には午門などがあったり、戦争ではさまざまな種類の武器を振りまわしたりと、ほんとうに三千年前の話なのかと疑問をもたれる読者の方も多いと思います。

なぜこのような時代錯誤が起こるかといえば、原作者が明の時代の人だからです。そのため、作品は商時代末期を設定しながらも、時代風景は明代となっています。明代後半は政府が腐敗している時期でもあり、作者はそれらの風刺をこめてこの作品を書いたといわれています。

戦争で火薬がつかわれはじめたのは、今からおよそ千年前です（文永の役〈一二七四年〉で元軍が日本に攻めてきたとき、火薬をつかった新しい戦術が鎌倉の武士たちを驚かせた話は有名です）。

じっさいの周と商の戦争では、おもに弓矢や、「戈」とよばれる長い柄の先にピッケルに似た剣先をもつ武器がつかわれていました。

ちなみに、このときの戦争は「周商易姓革命」（殷周易姓革命ともいう）といいます。「易姓」、すなわち「姓が易わる」とは支配者がかわることです。また、現在でもつかわれている「革命」という言葉は、「天命を革（改）める」という意味からきています。王朝の交替は、天命がかわることとされていました。

作品の中でよく出てくる「午門」というのは、宮殿の正面門のことです。「午」は南の方角で、明代、宮殿は南が正門とされていました（余談ですが「子午線」という言葉は、「子」は北なので、「南北の線」という意味になります）。

北京にある紫禁城（現在は故宮博物院となっている）にも午門があります。紫禁城は十五世紀初め、明の永楽帝の時代に造られ、次の清の時代でもつかわれました。『封神演義』に出てくる朝歌の宮殿は、この紫禁城がモデルとなっています。紫禁城の午門の前には大きな広場があり、明・清のころは、そこで刑罰や処刑が行われていました。北京に旅行をする機会があれば、故宮博物院に立ちよって、午門前の広場の大きさを確認するのも一興かと思います。

なお、九間殿は、故宮博物院にある「太和殿」にあたります。ちなみに、太和殿は中国最大の木造建築とされており、さまざまな儀式がここで行われていました。

◆姜子牙について

物語の主人公ともいえる姜子牙は、日本では「太公望」という名で知られていますが、中国では「姜子牙」または「姜太公」が一般的な呼び名です。言いつたえでは、古代の兵法書である『六韜』を著したとされています。

しかしじっさいには、姜子牙にまつわるさまざまな話のほとんどは、後世の人びとが作りあげてきたものです。姜子牙は歴史上の伝説的登場人物であり、中国では老人の英雄像とされています。

◆哪吒について

哪吒が中国文学で最初に現れたのは、宋代の賛寧著『宋高僧伝』です。哪吒は仏教の護法神・毘沙門天王の子として登場します。のちに『封神演義』『西遊記』などにも登場しています。『水滸伝』では、百八人の梁山泊英雄の一人で、「八臂哪吒の項充」という人物が登場します。この八臂哪吒というのは「八本の手を持った哪吒」という意味で、ようするに「強い」という意味です。ちなみに、項充は手裏剣投げの名人です。

また、近代詩人の郭小川（一九一九～一九七六年）の詩「春暖花開」にも、「児童似哪吒、少年似羅成」（羅成は『説唐』に出てくる武将）という句が出てきます。これは、元気のよい勇ましい子どもたちを哪吒にたとえたものです。中国において哪吒は、姜子牙とは対照的に、少年英雄の象徴とされています。中国には哪吒のアニメや絵本、ゲームなどもあります。哪吒は『封神演義』の物語から飛びだし、現在においても活躍を続けています。

◆『封神演義』との出あい

私の父は日本人、母は台湾出身の中国人です。私は東京で生まれましたが、幼いころは台湾に住んでいたので、日本語よりも先に中国語・台湾語を覚えました。日本に戻ってきたのは幼稚園のころです。しかしそれもつかの間、小学二年生のときに父の転勤で中国へ行くことになり、中学三年生までの八年間（一九八三〜一九九一年）北京に住むことになりました。その間で日本に一時帰国したことといえば、金近という中国児童文学作家が日本に招かれ、私の母がその通訳をするのでそれについていったときと、天安門事件（一九八九年六月）で逃げかえったときだけです。

この『封神演義』という作品に出あったのは、北京で生活をはじめた小学二年生のころです。知り合いから『封神演義』の小人書（絵本のようなもの）をもらい、こんなおもしろい本があるのかと、夜も寝ずに読みました。また、テレビや映画で見たり、友人や知り合いから話を聞いたりして、この作品が『三国志』や『水滸伝』、『西遊記』と同じように、老人から子どもまで幅広い人気をもっていることを知りました。今、その封神の物語を、このように日本で紹介する機会を得たことはうれしいかぎりです。

世の中、文献だけでは把握できないことは数多くあります。とくに民間伝承や俗説などは、じっさいに現地に長く住んでいてやっとわかってくることがたくさんあります。

中国では、『封神演義』はだれでも知っているほど有名ですが、原書を読んだことのある人はほとんどいません。たいがいは劇やテレビ、ラジオ放送を通して、また子どもたちは両親や祖父母から話を聞いたりするなどで親しまれています。この物語を中国ではどう見ているのか、なぜ愛されているのか――この作品でそれらを少しでも感じとっていただけたら、訳者としては至極幸いです。

この『封神演義』は全三巻です。

中巻では、文王亡きあとの西岐（周）に、商の軍隊が攻めてきます。しかも軍をひきいているのはただの武将ではなく、道術・妖術をつかう猛者たちばかり。しかし周にも、仙界の助っ人たちが大勢加わります。さて、姜子牙は武王を補佐し、西岐を守ることができるでしょうか？

なお作品を書くにあたって、日本、中国、台湾と、大勢の方のお世話になりました。必要資料を随時送ってくれた台湾にいる祖父母、それに親戚一同、また天津に行ったときに資料を探すために何軒もの本屋を案内してくれた呉一之さん、中国の歴史や制度に詳しい塚本剛先生、すばらしい絵を描いてくださった佐竹美保画伯、そして、偕成社編集部の方に、厚くお礼を申しあげます。

一九九八年八月（このあとがきは初版時のものです）

軽装版偕成社ポッシュ

封神演義（ほうしんえんぎ） 上

妖姫乱国（ようきらんこく）の巻

2018年4月　初版第1刷

著者
許仲琳

編訳者
渡辺仙州

画家
佐竹美保

発行者
今村正樹

発行所
株式会社偕成社
http://www.kaiseisha.co.jp/
〒162-8450　東京都新宿区市谷砂土原町3-5
TEL:03-3260-3221（販売）　03-3260-3229（編集）

印刷所
中央精版印刷株式会社
小宮山印刷株式会社

製本所
中央精版印刷株式会社

NDC923　偕成社　358P.　19cm　ISBN978-4-03-750170-9 C8397

本のご注文は電話・ファックスまたはEメールでお受けしています。
TEL03-3260-3221　FAX03-3260-3222　e-mail sales@kaiseisha.co.jp
落丁本・乱丁本は、小社製作部あてにお送りください。

編訳

渡辺仙州
（わたなべ せんしゅう）

一九七五年、東京に生まれる。小中学生時代を北京ですごす。同志社大学大学院工学研究科を経て、京都大学大学院工学研究科博士後期課程満期退学。日本地下水学会会員。著書に『北京わんぱく物語』『文学少年と運命の書』『封魔鬼譚』等、編訳書に『西遊記』『白蛇伝』『三国志』『水滸伝』等。現在中国河南省在住。河南農業大学で日本語教師を勤める。

画家

佐竹美保
（さたけ みほ）

一九七五年、富山県に生まれる。デザイン科を卒業後、上京。SFファンタジーの分野で多数の作品を手がける。おもな仕事に『九年目の魔法』『宝島』『タイムマシン』『幽霊の恋人たち』『モロー博士の島』『千の風になって』『不思議を売る男』『魔法使いハウルと火の悪魔』『西遊記』『三国志』『水滸伝』『虚空の旅人』『蒼路の旅人』『封魔鬼譚』など多数。

本書は、『封神演義・上・妖姫乱国の巻』（1998年偕成社刊）を軽装版のために再編集したものです。

参考資料

(中国)………(ただし(台湾)は台湾の出版社)

封神演義 上・下：許仲琳 編：桂冠図書公司(台湾)/封神演義(1)―(15)：人民美術出版社 編：人民美術出版社/封神演義 上・下：少年児童出版社 編：少年児童出版社/封神榜 上・下：韓李華 編：智茂文化事業有限公司(台湾)/封神榜：李元貞 編：時報出版公司(台湾)/封神榜 I・II：蔡志忠：時報漫画叢書(台湾)/神話寓言：呉宏一 編：桂冠図書公司(台湾)/故事 ―中国古史故事：桂冠編集部 編：桂冠図書公司(台湾)/中国神話故事：蕭志舜 編：国家出版社(台湾)/中国神話世界：陳家寧・楊陽 編：北京語言学院出版社/列仙伝・神仙伝注釈：劉向・葛洪 編、勝修展・王奇・高艶・張淑琴 注釈：百花文芸出版社/神仙伝 上・下：高大鵬 編：時報出版公司(台湾)/山海経：李豊楙 編：金楓出版社(台湾)/史記：司馬遷 著、李永熾 編：時報出版公司(台湾)/魯迅全集(9)：魯迅：人民文学出版社/中国評書(評話)研究：譚達先：木鐸出版社(台湾)/中国史綱要 上冊：翦伯贊 編：人民出版社/中国略史：白寿彝：北京外文出版社/漢語大詞典(1)―(10)：上海辞書出版社/漢語大字典(1)―(8)：四川辞書出版社・湖北辞書出版社/中国大百科全書・中国文学 I・II：中国大百科全書出版社/辞海：上海辞書出版社/中国歴史地図集(1)―(7)：中国地図出版社/中華人民共和国分省地図集：中国地図出版社

(日本)

完訳・封神演義 上・中・下：許仲琳 編：光栄/歴史ポケットシリーズ 封神演義(1)―(7)：許仲琳 編：光栄/封神演義 上・中・下：安能務 訳：講談社/爆笑封神演義(1)―(3)：シブサワ・コウ 編：光栄/封神演義大図鑑：DaGama編集部 編：光栄/爆笑封神演義人物事典：シブサワ・コウ 編：光栄/封神演義―英雄・仙人・妖怪たちのプロフィール：遙遠志：新紀元社/攻略・封神演義―英雄・仙人・宝貝のすべて：アスペクト 編：アスペクト/タオ(道教)の神々：真野隆也：新紀元社/中国の歴史(1)―原始から春秋戦国：貝塚茂樹・伊藤道治：講談社/図説・中国の歴史(1)―よみがえる古代：伊藤道治：講談社/中国史(上)：宮崎市定：岩波書店/甲骨文の世界―古代殷王朝の構造：白川静：東洋文庫/王家の風日：宮城谷昌光：文春文庫/太公望 上・中・下：宮城谷昌光：文藝春秋/史記 上・中・下：司馬遷 著、野口定雄・近藤光男・頼惟勤・吉田光邦 訳：平凡社/中国古代史の生活史：林巳奈夫：吉川弘文館/三星堆・中国古代文明の謎：徐朝龍：大修館書店/シンポジウム・中国古文字と殷周文化―甲骨文・金文をめぐって：東方書店 編：東方書店/中国文明の起源：夏鼐 著、小南一郎 訳：NHKブックス/中国古代史の謎：水上静夫：時事通信社/中国英傑辞典：渡辺精一：世界文化社/新字源(改訂版)：角川書店

上　妖姫乱国の巻

◆上巻に登場する人物たちが、五十音順に並べて説明してあります。

◆道人、仙人の説明には、それぞれの乗り物や持っている宝具の説明も付いています。

◆人物説明の最後にある「『4章　姜皇后』より登場」というのは、その人物が最初に登場する章をあらわしています。

◆「序　山道にて」から「11章　崇侯虎」までが上巻、「12章　黄飛虎」から「17章　殷洪」までが中巻、「18章　殷郊」から「24章　武王」までが下巻です。

❖人物事典❖

あ行

殷郊・殷洪

殷郊［いんこう］

紂王の長男。反逆の疑いで処刑されそうになったところを、広成子に助けられる。のちに三面六臂の姿となり、周を助けるために下山するが、申公豹にそそのかされて周と戦うことになる。最後は燃灯道人の術にて動きを封じられたのち、犂でひきころされる。「４章 姜皇后」より登場。

（宝貝）番天印・落魂鐘・八卦仙衣 ➡ 広成子

殷洪［いんこう］

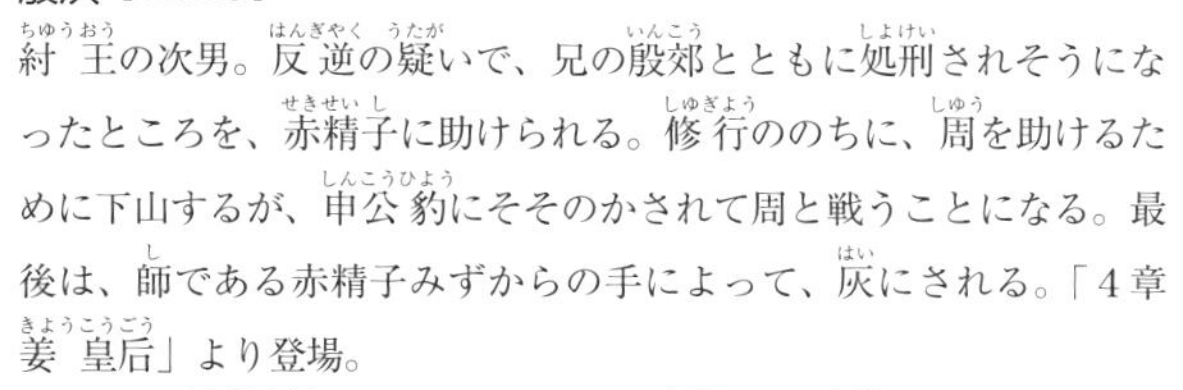

紂王の次男。反逆の疑いで、兄の殷郊とともに処刑されそうになったところを、赤精子に助けられる。修行ののちに、周を助けるために下山するが、申公豹にそそのかされて周と戦うことになる。最後は、師である赤精子みずからの手によって、灰にされる。「４章 姜皇后」より登場。

陰陽鏡

（宝貝）陰陽鏡…光を発し、相手を気絶させる鏡。
紫綬仙衣…攻撃をはねかえす服。
水火鋒…突くと水と火とが飛びちる槍。

殷氏［いんし］

殷氏

李靖の妻。金吒・木吒・哪吒の母。妊娠して大きなおなかをかかえたまま、３年６か月後にやっと哪吒を産んだ。李靖が燃灯道人に弟子入りしてからは、ともに陳塘関を去る。「６章 哪吒」より登場。

殷破敗［いんぱばい］

殷破敗

商の武将。朝歌から逃げだした殷郊・殷洪兄弟を捕らえ、紂王の信頼を得る。朝歌に諸侯の連合軍が攻めてきたとき、単身敵陣にのりこみ、兵をひくよう説得をする。しかし逆に諸侯の怒りを買い、逆上した東伯侯・姜文煥に斬りころされる。「４章 姜皇后」より登場。

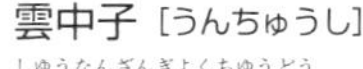

雲中子［うんちゅうし］

雲中子

終南山玉柱洞に住む仙人。雷震子の師。朝歌に妖気が立ちのぼるのを見て、紂王に破邪の木剣をさずけた。また聞仲が西岐に攻めてきたとき、周を助けて戦う。「3章 妲己」より登場。

（宝貝）紫金鉢盂…投げると敵の頭を砕く平べったい鉢。

紫金鉢盂

王貴人［おうきじん］

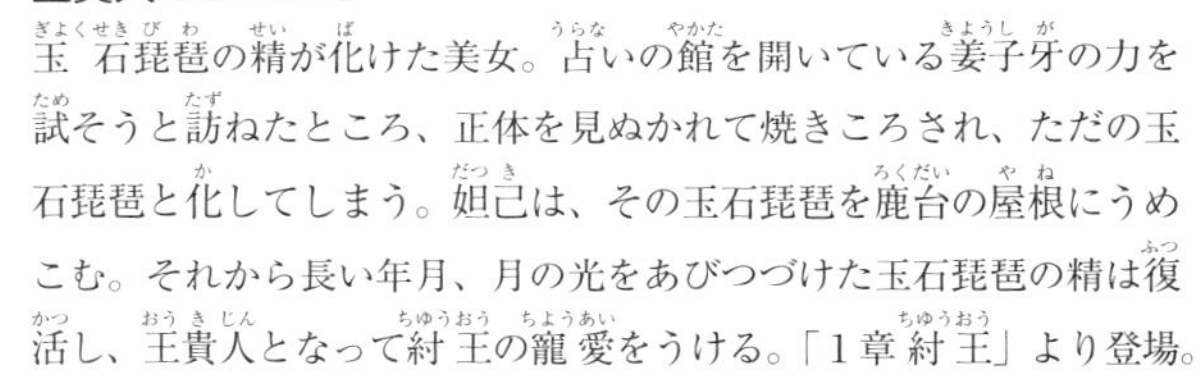

玉石琵琶の精が化けた美女。占いの館を開いている姜子牙の力を試そうと訪ねたところ、正体を見ぬかれて焼きころされ、ただの玉石琵琶と化してしまう。妲己は、その玉石琵琶を鹿台の屋根にうめこむ。それから長い年月、月の光をあびつづけた玉石琵琶の精は復活し、王貴人となって紂王の寵愛をうける。「1章 紂王」より登場。

王貴人

か行

鄂順［がくじゅん］

鄂崇禹の息子。鄂崇禹が処刑されたのち、南伯侯となる。のちに諸侯会合の地である孟津で連合軍に加わり、ともに朝歌に攻めいる。「5章 商容」より登場。

鄂崇禹［がくすうう］

鄂崇禹

四大諸侯の一人、南伯侯。反乱をおそれた紂王に捕らえられ、姜桓楚とともに処刑される。「5章 商容」より登場。

夏招［かしょう］

商の大夫。比干が殺されたのを知り、怒って紂王のもとへと向かう。剣で殺そうとしたが失敗。その後すぐに、鹿台から飛びおりて自殺する。「10章 比干」より登場。

姫昌

姫昌［きしょう］

のちの文王。四大諸侯の一人、西伯侯。聖人として名高い。しかし、反逆の疑いがあるとされ、紂王によって羑里に幽閉される。七年後に西岐に帰国してからは、姜子牙を丞相として迎えいれ、崇国を滅ぼし、周朝の基礎をきずく。占いの名人でもあり、それを行うため〈霊台〉という巨大な建築物をつくる。また、姫昌には百人の子どもがいたといわれる。死後は、次男の姫発が跡を継ぐ。「２章 蘇護」より登場。

姫発

姫発［きはつ］

姫昌（文王）の第２子。父の死後、周国をうけつぎ、〈武王〉と名のる。父と同様に徳が高く、戦をきらう。しかし、孟津で、各地諸侯との連合軍を結成し、朝歌に攻めいって商を滅ぼす。以後、周朝をひらき、その初代の王となる。「８章 姫昌」より登場。

姜環

姜環［きょうかん］

費仲の家将。費仲に頼まれ紂王を暗殺しようとするが、紂王の護衛官に捕らえられる。そののちの尋問では、「姜皇后に頼まれてやった」と言う。じつは、妲己が姜皇后をおとしいれるための策であった。これにより、姜皇后は無実の罪をきせられ、惨殺された。このことを知った姜皇后の息子、殷郊は怒り、姜環を剣で斬りころす。「４章 姜皇后」より登場。

姜桓楚

姜桓楚［きょうかんそ］

四大諸侯の一人、東伯侯。紂王の正室になった娘の姜皇后を紂王に殺される。彼自身も、反乱をおそれた紂王に捕らえられ、斬首された。息子に姜文煥がいる。「５章 商容」より登場。

姜皇后［きょうこうごう］

紂王の正室。殷郊・殷洪の母。東伯侯・姜桓楚の娘。徳の高い女性で、後宮の女官たちから慕われていた。妲己が後宮にきてからの紂王の生活ぶりを諌めようとしたが聞きいれられなかった。朝賀で妲己をののしったため、妲己のうらみを買い、無実の罪をきせられ

打神鞭

杏黄旗

四不像

姜皇后

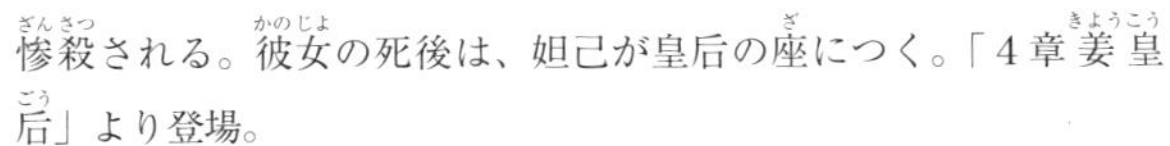
惨殺される。彼女の死後は、妲己が皇后の座につく。「4章 姜皇后」より登場。

姜子牙［きょうしが］

姓は姜、名は尚、字は子牙、号は飛熊。崑崙山で40年の修行を積んだのち下山。文王、武王を丞相として補佐し、商を滅ぼし、周朝八百年の礎をきずく。また、師である元始天尊より命じられ、周・商の戦いによって失われた魂を神界に封じる役目をになう。「序 山道にて」より登場。

姜子牙

（宝貝）打神鞭…神仙をもたたきふせる破壊力をもつ鉄鞭。
杏黄旗…敵のはなった武器や妖術を無効化する旗。

（移動）四不像…麒麟の頭、竜の体、豸の尾をもつ霊獣なのだが、いずれにも似ていない（不像）ので、こうよばれる。ちなみに四不像は「なんだかよくわからないもの」という意味もある（日本でいえば妖怪〈ぬえ〉）。北京動物園にいる四不像は「頭は馬に、蹄は牛に、体は驢馬に、角は鹿に似ているが、そのいずれでもない」というシカ科の動物であり、もちろん本書の四不像とはなんの関係もない。

姜文煥［きょうぶんかん］

父の姜桓楚の死後、東伯侯となる。父のかたきを討つため、孟津で諸侯の連合軍に加わり、朝歌に攻めいる。朝歌では、軍を返すよう説得しにきた殷破敗を逆上して斬りころし、かたきを討ちにきた息子の殷成秀を返り討ちにする。「5章 商容」より登場。

姜文煥

玉石琵琶の精［ぎょくせきびわのせい］➡ **王貴人**［おうきじん］

金霞［きんか］

太乙真人につかえる童子。太乙真人が、死んだ哪吒を蓮の花の化身としてよみがえらせるときに、その材料となる蓮の花と葉をとってくる。また、哪吒が余化の〈化血神刀〉をうけ瀕死になったとき、彼を太乙真人のもとへ運んでいく。「6章 哪吒」より登場。

金霞

扁拐

金吒

金吒［きんた］

李靖の長男。哪吒の兄。文殊広法天尊の弟子。哪吒が、李靖を殺そうと追いかけまわし、文殊広法天尊に遁竜椿で捕らえられたとき、〈扁拐〉という杖で哪吒の頭を打ってこらしめた。下山後は周を助けて戦う。「６章 哪吒」より登場。

（宝貝）遁竜椿 ➡ 文殊広法天尊
扁拐…哪吒をなぐった杖。戦闘ではつかわれなかった。

元始天尊

元始天尊［げんしてんそん］

崑崙山玉虚宮の仙人であり、闡教の教主。十二仙、燃灯道人、度厄真人などを弟子とする。截教、老子のひきいる道教（人道）とともに〈封神計画〉をくわだて、その役目を弟子の姜子牙に任命するとともに、〈封神榜〉の巻き物を手わたす。「序 山道にて」より登場。

（宝貝）如意…投げると敵を打ちのめす小さな金の棒。
杯…敵を吸いこみ、杯の中にて血水としてしまう。

黄貴妃

黄貴妃［こうきひ］

紂王の貴妃。黄飛虎の妹。姜皇后が妲己に無実の罪をきせられたとき、紂王に必死で無実を訴えつづける。しかし、その訴えもむなしく、姜皇后は惨殺されてしまう。黄飛虎の妻である賈氏が紂王に言いよられて自害すると、紂王のもとにかけつけ怒鳴りつけた。だが、紂王によって摘星楼から突きおとされて殺される。「４章 姜皇后」より登場。

敖光

敖光［ごうこう］

四海竜王の一人、東海竜王。東海の底にある水晶宮に住む。哪吒が川で、混天綾をつかって体を洗ったとき、その波のため水晶宮に水震がおこる。様子をさぐるために巡海夜叉の李良や息子の敖丙を送ったが、哪吒に殺されてしまう。天帝に直訴しにいくも、その途中で哪吒におそわれるなど、さんざんな目にあう。ついには哪吒の両親を捕らえ、哪吒を自殺においこむ。「６章 哪吒」より登場。

広成子

黄飛虎

五色神牛

敖丙

逼水獣

広成子［こうせいし］

九仙山桃源洞に住む仙人。十二仙の一人であり、殷郊の師でもある。商を討つため、殷郊に下山を言いわたしたが、殷郊はそれを裏切って周と戦うことになる。そのため、彼は弟子を殺さねばならなくなる。「5章 商容」より登場。

（宝貝）番天印…投げると敵の頭を打ちくだく金印。
落魂鐘…その音を聞いた者は気を失う手鐘。
八卦仙衣…敵の攻撃をはねかえす服。
掃霞衣…敵の攻撃をはねかえす服。

番天印

黄飛虎［こうひこ］

商の大将軍。またの名を〈鎮国武成王〉という。〈五色神牛〉にまたがり、槍を得意の武器とする。忠義の人であったが、妻の賈氏と妹の黄貴妃を紂王に殺されたことから、一族郎党をひきつれて周へ下った。このとき、武王より〈開国武成王〉の名をたまわる。澠池の戦いのときに、張奎に斬られて戦死する。「4章 姜皇后」より登場。

（移動）五色神牛…一日に800里進むといわれる神牛。戦場では、その巨体を生かし、体当たりをおもな攻撃とする。

敖丙［ごうへい］

東海竜王・敖光の三男。画戟を武器としてつかう。哪吒に戦いを挑みにいくが、哪吒の投げた〈混天綾〉によって体を縛られて殴りころされ、さらに背中の筋までも抜かれる。「6章 哪吒」より登場。

（移動）逼水獣…水中での速度が速い竜馬。

閎夭［こうよう］

周の武将。姫昌を救うため、商人に化け、太顛とともに朝歌へむかい、尤渾に賄賂を送りとどけ、使命をはたす。「8章 姫昌」より登場。

胡喜媚

胡喜媚［こきび］

九頭の雉の精が化けた美女。蘇妲己の義理の妹として紂王に近づき、寵愛される。また、仲間を殺した比干に復讐をするため、紂王に「比干には玲瓏心という心臓がある」と言って、比干の心臓をくりぬくようにしむけた。「1章 紂王」より登場。

さ行

散宜生

散宜生［さんぎせい］

周の上大夫。文王・武王の2代につかえる。仕事はおもに外交・内政だが、羑里に幽閉された姫昌を救いだすために策を練るなど、知略にも通じている。冷静沈着に物事を判断して対処する能力に長けており、仲間たちの信頼もあつい。「2章 蘇護」より登場。

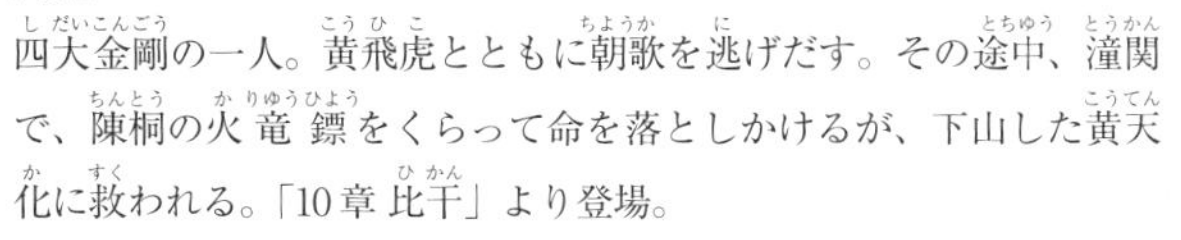

周紀

周紀［しゅうき］

四大金剛の一人。黄飛虎とともに朝歌を逃げだす。その途中、潼関で、陳桐の火竜鏢をくらって命を落としかけるが、下山した黄天化に救われる。「10章 比干」より登場。

周公旦［しゅうこうたん］

姫発の弟。周軍が崇侯虎を攻めたときに武将として戦った。商が滅びたのちは、魯の国を封じられる。「11章 崇侯虎」より登場。

召公奭［しょうこうせき］

姫発の臣下。周軍が崇侯虎を攻めたときに武将として戦った。商が滅びたのちは、燕の国を封じられる。「11章 崇侯虎」より登場。

商容

商容［しょうよう］

文丁、帝乙、紂王の3代につかえた商の宰相。優秀な政治家であり、人望のあつい人物。しかし、妲己を寵愛した紂王の無道をとめることができず、みずから朝廷を去った。その後、紂王に命をねらわれた殷郊・殷洪兄弟を助けるため、朝廷に戻ることになる。だが、諫言はやはり聞きいれられず、ついには紂王の目の前で、柱に頭をぶつけて自殺をする。「1章 紂王」より登場。

女媧

招妖幡

女媧 [じょか]

下半身が蛇の体の女神。自分を侮辱する詩を書いた紂王に、天罰をあたえるために、三妖（千年狐の精・九頭の雉の精・玉石琵琶の精）を朝歌に送りこんだ。司馬遷『史記』の注釈書『史記索隠』（司馬貞・著）には、「五帝本紀」以前に「三皇本紀」というものがつけ加えられている。その三皇のうちの一人として女媧があげられている（ほかの二人は伏羲と神農）。彼女が人間をつくったという民間伝説が、中国にはいくつかある。「1章 紂王」より登場。

（宝貝）招妖幡…妖魔をよびよせる旗。

辛甲 [しんこう]

周の武将。文王（姫昌）のころからつかえている旧臣。文王が姜子牙を丞相として迎えようと捜しまわっていたときに同行した。朝歌遠征のときには、姜子牙ひきいる中軍の軍政官となる。「9章 太公望」より登場。

辛免 [しんめん]

周の武将。辛甲の弟。文王（姫昌）が姜子牙を捜しもとめていたときに同行。朝歌遠征のときには、洪錦ひきいる右軍に属する。「9章 太公望」より登場。

崇応彪

崇応彪 [すうおうひゅう]

崇侯虎の息子。崇侯虎が鹿台建設のため朝歌に滞在している間、崇城の代理となる。周軍が攻めてきたときは、叔父の崇黒虎を信用したがために、裏切りにあって周軍に捕らえられ、斬首される。「11章 崇侯虎」より登場。

崇侯虎

崇侯虎 [すうこうこ]

崇国の君主。四大諸侯の一人、北伯侯。百戦錬磨の崇軍をひきいる。紂王の寿仙宮、摘星楼、鹿台建設などに加担し、民に苦役をしいる。のちに周軍が攻めてきたときに、弟の崇黒虎の計略にあって周軍に捕らえられ、息子の崇応彪ともども斬首される。「2章 蘇護」より登場。

崇黒虎

火眼金睛獣

赤精子

太極図

宋異人

崇黒虎［すうこくこ］

曹国の君主。崇侯虎の弟。墨で塗ったような真っ黒な顔をしている。戦争時は火眼金睛獣にまたがり、二丁斧を武器とする。崇侯虎の死後、文王に崇国を封じられ北伯侯となる。しかし周・商の戦いのさい、張奎に斬られ、命を落とす。以後、息子の崇応鸞が北伯侯として跡を継ぐ。「2章 蘇護」より登場。

（宝貝）ひょうたん…栓を抜くと、巨大な鷹〈鉄嘴神鷹〉が飛びだし、敵をおそう。

（移動）火眼金睛獣…目から〈火眼金睛〉という光を発する巨大な獅子。弱い妖魔ならば、その光をくらえば動けなくなる。

赤精子［せきせいし］

太華山雲霄洞に住む仙人。十二仙のうちの一人であり、殷洪の師でもある。十絶陣のときは、〈落魂陣〉に捕らわれた姜子牙の命を救うため、老子から〈太極図〉を借り、それによって陣に侵入する。また、下山した殷洪が誓いを破って西岐と戦ったときには、太極図をつかって殷洪を灰にする。「5章 商容」より登場。

（宝貝）太極図…広げると金の橋があらわれる掛け軸。その橋を渡ると、いつの間にか掛け軸の絵の中に閉じこめられてしまう。

紫綬仙衣 ➡ 殷郊

宋異人［そういじん］

姜子牙の義兄弟。朝歌にある〈宋家荘〉という旅館の主人。義弟の姜子牙を尊敬しており、姜子牙が下山したときも、住むところをあたえたり嫁をさがしたりと、世話をやいている。「序 山道にて」より登場。

蘇護

蘇全忠

蘇妲己

太乙真人

蘇護［そご］

冀州侯。「娘妲己をさしだすよう」との紂王の命令をこばんだため、一時紂王と臨戦状態になったが、結局妲己をさしだしたことによって許しを得た。だが、紂王の無道に反感をもち、のちの西岐攻略のさいに、周に下ることになる。「2章 蘇護」より登場。

蘇全忠［そぜんちゅう］

蘇護の息子。妲己は彼の姉である。武術にすぐれ、とくに槍を得意の武器とする。崇侯虎が冀州へ攻めいったときには、崇黒虎と互角以上の打ち合いをしている。五関の戦いでは、父とともに洪錦ひきいる右軍に属する。「2章 蘇護」より登場。

蘇妲己［そだっき］

千年狐の精の化けた美女。女媧から紂王を滅ぼすよう命じられる。朝歌へ向かう途中の蘇護の娘、妲己の魂をすいとり、まんまと彼女になりすまして、紂王の寵愛をうけることになった。それからは悪事三昧をつくし、また〈炮烙〉や〈蠆盆〉などの残酷な処刑法で、紂王に逆らう者たちを殺した。「1章 紂王」より登場。

孫氏［そんし］

宋異人の妻。姜子牙と馬氏のけんかを、夫とともによくなだめに入った。「7章 姜子牙」より登場。

た行

太乙真人［たいいつしんじん］

乾元山金光洞に住む仙人。十二仙の一人であり、哪吒の師でもある。李艮と東海竜王の息子の敖丙を殺したつぐないとして自殺した哪吒を、蓮の花の化身としてよみがえらせる。十絶陣の戦いのとき、〈化血陣〉を破る。「6章 哪吒」より登場。

（宝貝）隠身符…胸に文字を書くことにより、姿を消すことができる。

九竜神火罩 ➡ 哪吒

太顛［たいてん］

周の武将。羑里に幽閉された姫昌を助けるため、閎夭とともに商人に化けて朝歌へむかい、費仲に賄賂をおくる。「8章 姫昌」より登場。

妲己［だっき］➡ **蘇妲己**［そだっき］

紂王

紂王［ちゅうおう］

商朝31代目の王。本名は帝辛という。生来優秀な王であったが、妲己を寵愛するがために、ばく大な財をついやして鹿台の建設を行い、また諫言をのべる臣を〈炮烙〉や〈蠆盆〉で惨殺したことから、人びとはうらみ、諸侯は背くようになった。ちなみに、聞仲は彼の武術の師である。「1章 紂王」より登場。

趙啓

趙啓［ちょうけい］

商の上大夫。商容が自殺したことを怒り、紂王をののしったために、〈炮烙〉にかけられる。だが趙啓は焼かれながらも、死ぬまで紂王をののしりつづけた。「5章 商容」より登場。

晁田

晁田［ちょうでん］

商の武将。紂王の命により、殷郊・殷洪兄弟を殺そうとするが、逃げられる。のちに周に下る。十絶陣のときは、散宜生とともに度厄真人のもとへ〈定風珠〉を借りにいく。晁雷は弟。「4章 姜皇后」より登場。

晁雷

晁雷［ちょうらい］

商の武将。紂王の命をうけ、兄の晁田とともに殷郊・殷洪兄弟を殺害しようとするが、逃げられる。のちに兄とともに周へ下る。「4章 姜皇后」より登場。

帝乙［ていいつ］

商朝30代目の王。この代より、最高神を示す文字である〈帝〉（本書では天帝。玉帝ともいう）を王が名のることになる。長男に微子啓、次男に微子衍、三男に紂王（帝辛）がいる。また比干、箕子は帝乙の弟である。「序 山道にて」より登場。

杜元銑

天帝［てんてい］

天界の最高神。〈玉帝〉ともいう。古代中国において、天帝は具体的に擬人化された姿はなく、抽象的な存在とされている。商の人びとは、帝には自然現象と人事に関する、目に見えぬ働きかけの力があると考えていた。神話では擬人化されている。「6章 哪吒」より登場。

杜元銑［とげんせん］

商の易者たちを統括する天台官。宮殿に妖光がただよっていることに気づき、商容を通じて紂王に上奏書を提出した。しかし紂王が「杜元銑は妖言をいって国を混乱させている」という妲己の言葉を信じたため、死刑となる。「3章 妲己」より登場。

定風珠

度厄真人［どやくしんじん］

九鼎鉄叉山八宝雲光洞に住む仙人。もと李靖の師匠。十絶陣のとき、〈風吼陣〉を破るために必要な〈定風珠〉を散宜生、晁田に貸しあたえる。「6章 哪吒」より登場。

（宝貝）定風珠…風を止める珠。

度厄真人

な行

哪吒［なた］

李靖の三男。太乙真人の弟子。生まれたときから卓越した能力をもち、わずか7歳にして東海竜王をうちのめし、その息子を殺してしまう。それがもとになって両親が竜王に捕らえられる。哪吒は責任をとって自殺をする。のちに蓮の花の化身となって復活し、周を助けて戦う。「6章 哪吒」より登場。

（宝貝）火尖槍…突くと先に炎が出る槍。
乾坤圏…投げると敵を攻撃する金の輪。
金磚…投げると敵を攻撃する金のれんが。
混天綾…投げると何キロもの長さとなり、炎をまきちらしながら敵にからみつく赤い絹の帯。

哪吒

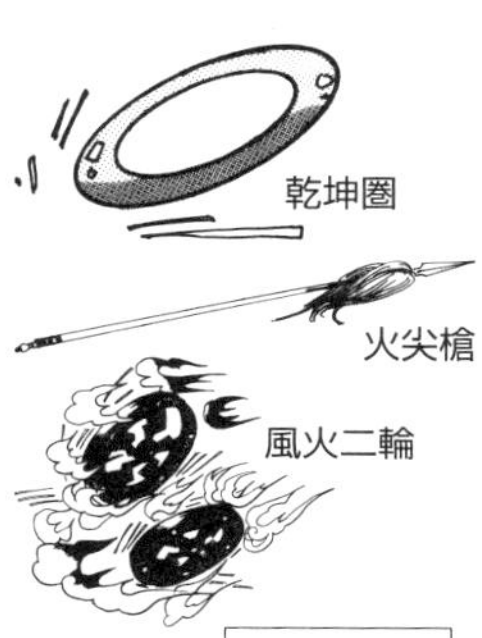

九竜神火罩…敵に向けると9匹の火竜が飛びだし、炎を吐き敵を焼きつくす椀。投げつけると、巨大化して敵におおいかぶさり、火竜が容赦なくおそいかかる。

陰陽剣…陰と陽の一対の剣。接近戦用。

豹皮嚢…巾着袋。

（特殊）三面八臂…3つの頭と8つの腕の姿となる術。

（移動）風火二輪…2枚の小さな車輪。乗ると、炎をまきちらしながら、高速で空を飛ぶ。

南宮適

南宮適［なんきゅうてき］
周の大将軍。大刀を得意の武器とする猛将。南宮适ともいう。散宜生とともに、文王・武王の2代につかえる。感情にまかせて動くことが多く、散宜生によく諫められる。「8章 姫昌」より登場。

南極仙翁

南極仙翁［なんきょくせんおう］
元始天尊の片腕的存在。姜子牙や申公豹、白鶴の道術の師匠。殷郊を倒すために西王母の〈聚仙旗〉が必要になったときに、南極仙翁が借りにいく。「7章 姜子牙」より登場。
（宝貝）五火七翎扇…あおぐと強風がまきおこる芭蕉扇。

燃灯道人

燃灯道人［ねんとうどうじん］
霊鷲山元覚洞に住む仙人。闡教の中では元始天尊の次に位が高い。哪吒の攻撃から助けたのをきっかけに、李靖を弟子にした。また、聞仲が西岐に攻めこんできたときには、十二仙をひきいて周を助けた。「6章 哪吒」より登場。
（宝貝）瑠璃罩…投げると巨大化し、敵の頭にかぶさる椀。
定海珠…投げると光を発して敵をたたきふせる珠。

は行

梅伯

梅伯［ばいはく］
商の上大夫。紂王の無道ぶりを諫めたがために、〈炮烙〉の最初の犠牲者となってしまう。「3章 妲己」より登場。

伯邑考

梅武［ばいぶ］

崇侯虎の部下。大斧をあつかう猛将。崇侯虎とともに蘇護討伐へと向かう。蘇護の息子、蘇全忠と一騎打ちをするが敗れ、命を失う。「２章 蘇護」より登場。

伯邑考［はくゆうこう］

姫昌の第１子。琴の名手。天下一の美男子といわれる。羑里に幽閉された父の許しを請うため朝歌にでむき、紂王に謁見した。このとき、妲己に一目ぼれされたが、妲己の求愛をこばんだため、うらみを買い、処刑される。のち、その死体は肉餅にされ、羑里にいる姫昌のもとへと届けられる。姫昌は占いで事情を知り、心の中で紂王への復讐を誓う。「８章 姫昌」より登場。

馬氏

馬氏［ばし］

朝歌の旅館〈馬家荘〉の娘。宋異人がさがしてくれた姜子牙の妻。姜子牙が全然働かないのをうっとうしく思い、よく姜子牙と口げんかになる。最後には離婚した。姜子牙が丞相の位についたとき、馬氏は後悔して復縁を申し出るが、姜子牙は盆に入った水を地面にこぼし、「こぼれた水が盆に戻らないように、われわれももとには戻れない」という「覆水盆に返らず」の故事がある。「７章 姜子牙」より登場。

白鶴

白鶴［はっかく］

元始天尊につかえる童子。もとはただの白い鶴であったが、修行によって道術がつかえるようになった。空中ですばやく動き、武器による打ち合いならば十二仙をも上まわるといわれる。十絶陣では趙公明の三人の妹を相手に戦って勝つ。また申公豹が姜子牙にちょっかいをだしたときに、申公豹の首をくわえて南海に捨てようとした。「７章 姜子牙」より登場。

（宝貝）三宝玉如意…接近戦で相手を殴るときにつかう金の棒。

比干

比干［ひかん］

商の亜相。帝乙の弟。紂王の叔父。朝歌一酒に強いといわれている。

黄飛虎とともに狐の精たちを誅殺したことを妲己にうらまれ、心臓をとられるはめになる。「3章 妲己」より登場。

費仲

微子徳［びしとく］

比干の息子。紂王が比干に心臓をさしだせと命じたとき、姜子牙が残していった手紙のことを比干に告げる。「10章 比干」より登場。

費仲［ひちゅう］

商の中諫大夫。紂王の寵臣という立場を利用し、尤渾とともに私腹を肥やす。蘇護の娘の妲己を紂王に紹介したのも彼である。賄賂ずきのため、散宜生にその性格を利用され、羑里に幽閉された姫昌を助けだすのにひと役買ってしまう。その後、西岐に攻めいるが、姜子牙の道術によって捕らえられ、斬首される。「2章 蘇護」より登場。

武吉

武王［ぶおう］➡ **姫発**［きはつ］

武吉［ぶきち］

もと樵。あやまって人を殺してしまったため、文王に捕まる。しかし、武吉には、ほかに身寄りのない母が待っているため、1か月のゆうよを得て放たれる。渭水のほとりで釣りをしていた姜子牙の助けでこの窮地をのがれ、弟子となる。文王が姜子牙を丞相として召しかかえたときには、これにしたがい、周の武将となる。槍術や棒術が得意。「9章 太公望」より登場。

黒麒麟

文王［ぶんおう］➡ **姫昌**［きしょう］

聞仲［ぶんちゅう］

商容とともに、商朝3代につかえてきた太師。老齢でありながら、武術、道術の腕はすぐれている。紂王の暴虐を諫めつつも、くもりなき忠誠心をもっている。その忠誠心は、死にぎわになっても、なお失われることはなかった。「1章 紂王」より登場。

（宝貝）雌雄鞭…2本の金鞭。姜子牙の打神鞭にへしおられた。

九雲烈焔冠…敵の攻撃から頭を守る冠。

（特殊）避火訣…炎をはねのける術。

聞仲

方相

方弼

（移動）黒麒麟…空を飛ぶ竜馬。

方相［ほうそう］

商の武将。方弼の弟。殷郊・殷洪兄弟を守るため、兄とともに朝歌から逃げ、のちに周軍に加わる。「4章 姜皇后」より登場。

方弼［ほうひつ］

商の武将。紂王に追われた殷郊・殷洪兄弟を守るため、弟の方相とともに朝歌から逃げだす。殷郊・殷洪兄弟と別れたのちは、しばらく黄河の渡し守をしていた。そこで、十絶陣を破るために〈定風珠〉を運んでいた散宜生・晁田と会い、定風珠を奪いとって逃げる。しかし、かけつけてきた黄飛虎に捕まってしまい、説得されて周の武将となった。その後すぐに、十絶陣の一つ〈風吼陣〉で命を落とす。「4章 姜皇后」より登場。

ま行

孟氏［もうし］

比干の妻。比干が紂王に心臓をさしださなければならないということを聞き、地面に伏せて泣く。「10章 比干」より登場。

木吒

木吒［もくた］

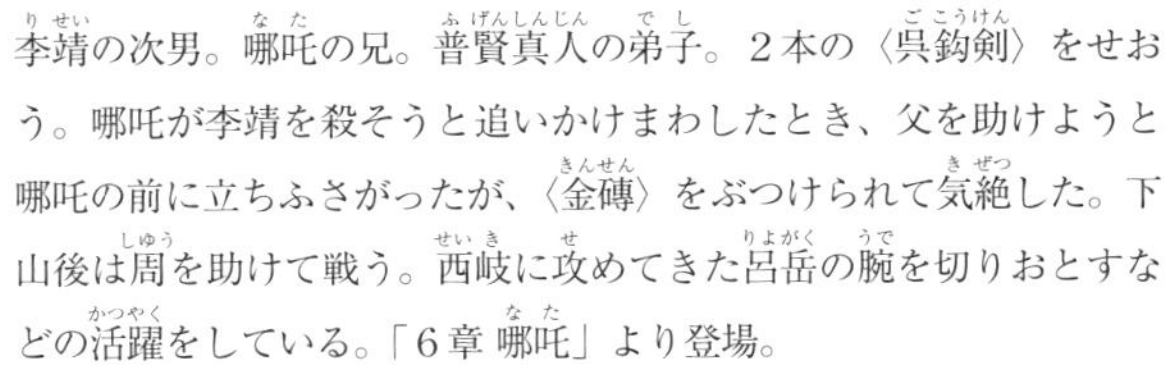
李靖の次男。哪吒の兄。普賢真人の弟子。2本の〈呉鉤剣〉をせおう。哪吒が李靖を殺そうと追いかけまわしたとき、父を助けようと哪吒の前に立ちふさがったが、〈金磚〉をぶつけられて気絶した。下山後は周を助けて戦う。西岐に攻めてきた呂岳の腕を切りおとすなどの活躍をしている。「6章 哪吒」より登場。

（宝貝）呉鉤剣…投げると敵におそいかかる剣。

文殊広法天尊

文殊広法天尊［もんじゅこうほうてんそん］

五竜山雲霓洞に住む仙人。十二仙の一人であり、金吒の師でもある。李靖を殺そうと追いかけている哪吒を、〈遁竜椿〉によって捕らえ、こらしめた。十絶陣のときは、〈天絶陣〉を破る。また馬元を楊戩とともに捕らえ、準提道人に引きわたした。のちに仏教に改宗し、

文殊菩薩となる。「6章 哪吒」より登場。

（宝貝）遁竜椿…錫杖。別名〈七宝金蓮〉。投げると巨大な柱となる。3つの金の輪が飛びだし、敵をその柱に縛りつける。
捆妖縄…投げると敵を縛りあげる縄。

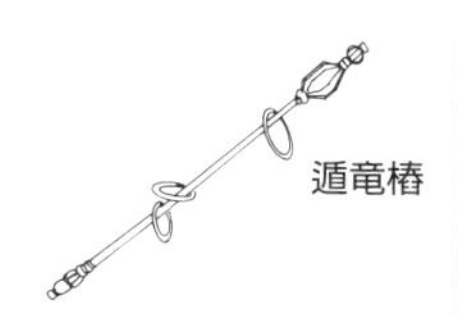
遁竜椿

や行

尤渾

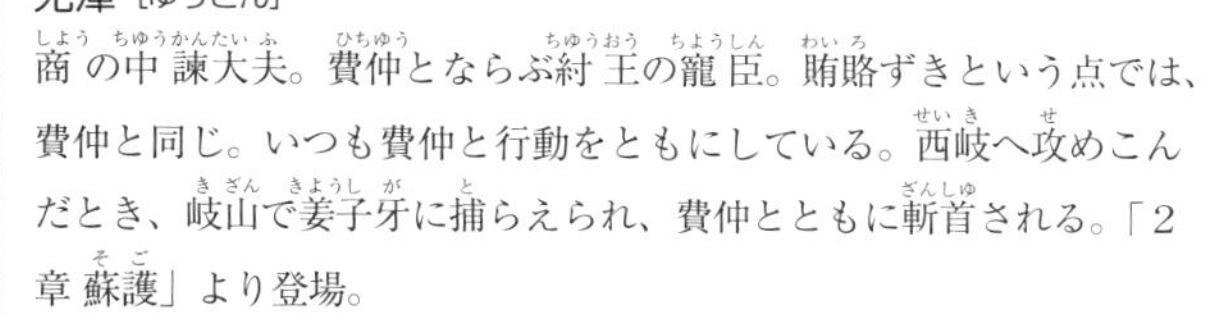

尤渾［ゆうこん］

商の中諫大夫。費仲とならぶ紂王の寵臣。賄賂ずきという点では、費仲と同じ。いつも費仲と行動をともにしている。西岐へ攻めこんだとき、岐山で姜子牙に捕らえられ、費仲とともに斬首される。「2章 蘇護」より登場。

楊貴妃［ようきひ］

紂王の貴妃。「4章 姜皇后」より登場。

楊任

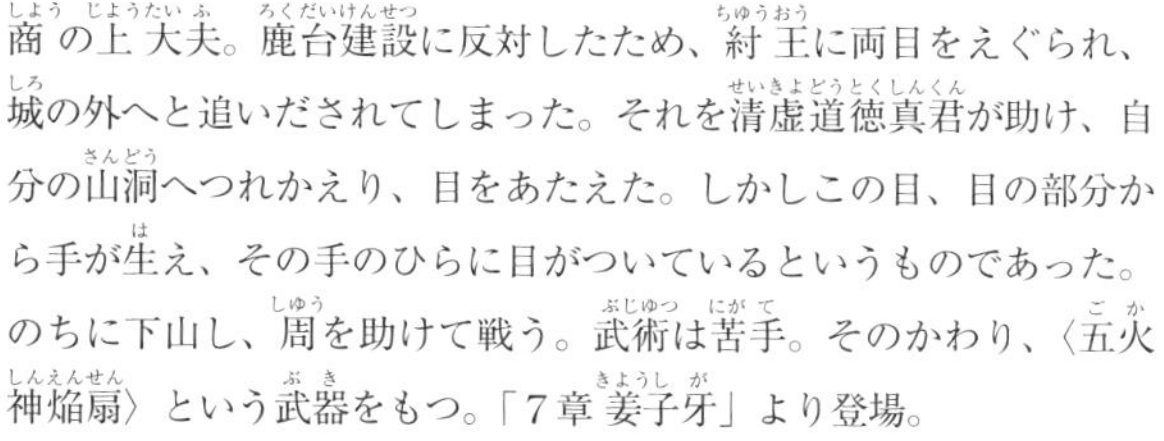

楊任［ようにん］

商の上大夫。鹿台建設に反対したため、紂王に両目をえぐられ、城の外へと追いだされてしまった。それを清虚道徳真君が助け、自分の山洞へつれかえり、目をあたえた。しかしこの目、目の部分から手が生え、その手のひらに目がついているというものであった。のちに下山し、周を助けて戦う。武術は苦手。そのかわり、〈五火神焔扇〉という武器をもつ。「7章 姜子牙」より登場。

（宝貝）五火神焔扇…あおぐと強風や炎がまきおこり、敵をおそう芭蕉扇。

（特殊）手中有眼…天の上から地の底まで見ることができる。

（移動）雲霞獣…空を飛ぶ竜馬。

五火神焔扇

雲霞獣

姚福［ようふく］

商の侍酒人。紂王に呼ばれて朝歌へきた四大諸侯たちが、集まって酒を飲んでいるとき、暗殺計画があることをばらす。また、姜皇后が殺されたことなども、すべて彼らに話して聞かせる。「5章 商容」より登場。

ら行

雷開

雷開［らいかい］

商の武将。殷破敗とともに、朝歌から逃げだした殷郊・殷洪兄弟を捕らえる。「4章 姜皇后」より登場。

雷震子

雷震子［らいしんし］

姫昌（文王）の百番目の子。雲中子に預けられ、山で修行にはげむ。父を助けるために下山をするさい、ふしぎな果実を食べたことにより、背中から翼が生え、背たけものび、顔も鷹のようになる。空中戦が得意。「8章 姫昌」より登場。

（宝貝）金棍…岩山をも砕く金の棍棒。

（移動）背中に生えた2枚の翼によって空を飛びまわる。

李靖

玲瓏塔

李靖［りせい］

陳塘関の総兵。金吒・木吒・哪吒の父。総兵をする前は度厄真人に弟子入りしていた。蓮の花の化身としてよみがえった哪吒に命をねらわれたとき、燃灯道人に助けられたのをきっかけに、総兵をやめ、燃灯道人のもとで修行をすることになる。下山後は周を助け、金吒・木吒・哪吒とともに商と戦った。のちに托塔李天王となり、『西遊記』にも登場する。「6章 哪吒」より登場。

（宝貝）玲瓏塔…小さな塔。投げると巨大な塔になって敵をおそう。攻撃方法としては、おしつぶす、塔の中に閉じこめて火あぶりにするなど。

呂公望［りょこうぼう］

姫発の弟。周軍が崇侯虎を攻めたときに武将として戦う。「11章 崇侯虎」より登場。

李良

李良［りりょう］

巡海夜叉。夜叉とはみにくい化け物のことであるが、この李良もそのとおりの容姿である。巨大な体をしており、大斧を武器としてつかう。もとは天界の番人。天帝に命じられて東海竜王・敖光につかえている。おもな仕事は、東海を巡回して警備をすること。竜

王の水晶宮に起きた水震の原因を調べに向かったときに、哪吒と出会った。戦闘となるが、哪吒の投げた〈乾坤圏〉をうけ、あっけなく死んでしまう。「６章 哪吒」より登場。

魯雄［ろゆう］

商の武将。紂王が蘇護を討伐しようとしたときに、姫昌ひきいる西岐を討伐軍として推薦する。「２章 蘇護」より登場。